陆军

著

陕西新华出版

太白文艺出版社·西安

图书在版编目（CIP）数据

洮水谣 / 陆军著. -- 西安 ： 太白文艺出版社，
2025. 5. -- ISBN 978-7-5513-3007-7

Ⅰ. I247.5

中国国家版本馆CIP数据核字第2025VV4582号

洮水谣
TAOSHUI YAO

作　者	陆　军
策　划	泥流文化传媒
责任编辑	张　笛　张晨蕾
封面设计	建明文化
版式设计	建明文化
出版发行	太白文艺出版社
经　销	新华书店
印　刷	三河市华东印刷有限公司
开　本	889mm×1194mm　1/32
字　数	162千字
印　张	7.625
版　次	2025年5月第1版
印　次	2025年5月第1次印刷
书　号	ISBN 978-7-5513-3007-7
定　价	55.00元

献给"引洮工程"建设者!

目录

回乡之路

走走停停。车子挨着车子像甲虫似的蠕动着，司机和我干着急，真想下车步行。上午 10 点左右，并不是高峰期，限号政策出台后堵车现象并没有缓解，车反倒越来越多。这几年，车子和票子同时增长，省城车多得没地方停了，除了住人的地方就是住车的地方，好像五百万市民全都开车，不再骑自行车、坐公交了。只有为数不多的中学生还在坚持着骑自行车上学，在人群和车流中穿梭狂飙，看得人心惊肉跳。

出了市区，上了高速公路，四驱越野车像是喘了一口气，才抖擞起精神，将它优越的操控性能和强劲的动力展现了出来。每小时一百二十公里的速度让我觉得越来越慢，我知道这是高速公路的上限速度，再高一点就是超速，是要被处罚的。我手里的电话又响了一次，是老家的父亲打来的，问我是不是已经下高速了。我没直接回答他，只是说快了，然后挂了电话。司机瞟了我一眼，说："不能再快了，超速存在安全隐患。"他的话听起来比事实轻松得多，好司机就是这样，总能让每一位乘客感到安全而放心。

没过十分钟，父亲又打了一次电话，问我走到哪里了。我又说快了，已经在高速上了，不超过两个小时就能到家。父亲有点不高兴，嘴里嘟囔着："怎么还在高速上！"我感觉他把坐车当坐飞机了，说起飞马上就能到，那两百公里的车程，像是在地图上按比例画了一条直线似的，只要把起点和终点连起来便到了。

我没再搭腔。父亲又催促我说："大家都在地上跪着等他走，可他就是不走，异人说他可能是要见大孙子。"父亲说的"他"是我爷爷，今年一百零三岁高龄。爷爷一有走的征兆，家里人就说他是想见我，当我火急火燎地赶到老家，他便从死神的手里挣脱出来，躺在床上两眼无光地望着我，表情奇特，是哭是笑谁也不好说。心情好时，看见他在笑；心情不好时，看见他在哭，真是令人哭笑不得！前几年说他是想见我，我信，可从今年立春开始，他连话都说不出了，哪能是想见我？但我还是得隔三岔五回一趟老家。春节过后，我基本是每个星期回一趟，越到后面频率越高。三天前，父亲严肃地对我说爷爷不行了，可能真的要走，让我请假回家送爷爷最后一程。可爷爷一见我又精神起来，能吃饭了，我只好回单位。爷爷虽然已经认不得人，也说不出话，但他仿佛知道你是谁，能把他的意思通过简单的手势和艰难的表情传达给旁边的姑姑。到后来，爷爷的"话"只有姑姑才能"听"懂。爷爷的一个眼神，手上的轻微抖动，或点头或摇头，这些神秘的符号、暗语般的情感表达姑姑都懂，但也让姑姑为此伤透了脑筋，她时刻不能掉以轻心，怕有照顾不周的地方，怕对爷爷的表达理解不到位。长期的担心和忧虑，让六十岁的姑姑看上去比奶奶还憔悴，可她一如既往、默默无怨地陪着植物人般的爷爷。

镇政府每年给爷爷送来高龄慰问金和为数不多的补贴，说麻地湾这个老人家，是全县年岁最高的人，时不时还有媒体来采访。这些微不足道的意义对家人来说没有什么用处，五年多的陪护已经拖垮了几家人的所有耐心和孝心，连我这个最亲近的孙子也感到不耐烦了。

最近的一个月里，爷爷"走"了三回，我被紧急召回了三次，每次都让他"死灰复燃，死而复生"。爷爷像个婴孩，除晚上两三个小时的小睡，其他时间得有人守着。他高兴时不停地在我为他购置的家用护理床上翻滚，一不小心翻过护栏掉下来，不是胳膊断就是腰椎受损。三叔的意见是换到炕上，那样三面靠墙不至于掉下来，可爷爷死活不想离开护理床。几个叔伯对我的这个孝心之物颇有微词，但也不好明说。听说家里有了先进的护理床，姑姑从十公里外赶来一看究竟，奶奶说这东西虽好，但不能离开人。姑姑自告奋勇地说自己家里没啥事，她先伺候着。一晃就是一个月，姑夫那边也催，说家里来个人他不会做饭菜，没法招待。姑姑回去做了姑夫的思想工作，说爷爷估计时间不长了，让他凑合着过几个月，等爷爷走了她就回来，也算是尽了孝心，毕竟几十年来没怎么在双亲身边待，这也是个行孝的机会。姑姑家两个儿子在外地工作，家里没什么负担，在最后一年里，姑夫依了姑姑的心愿，让她到爷爷身边贴身陪护，以尽孝心。此后，姑姑成了三叔家的一个常住人口，回到了出嫁以前的状态，她还能从面目全非的院落里找到童年的记忆，那记忆亲切而美好，像是在梦中回到了年轻时代，回到了父母的目光里。即使岁月已经把她从一个婷婷少女涂抹成了满头白发的老太婆，她仍然坚决地表示一定要把老父亲好好地送走，不能让他遭罪。护理床是一款可电子监测遥控的智能化护理床，是我多年前花了几千块钱网购的，从睡上智能床的那一刻开始，爷爷就不想再睡家里的土炕了，他觉得还是电子炕舒服。这是当时国内最先进的一款多功能护理床，可折叠、移动，配备小型电视，能测血压、心率什么的，是我们村里第一张高科技"炕"。那时他还能在家人的搀扶下到院子里活动，眼巴巴等着引洮水进门。

记得引洮一期工程于前一年8月竣工，爷爷从收音机里听到这个消息时，闹腾着要家人把他推到院门外的水房子里，亲眼看一下安装好的水龙头里有没有水。他不相信家人说的洮河水还没有来，要亲自拧一下水龙头，看水来了没。我们都给他解释，说等别处的水龙头装好了，县里统一发令开闸通水，省里、市里、县里都要举行隆重的通水仪式，快了，很快的，说不定明天水就来了。从那天起，他的精神如回光返照似的又恢复过来，让姑姑新买了一台收音机（其实是网上的二手货，时下市面上已经没有他喜欢的款式的收音机了），他不大相信手机里的信息，认为不准确。他只关心省台和市台有关通水的消息，其他一概不听，至于是不是听到了或听懂了，这并不重要，重要的是他在早上7点、中午12点、晚上7点总要让人打开收音机听新闻，这似乎是他活着的唯一理由。爷爷是全县年龄和党龄最高的人，八十多年的党龄超过了很多人一生的长度。

下了高速，拐进县乡公路时，已是中午12点多了。公路在原路基上拓展新建，车跑在上面丝滑柔顺，没有一点颠簸之感。昏昏欲睡的我靠在副驾驶位，听着车载音乐卡朋特乐队的 *yesterday Once More*（《昨日重现》），这款音响设备是我从厂家专门订购的车载款，音色和质地都不错。时光仿佛又回到了我第一次去兰州上学坐公共汽车的情景。

那个9月，通往省城的道路崎岖而漫长，早上5点钟起床出发，晚上8点才能到达。在初秋的寒意里，母亲挑着担子送我到镇上时是6点左右，公共汽车6点半到镇上的车站，它是从另外一个乡镇来的，我们这里是个经停站，所以经常人满为患，所幸的是如果有车票，特别是去兰州的这种长途车票，司机是无论如何都要让上车的，如果从镇上到县里没座位，那县里到兰州是保证有座的。那个早上，激动的心情支撑着我，从镇上一直站到县里。公共汽车在沙石路上左摇右晃、走走停停，上上下下的人拖延着到达县城的时间，三十公里的路竟然走了三个小时。现在看来是不可思议的，但在那时也不能算慢，毕竟是车在跑，不是人在走，如果步行，父亲说得六个小时左右。他早年挑着两罐上百斤重的油去县里卖，步行来回一趟要十个小时，去时慢来时快。如果给邻里代购物品还要在城里逛荡一下，那就得挑星担月，早5点出发，晚9点才能到家。

9点半左右，公共汽车终于喘着粗气爬进了县城的车站，有人站在车站外边喊："上兰州的不要出站直接上'5348'。"我不懂什么是"5348"，这不是个数字吗，人怎么上去？我取下车上的行李，问那个不停向我喊话的黑矮胖子："我是去兰州的，坐哪辆车？"胖子一直盯着我看，像是我不怀好意拿了别人的东西，或上错了车。见我问他，便没好声气地用沙哑的声音喊："聋啦，我喊了半天喊的就是你，上'5348'！"见我没听懂，他又毫无表情地重复了一句："屁股后面啦！"我感觉像有条狗在我屁股后似的，猛地一转身，却发现什么也没有，只有头顶的秋阳火辣辣地照着，背上的行李由于用力过猛撞到了旁边的客人，对方朝我后背骂着，我装作没听见，又看向那个黑矮胖子。

"上'5348'号车！"黑矮胖子盯得我有点冒汗，我一转眼，才看到黄底黑字写有"5348"字样的车就在身边。我把悬着的心和行李一起放到车外的行李架上，提了装有吃食的小包走到车门边。一个小巧玲珑的、穿着一身蓝色制服的女检票员从我手里拿过车票，凑到眼前仔细地看了看，确认是当日去省城的车票后，用蓝色的圆珠笔在上面画了个大大的32，说你坐32号座位。她凑近时，一股雪花膏的香气迎面扑来，我没顾上看她圆得有点扁的脸，就走进车厢找我的座位去了。车厢里人不多，我坐下来脱掉外衣，仔细打量着进省城的车。车厢很干净，内饰比下乡的要新得多，除了有点汽油味，再没别的怪味。和充满臭味的车相比，这辆车让我突然找回了大学生的自尊。

人很快满了。一声怒吼似的鸣笛震得车窗玻璃哗啦啦响，汽车缓缓驶出车站，迎着晌午清新温暖的空气穿过人来人往的县城街道，左转弯进入省道。汽车在盘山公路上左盘右转，没几个来回，我前面几个衣着鲜亮的女人便呕吐起来，一时间，车内清洁的空气被恶臭污染了。我打开车窗，好让这些气味从窗子里跑出去，让新鲜的空气趁机进来稀释一下车内的污浊。没过多久，从窗口灌进来的冷风悄悄地把我的整个头部和左肩抚弄麻木了，它还在不停地向我身体的其他部位伸着冰凉的手，我只得穿上外套，挡一下冷风的手，让它不要得寸进尺。汽车在山梁沟岇间盘旋，我的胃里如翻江倒海，一不小心就要奔涌而出，幸好有窗外的新鲜空气不断补充进来，才让我艰难地控制住了胃里翻涌将要喷出的不适。我咬紧牙关和冷风对峙着，不敢关窗子，否则我会和他们一样呕吐起来。正午时分，天空一展秋天的高远，零零星星的、棉花似的白云悠闲地晃荡着，太阳还似盛夏般光芒万丈，像一根根银色的光针刺进铁皮车厢，高温让气味更加难闻，我不敢将脸转向车内，那种酸臭的气味肯定会让我呕吐不止。前面的司机在一个相对独立的空间里，开着左手边的小窗口，助手在那里一遍一遍数着手里不断增加的钞票，对五十名乘客的表情和反应置若罔闻。大巴车像个上了年纪的人走远路，走几十公里停一停，有人下车有人上车，像一段真切的人生。经过十多个小时的颠簸，终于进入一段平缓的路段，有人说是进了兰州城。

左转右拐，停车起步，频繁的起停并没有减少车里乘客呕吐的次数，反而增多了。一个小时后才到达兰州东方红广场东口长途汽车站。车窗外早已灯火通明，满眼的流光溢彩让我头晕眼花，憋了十几个小时没能吐出来的腹中之物，在下车后彻底地释放在了车站的水泥地上。周围的人都忙活着自己的事，根本无暇顾及我，他们匆匆地从我身边走过，车站恢复了之前的平静。我站起身向四周观望，寻找车顶行李架上我的行李。司机早已经把我的行李放在我身后，我内心里涌出一股热流，默声感谢他。这是我第一次出远门，昏暗中从心底生出一股排除万难的勇气来：一定要按时到校。可眼前这堆污物难住了我，不知该如何处理。我站起身来，正在左右为难之际，一位六十岁左右的矮个老太太左手提着自制的长把铁皮撮箕，右手提着笤帚摇晃着向我走来，我心里有点怕，把脸转向别处不敢看她，也是想表明态度：这堆东西不是我制造的！她并没有理我，而是直接向另外一个地方走去，她的一条腿不是很好，左胳膊上套着个红底黄字的"卫生员"袖箍。我站起身，提了行李准备快速逃离现场，一个和蔼可亲的声音从我身后传了过来，像我的奶奶："是大学生吧，第一次来兰州？给一角钱，我帮你清理，不然按规定要罚款一元的，还要你自己清理。"我没说话，条件反射般地从上衣内兜里掏出一角钱正准备给她时，那堆污物已经从地面上消失了。她接了钱，转身向对面的卫生间走去，她那摇摇晃晃的背影，竟让我觉得可亲可敬起来。

看了看车站周围，没找到学校接我的人，我只好背着简单的行李，顺着人流从车站出来，站在广场上，四顾茫然，不辨东西。大学录取通知书上说有专车在车站接，我只好站在人流如潮的车站寻找和等待那个陌生的接站人。广阔的广场让我的心一下子变得空旷起来，四周是灯光和人影，我第一次见到这么多人在眼前来来去去，也是第一次在傍晚被路灯照亮。我是瘦高个，特征明显，如果有人找我，应该不难。我挺直腰杆在原地站了半个小时，依然无人理我，内急动摇了我继续坚持的决心，让我为难的是，去厕所时行李怎么办，带着不便，放下肯定不行。正在焦虑时，一个打着小黄旗子的年轻人在身后问我："同志，您要去哪里？"我回头瞟了他一眼，说："不去哪里，我就到这里。"我来时，家里人给我上过"时政课"，把兰州名目繁多的小偷骗子的手段科普了一遍。听到他问我，我下意识地想起了身上的一百二十元钱，顺手摸了摸前胸，还在。母亲怕我丢钱，在我贴身的内衣上缝了一个小口袋，里面缝着一百二十元钱，这是我一学年的全部学杂费。我紧了紧外套，衣服裹得更紧了。他不再理我，摇着手里的旗子继续找人。看着他远去的瘦小背影，我突然发现那面条形的旗子上印着"西部大学中文系学生会"几个字。像不幸流落孤岛的人看到了附近的船只，我大声向那面旗子喊话："同志，我就是西部大学中文系的新生，你是干啥的？"我的喊声惊到了周围的人，他也向后转头看我。这时他已经离我十多米远了。我又重复了一遍先前的话，他停下脚步，像是没听懂我在说什么，折回到我跟前。我用蹩脚的普通话介绍我自己，他明白了，说他是大三的学生，是学生会干部，让我抓紧到车上去，这是最后一批。他一把提起我的行李就走，我紧跟在后面，向不远处停着的一辆大巴车走去。车上有三个人，只有我是学生。他给了我一瓶矿泉水，我拧开盖子一饮而尽，只觉得有点甜。那是我喝过的最好喝的水，后来我不断回忆那个牌子，却都没有结果，但那个味道一直跟随着我，让我对家乡的水都生出一种说不明道不清的厌恶来。当校车抵达安静的学校时，校门已经关上了，看到校车来，门房很不情愿地又把厚重的铸铁大门吱吱呀呀地打开。白天的一切报名活动早已结束，我被破例省去很多手续直接住进了宿舍。听说我是从贫困县来的，宿舍楼的管理员特别关照地问我有没有什么贵重物品需要寄存。我说没有。管理员向我笑了笑说："一看就没带什么，你是安全的。"我后面的一位同学，大包小包一大堆，还有家人陪同，楼管给他详细地讲述需要注意的事项。当我铺好床下来准备找吃食时，楼管还在给那位男同学说："重要的东西最好随身携带，不要让别人代管或寄存……"

坐落在黄河边的学校不缺水，学生可以在澡堂里洗好几个小时的热水澡而不担心水会用完。我每次洗碗筷时心里总有一种可笑的担心：我们拧开水龙头大手大脚地用水，要是有一天突然没水了怎么办？我用水很节约，也见不得别人浪费，洗澡更不用说了，那么大的淋浴头在往下喷水，得用很多水！我在水雾里数过，仅男生这边就要二十几个淋浴头，从晚上7点开始一直喷到11点。有些同学走了，水龙头还在那里哗哗地流着，流得我心里发慌，仿佛那水是从我身上流出来的血似的。我走过去关上水龙头，心里会郁闷好一阵子。我洗澡很是节约，有同学戏谑说我在干搓，他看出了我对水深藏内心的不为人知的秘密。

　　一次，在走出澡堂时，他悄声跟我说："你这种情况肯定是家里对用水管得很严！"他一本正经、煞有介事地分析道："通常情况下，家里缺水的同学遇到充足的水就会没命似的让水白流，仿佛只有听着哗哗的流水声，才能满足曾经缺水的干枯心灵，咱们班有好几个这样的同学。"听他说什么"干枯心灵"，我觉得用词不准，立马纠正说："自然环境的缺水不能说心灵也缺水，它的生长发育不能和树木相提并论。再者，我是因为家乡缺水才养成了节约用水的习惯，至于你说的浪费水的同学，可能存在你说的情况，但我不是！"我的回答让他对我有了新的看法，不是所有的人都有那样病态的心理。他说："节约用水是对的，如果从全国、全球的角度看问题，你的忧虑是不无道理的。"

　　9月，全校的大学生运动会热浪汹涌，每天晚上能冲上热水澡。这是特例，在平时只有周五晚上才开澡堂。澡堂里雾气蒸腾，一米外很难辨识清楚谁是谁，只听得哗啦啦的流水声。我在隔间听到哗哗的流水声，却不见有人，便过去将水龙头关了，不一会儿水声又响起来了，我又过去关了。不多时，一个高年级学长找到我，破口大骂，说他一调好水温就被我关了，他在水汽里裸着肌肉堆积的身体，凶神恶煞地指着我的鼻子大骂，非要我说出理由不可，弄得全澡堂的人都围过来看热闹。在强大的肉体面前，我只好低声下气地解释说是怕浪费水。他大声吼道："这不是你家的澡堂，你怕什么浪费不浪费，要节约讲公德找个合适的地方去表现，别在澡堂里发扬雷锋精神，讲勤俭节约！"他紧握着的两个拳头在空中飞舞，恨不得揍我以释放多余的能量。见周围聚过来的人对我的好心有支持的意向，他在情感上越来越势单力薄，思虑再三，怒目而视后转身阴郁着脸洗澡去了。毕竟我人高马大，肌肉虽比不上他的发达，但动起手来他也不见得能得到好处，且我是系里的篮球队队长，喜欢篮球的同学大部分都认识我、支持我，澡堂里那时说不定有我的粉丝呢。但我知道我犯了一个愚不可及的错误，我的好心并没有用到合适的地方。世间之事就是这样，好心往往办不了好事，容易被人误解，最终适得其反，就像今天澡堂里的冲突。尽管最终和平解决，但我还是要引以为戒，诸如此类事当三思而后行，不然哪天遇到一猛人盛怒之下揍我一顿，会让我颜面扫地，声名狼藉的。看客总会说我多管闲事，心理变态，没人会说我是节约用水，因为在这里，"节约"和"水"没有一分钱的关系。生活在黄河边，没人在意水的事，就像我们的生活空间里，没人在意氧气的存在。你可以随手关电灯，少打饭菜，但不能少用水。习以为常让我们的思维总是飘荡在日常之外，生活之外。

车子一进入这段依山势蜿蜒而下的林荫大路，速度立马减了下来，道路两边令人眼花缭乱的各种花木让司机焦虑的心立马平静下来，梦中的我被绿荫的湿润唤醒了，村庄近在眼前，掩映在一片灰绿的树丛里。

精准扶贫政策实施后，从镇上到麻地湾的那段五公里的路在不断改善。村村通公路后，村子与公路只隔一公里，这最后一公里路将村子与全镇的公路网隔开了，这段路只能行走农用三轮车，宽度超过两米的车无法通行，原因并不是不够宽，而是不够平坦。爷爷当时带领村民在道路两旁种植的杨树、柳树胸径也有五十多厘米。树将这条由村庄通往山顶的小路打造成了绿色通道，成为夏日里的一条避暑路。镇上的意见是如果要与大路相通，修水泥路，至少得砍掉一边的树木，否则无法施工。这条绿色通道是全村人五十多年的心血，和半山的树木绿植一样，是这个村庄的身份信息，爷爷和很多老人不同意这种做法，不同意以牺牲生态来换取一条水泥路。这些树木是村庄水源的涵养地，也是周围山地旱涝保收的保护神。眼下村庄的人口在不断减少，撂荒地越来越多，但土地仍然保持着它一贯的春种秋收、颗粒饱满的状态，给每一位耕耘者以最大的回报。因为这些树，干涸多年的泉水又在村子里出现了，村子也因此成了远近闻名的"美丽乡村"。但硬化通村道路是脱贫攻坚的一项硬指标，怎么办？爷爷语重心长地对我说："你到省上咨询一下有没有其他办法。"

我把具体的数据提供给省上的有关部门和专家，他们给出的答案是不动树木完全可以建水泥路，只是在技术上有要求，工期上稍长一点，并没有什么特别难的。听了这话，爷爷瞬间心情大好，从轮椅上走下来，拄着他的青冈木手杖在院里走来走去，他突然间不需要人来搀扶或帮助了，他能中气十足地骂不懂事的镇干部，只为了修路不考虑生态问题，要把全村人几十年的心血一毁了之，殊不知毁树容易种树难！这天，爷爷打电话给我，要我把省里的专家请到村里来亲自看一下，这个地方从祖上作为封地已经有两百年历史了，有它存在的价值。

10月的一天，按照爷爷的意思，我把一位道路专家和一位水利专家请到家里，他们一位是我上大学时的老师，一位是老师的朋友。他俩一下车，瞬间被这条小径迷住了，把自己来这里的目的都抛在了脑后。在崎岖不平、坑坑洼洼的土路上，两位已经六旬的专家对葳蕤茂盛的树木和花草感到惊奇，因为好多树种不是本地的，是远在千里之外的南方树种，比如杧果树、柠檬树什么的。五十多年前，这些树种是怎么到这里的？两位专家的好奇让我想起爷爷年富力强做大队支书时，走南闯北带回了这些当地村民不认识的树种。按照气候条件，这些南方树种在这个穷乡僻壤里是很难生长的，可在他的精心照料下，树种还是生根发芽，长成了参天大树，站在山峁上，像一列列士兵守卫着故乡。专家对麻地湾这块能养活中国大部分树种的地方颇感兴趣，称赞说这是西北农村的一座植物园。在和爷爷聊天时，两位专家才知道植物的适应性是极强的，但也要一个培植过程，只有经过多年的培植，才能像现在一样适应当地的气候。专家们看到满山的绿，甚至认为不需要修公路，只要一条曲径通幽的小径即可。但这明显是不符合实际的，村庄上百人要吃饭要发展，没公路肯定不行，不是说"要致富先修路"吗？最终专家给出了意见：把机械作业变成人工作业即可，这样便减少了对道路两旁树木的损坏。

听了专家的建议，镇上的施工队中止了项目，说是难度太大、成本过高，无法做，镇领导说具体问题具体分析，各项工作要结合实际。时下，村里百分之八十的人口外流，村里只剩了老人和孩子，一个即将从行政区划里删除的村庄没必要大动干戈、费力劳神地修这段路。可爷爷的意见是路怎么修都可以，但绝不能把树毁掉，即使村庄最后成了空壳，也要保存一片绿色。爷爷说脱贫政策是不能落下每一户人的，路是要修，但不能以牺牲生态换取。这话讲得很有水平，符合国家的生态战略，但与镇上的意见相左，修路的事便被搁置下来。一直到脱贫攻坚战的总攻期，双方经过激烈的争论，最终找到了解决方案，由镇里出资金和大型设备，麻地湾出人力，用了两个月时间，才将那段路小心翼翼地修好，现在成了省内外各大媒体报道的热点，说"九旬老人五十年植绿，撑起一片绿色天空"。一时间，爷爷、父亲还有我，三代人成了为陇中添绿的新闻人物。为此，爷爷还获得了市里举行的"感动陇中"最美人物称号。他说这个荣誉让他多活了三年，他为村里做的事被党和政府肯定了！被认可和尊重，这是一个普通人最基本的尊严和需求，远比锦衣玉食、玉盘珍馐更有意义。

　　说回眼前。时下虽不太暖和，但杏树、梨树、桃树、柳树已经抽出枝条，将冬天的枯枝慢慢逼退。青草盖住了地皮，春天昂扬着她的花衣裳在四处招展，田野里星星点点的人在耕耘播种，给这个远离闹市的村庄披上了一层幸福的轻纱。美丽乡村入梦来，连省城来的司机也被眼前的景象迷住了。围绕在他周围的是一片湿润的绿色，他不相信这里是曾经缺水的村庄。我说以前，这里虽然有树，但都长不大，因为干旱，地表的野草大部分在秋季雨水来临之前就枯死了，剩下的耐旱植物如柠条、山毛桃、山杏、柳树等无精打采地等待入秋之后能有一场雨水，解救它们于干涸的死亡线上。外加人口多，土地承载量超标，为了生活，人们过度向土地索取，使得这片山地面黄肌瘦。改革开放后，多余的人口在新一轮政策的指引下外出务工，"超载"的土地慢慢恢复了精力，才将养育庄稼之余的力量用来养育其他植物。本来只能容纳五十人的村庄，在人口高峰期竟也养活了两百多人。眼下，村庄重焕青春的容颜与朝气，只是人口锐减，只有六七户，不到三十人，常住的只有十多人。多年之后，当我的父辈入土为安时，这里或许就只剩下空洞的名字和一片茂密的树林了。

车子一直开到三叔家的四合院门前的小广场上。院子里静静的，门前的小狗点点不见了，可能为了来人方便拴到别处去了。大门洞开着，和我三天前离开时没什么两样。父亲和堂弟听到汽车声出门迎接我，却不过来，只是远远地站在门洞里看我向他们走来。司机是第一次来，我给父亲简单介绍说称他马师傅即可。堂侄领着司机到我家去，已过中午饭点，大家都在等我们吃饭。我没顾上吃饭，径直去了三叔家的客房。

爷爷的眼睛瞪得圆圆的，像是很痛苦的样子，有点吓人。见我掀开门帘进来，并没有特别的反应，只是转动了一下头。我走到他跟前大声说："爷爷，我回来送你来了！"他将头转过来，看了我一眼，便将眼睛闭上了。异人见状向空中挥了挥手，示意大家准备哭时，他的眼睛又睁开了。异人的手停在空中还没有收回，侧身大声说："您老人家还有什么放心不下的，走吧，大孙子都来了，你们俩最亲，他从兰州回来送你啦，你还不走吗？"

异人尖厉的声音吓得在场的小孩哇的一声哭了，哭声压过了异人说话的声音，这让异人的声音听上去有点颤抖。或许是因为爷爷迟迟不走让他恐惧，但更有可能的是他接二连三的判断失误会影响众人对他的信任。

爷爷的心事

寿衣都穿好了，见到我之后，爷爷还是不走，一双眼睛直直地盯住天花板，像是静待一个遥远的声音在他的耳边响起，召唤他到那边去似的，如果那个声音没来，他是不能走的。异人走近智能护理床头，俯下身子，再次小心翼翼地将爷爷那双圆睁的眼，用右手的手掌轻轻往下抹了抹，希望他这次能闭上眼，放心地离开。

灵堂设在宽敞的客房里，地上铺了厚厚的地毯，白花花地跪着爷爷的三个儿子和一个女儿，以及他们的配偶和子女，总共三十二个人。在这些人中，父亲年龄最大，七十四岁。我妹妹的小儿子最小，只有九岁。父亲的态度和神色像信徒一样虔诚，低着头听异人的吩咐，他说什么时候开哭就开哭，所有的成年人都在听父亲的第一声号令般的哭声。因为跪的时间太长，膝盖受不了，一半的人翻身坐在地上，等待爷爷的离世。父亲早就跪不住了，他像在炕上一样蹲在他专用的狗皮褥子上。平日里，除了吃饭晒太阳，他就蹲在狗皮褥子上抽烟聊天，把褥子当炕，有时脱鞋，有时不脱。我九岁的外甥看到众人都跪着，雪白一片，显得异常兴奋，咯咯地笑着在人群里来回转悠，他为所有的大人突然降低高度而兴奋不已。他可以随意揪任何人的耳朵，可以任意爬上谁的脊背当马骑，他的笑声不时回荡在客房里，尽管他妈妈一再制止他的无礼行为，但他的秩序感只有十分钟，之后他又要任意说笑或放声大哭，或随意走动和出入客房了。他那一米二的身高和超重的身体走起路来像一位雄赳赳、气昂昂的将军，他乐于来回巡视这些白色的士兵，但他怕异人时不时莫名其妙、阴阳怪气的叫声，那声音在他听起来像大人说的鬼叫。刚才异人的喊声自然是把他吓住了，散漫的行为收敛了不到半个小时，又自行其是了。

异人的手掌抹过爷爷深陷的眼眶时，那双黯淡的眼睛被两片半月形的惨白眼皮盖住了。他以为这次爷爷可以瞑目，直起身刚要给身后的孝子下令时，余光却看到爷爷的那双眼睛又慢慢睁开盯着他，异人又一次冷不丁冒出一身虚汗。异人只好再次把父亲叫到一旁，让他再仔细想想，爷爷生前还有什么放心不下的事，或想要见的人。父亲爬起身，站在异人身旁想了很久，他的脑海里能想起来的人都叫了，能来的人一个一个在他眼前过了一遍，没来的也给他做了解释，父亲实在是想不出还有谁了。该说的和不该说的话也有人在他耳边说了，他还不走，这是为了什么？"把能想起的堂弟兄也请来吧！"异人无可奈何地对父亲说。父亲从灵堂里出来，感受着院子里阳光的温暖。5月的天气已经热起来，下午时院子里的热气都钻到灵堂里，本来阴森的屋子气温慢慢回升，弥漫着一股肉菜味。等待哭丧的人见父亲离开了，知道此时哭声又离他们远去，紧张的情绪松弛下来，预备大哭一场的心理堤坝又被父亲的离去挖开了一个缺口，众人无精打采，有些恹恹欲睡，索性断断续续到厨房吃饭去了。

父亲在院子里眯着眼看了看精神抖擞的太阳，贪婪地享受着阳光的抚摸。他敏锐地感觉到太阳已经脱去了雾蒙蒙的外套，光线直入衣衫，让人浑身立刻充满阳光的味道。屋里的清凉一点一点被赶出体内，父亲的心情也跟着亮堂起来。他在院子里暂留了一阵，然后直起驼着的背，长嘘了一口气后，向东厢房奶奶的屋里走去。西斜的阳光越过院子中间巨大的牡丹，严实地罩住了新修的砖木结构的东厢房，散发出带着松木香的油脂味。奶奶还健在，她一直在倾听客房里的动静，等待着哭声的到来，哭声意味着爷爷走了，剩下的她像一件经年的旧物放在家里，供儿孙拜谒和引起对往事的回忆。

从下午两点钟开始，这间房子一直温暖如春。奶奶对爷爷的即将离世多少有点莫名的伤感，两人吵吵闹闹大半辈子，突然对方缄口不言，她便陷入无端的寂寞中。奶奶静静地坐在炕上，默默地流着眼泪，她在一遍遍梳理过往的日子，以便从中发现爷爷对她的好。父亲掀开门帘进去时，奶奶把脸从窗口方向转向父亲。"我爸还不走，不知他还有什么放不下的。"奶奶没吭声。阳光让茶色的玻璃有些破碎的感觉，刺眼的光线穿过玻璃照在被褥上，奶奶的一只手正好在这束茶色的光线里，看上去依旧饱满。她比爷爷小十三岁，准确一点说，她是爷爷的二房。"三寸金莲"让她终身没有走出过这个村庄。她将自己的生命酿成一日三餐、爱和奶水，全部奉献给了这个家族。

"还没走？这都快一天了，他还有啥放不下的？"

"不知道，您想想看还有什么。"

"没什么了吧，都病了一个月了，该说的该见的都满足他了！"

"那怎么办？异人说他可能有什么心事没有了结。"

奶奶又陷入了沉思，她在思考还有什么未了之事呢？

　　我膝盖疼得厉害，翻身坐在地上，和大家一样焦急地等待父亲回到客房来满足爷爷的心愿，让他把眼睛闭上。生有时，死有地，爷爷或许还没到走的时辰。异人也心里犯嘀咕，这种情况他还是第一次遇到，人几乎没有了呼吸，可就是不闭眼，难道真有"死不瞑目"之说吗？

　　到下午4点的时候，院子里的阳光已经翻过院墙走了，父亲还没回来。众人今天一早就按照异人的要求，全部穿了孝服跪在灵堂前等待爷爷离世，送他最后一程，可跪了这么久，爷爷总是不走。从水泥地渗过来的阴森的气息侵入了身体的每一个毛孔，有的人打起喷嚏。异人见我们跪不住了，说可以起来吃点喝点或到院子里走走。听了这话，大家起身进进出出。我从厨房出来，突然想起一件事。我推开奶奶的房门，父亲坐在炕沿上沉默着。看样子奶奶也没想出什么来。不过在我进去的一刹那，奶奶像是想起了什么。她静静地说："你爸能说话的时候还在念叨洮河水的事，身体好的时候没等到引洮水到家里，这两天放鞭炮开闸通水了，还没告诉他，是不是这件事他还挂念着？其他应该没什么了吧！"

　　"奶奶，我也突然想起这事，要不我试试去。"

　　我把家里哗哗的自来水，以及父亲、姑姑和外甥先后在洗脸池边洗漱的情景录了像，配上了解说，交给异人，希望他能给爷爷看一下，或许会有效果。异人快七十岁了，他看着我递过来的手机，不知道怎么操作，他示意我放给爷爷看。我有点不敢看爷爷的眼睛，可是已经跪了那么长时间，我实在不想再跪了，便将视频放到最大声音，用右手颤抖着将手机举到爷爷眼前，水流声立刻响彻整个房间和院落，以至于小外甥嚷着要撒尿。我的目光偷偷移到爷爷骷髅似的脸上，他深陷在眼眶中神情黯淡的眼睛被两片失去水分的"叶片"盖上了，因痛苦挣扎而变形的面部肌肉松弛下来，扭曲的身体也在一阵痉挛之后舒展开来，安详得像熟睡过去似的。东厢房炕上的奶奶突然哭喊了一声，把在场的人都吓了一跳。我忙收起手机，父亲让我看一下奶奶啥情况。我掀开门帘时，奶奶和先前一样坐在炕上，堆满皱纹的脸上曲曲折折地挂着泪痕。

"你爷爷走啦！"

"是的，奶奶，你刚才看见了？"

"我听见他说他走了，洮河水引进家门，你们不再为吃水犯难了！"

我的眼泪禁不住流了出来。客房里传来了山风一样的哭声，我和奶奶抱在一起失声痛哭。奶奶说："你爷爷的心愿是能吃到洮河水，但他走之前没能吃上。"爷爷病重的时候，他用的水，都是我从城里带回来的纯净水，我们骗他说这就是洮河水，他已经不能言语了，但仍是执拗地认为我们在骗他，这成为他离世时最大的心愿和遗憾。父亲理解了奶奶的话，他在第二天爷爷入殓时，用他年轻时在部队服役用的铝皮水壶装了满满一壶洮河水，放到爷爷的手边，愿爷爷能在那边尝到他一生追求的东西。

这时节的麻地湾掩在绿色的枝条里，杨柳抽绿，桃树、杏树粉的白的花朵一树一树的，在村庄周围散布着，如小孩子打翻的颜料罐。借了人的精气，村庄周围的树长得比别处的高大粗壮。多年前的羊肠小道现在成了水泥路，两边是爷爷亲手栽植的新疆钻天杨。村子里的人大都因外出务工而外迁,不再回来,干旱和偏僻限制了他们对建设美好乡村的想象力。脱贫之后,这里变成了山清水秀的村庄,每年能招来不少的游客。我也曾想过村庄以前那么贫穷的原因,一是人多资源少,二是传统的农业经济体制,将这么多人限制在有限的土地上,造成了不堪回首的惨状。

爷爷生前看到的是电灯泡亮了,不用再点煤油灯,或用手电筒照亮,顺手一拉绳子就会有亮光照着黑夜,让屋里和院子里明亮如白昼,更不用怕刮风下雨把灯吹灭,让黑暗统治夜晚。晚间家里牲口的草料都是爷爷添的,他年事高了,睡眠时间少,但效果好,别人用七八个小时的时间恢复精力,他只一两个小时。最早的时候,他是摸着黑去干这些活的,几十年摸黑的劳作让他的眼睛适应了黑暗,除非黑得伸手不见五指,否则他都能看见外面的东西。这个能力我的长辈们都有,他们长期在黑暗里挑水、割麦,甚至是在灶间做饭,练就了一双从黑暗里明辨事物的眼睛。农忙时节奶奶经常一个人在灶间给十几口人做饭,我们跟在她身后,除了灶间的火苗舔着锅底,映出我们好奇的目光外,什么也看不见,可我奶奶却迈着一双小脚,行动自如,从不碰倒什么。我七八岁时,有一次晚上给大人盛饭,错把灶台看成了锅,最后空着手回来,说锅里根本没饭了。可奶奶确信是有饭的,她走进厨房,不一会儿就端着一碗饭回来了。她和爷爷、父母还有村里的其他人一样,生活培养了他们黑夜里识别事物的能力。如果夜晚不是特别黑,爷爷奶奶仍然不会拉亮电灯,他们怕浪费电,说用一根细线引来的电比油还贵重,一定要省着用。奶奶说电就像家里的水,总量是恒定的,谁家能省谁家用的时间就长。我们全都坚守这个理念，节约用电，只是别人家停电时我们家也停电，这让奶奶有一段时间很是想不明白，但在交电费时我们比别人家少很多，她说节约还是好！

1998年的秋天，当最后一批谷子割倒在地里，被整齐地捆好搭成小谷塔时，黄昏已经漫上了低处的山坡，仿佛一瞬间，沟壑处放牧的牲口便看不见了，只听到铃铛声。暮归的羊群叫成一团，一半是成年羊，一半是羔羊，苍老与新生形成白天与夜晚的分界线，缓缓向村庄靠近，村庄在树木的遮掩下已完全进入无边的夜色里。到了掌灯时分，突然，村子晒场老杨树的枝杈上，那个挂得高高的铁皮喇叭里传来父亲的声音："通知个事，通知个事，通知个事！"一连重复了三遍，回声在山谷间回荡，周围的杂音全都停止了，羔羊的叫声也暂停了。巨大寂静中父亲才切入正文："今晚9点要通电，大家注意安全！"他又重复了三遍，严肃而认真。全村人估计都听到了这个企盼已久且振奋人心的消息。父亲广播通知后，我们这些孩子早在太阳还没落山时就等在各自家中半年前准备好的灯泡下面了，我们都渴望白天早点过去，黑夜快点到来。可那天是个大晴天，直到很晚屋里还亮堂着，有调皮的孩子并没有遵守长辈的规定，偷偷在8点钟的时候将开关绳子拉了一下，屋顶的灯泡啪地一下亮了，炫得连眼睛都睁不开，赶紧又拉了一下，屋里又恢复之前的昏暗。这闪电般的亮光，让他们倍觉天空已经黑下来了，急忙让还在田间劳作的父亲或母亲允许他们开灯试亮。从晚上9点钟开始，也就是父亲正式通知的时间之后，村庄的电灯才同时拉亮。没有父亲的通知，大家都不敢拉灯，生怕出现故障。最兴高采烈的欢呼声是从孩子们的嘴里发出来的，和电灯泡一起让夜晚寂静黑暗的村庄变得灯火通明。有了电，干活的时间开始由村民自己控制，想在晚上干白天的活也能实现。电灯延伸了白天的长度，让夜晚时不时变成了忙碌的白天，村庄的日子也变得丰茂而厚实起来。

　　眼下村里不足十户人，有两三家在外打工的，有时回来，有时不回来。有时一年回一次，有时两三年也不一定回一次。在这种来来去去，张三不在李四在的情况下，统一全村人意见就是件颇费周折的事。那一年，村里申请修路的项目批下来了，要把原来的羊肠小道拓宽成沙石路，两端部分路基要占用耕地，要征得承包人的同意。在村里的人自不必说，做梦都想的事终于要实现了，肯定支持，但有三分之二搬到外面的人就不是那么热情了。弟弟给外面的人打了好几次电话都没人接，后来只好发短信告知可能会占用他们家的承包地。这条信息发出后，弟弟的手机便响个不停，有时半夜三更也有人打电话，谈论占地后的补偿事宜。这之前，他们的地已经弃耕十多年无人问津。弟弟说修路是村里自己的事，公家只出机器，比如挖掘机、推土机、压路机等，提供沙石等物资，部分人力还是要村里出，不出人工的要出钱，以保障修路项目的顺利实施。新路规划走的还是原来小路的路基，只是拓宽加固而已，只有少量地方需要改道，可能要占用不多的耕地。听说村里要修路，十多年无人问津的荒地变得炙手可热起来。甚至有些人还从省城或外省千里迢迢来现场看个究竟，怕自己荒芜的土地被无偿占用。他们坐飞机或乘小汽车回家时，原来的小路汽车无法通行，只得将车停在山上，步行下山，走一公里的路，自然怨恨西部地区发展的缓慢，为什么这么迟才修建村村通公路。当沿路看到自家的地被野草全覆盖，没有一点长庄稼的希望时，心中对这次回乡之旅的期待大打折扣，自己的地是否会被路基占用还不能确定，这得看县里专家的意见。

弟弟接待的人里，有一位在上海打工发了财的，全家都搬走了，十多年杳无音信，突然听说家乡要修路，直接给弟弟转了十万元，说是对故乡尽点微薄之力。听到弟弟讲述这样的义举时，那些希望占用自家耕地而做发财梦的人，毫无颜面地离开了。按照大家的意见，户籍还在村里的人，如在外不能出力就要出钱，这些人听了弟弟的话暴跳如雷，说这路是给村里人走的，他们一年走不了一回，凭什么出钱？弟弟是村主任兼"人民公社"合作社社长，经过几年农村基层一线工作的磨砺，柔韧性和刚性都很好，对这部分人的说辞挺客气。他不发脾气，而是耐心地进行解释，做思想工作。他知道发脾气是最愚蠢的行为，是工作没思路、没办法的表现，对工作没一点好处。在修路的问题上，镇上结合省上专家的意见，不再另辟路基，因为现在的这条路走了两百多年了，基础牢靠，只需从两边拓宽一下就可以了，也用不着占用耕地。如果修新路，不仅成本高，两三场雨过后，会引发路基塌陷，得返工。现在的路基有一半是林荫土路，两旁是各种茂盛的林木花卉，路面只有两米多宽，要在不破坏道路两旁植被的基础上，将路面铺成水泥路面。按此方案的要求，不能使用大型机械简单地采取推、夯、铺面等方式，有一半得靠人工完成。这段有风景的路勉强能容两辆农用汽车双向通行，大一点的汽车只能单向通行，好在平日里这条路并没有什么大型车辆通行，大多数是三轮车，偶尔有几辆小轿车。听说路基是原来的，不再占用耕地时，空欢喜一场的人骂骂咧咧地回去了。村庄在经历了一场村民的语言暴力之后又归于平静。

路的一砖一石都是在爷爷的眼里铺成的，一点也没有影响道路两旁的水渠和景观带。路两边百米外是层层梯田，现在被各色树木占去了三分之二。退耕还林之后，在爷爷的一再倡导下，村里种植的庄稼不多了，仅供口粮，其他的地种经济作物或花草树木，走少而精的路子。一到春秋两季，各色花争奇斗艳，村庄成了一片花海。百合、金银花、柴胡之类的经济作物替代了以前的小麦、玉米、糜谷等祖宗留下的传统作物。爷爷走之前，"引洮工程"正在紧锣密鼓地进行着，通往村庄的渠道已经挖开，水管也埋好了。他天天坐在轮椅上在村头的蓄水池边等着，等洮河水的到来。通水的前一年，他等不住了，要我带他去看一眼洮河，看一眼他曾经用青春和梦想耕耘过的地方。我带着他把新的引洮路线看了一遍，算是给他的一生有个交代，他也可以心满意足地离开了。

当年，爷爷本来在岷县工区做工，因为想念奶奶，中途回了一趟家，后来也没再回工地。听说爷爷回来了，体弱的大队支书决定推荐爷爷接他的班。因为引洮工地有饭吃，爷爷又当过兵，长得人高马大，大队觉得他长得像干部，无论说话做事都很有感召力，是大队支书最合适的人选。

爷爷算是临危受命，上任后的第一项工作就是想方设法给村民弄粮食吃。粮食是从地里长出来的，光想办法有什么用，这个道理爷爷懂，大多数人都懂，但就是有些人似乎不懂，或装不懂。

天灾人祸，这个成语里的后半部分是可以通过工作来规避的，爷爷懂的就是这两个字。有时，他甚至冒着被问责的风险找粮食或填饱肚子的食物。在那个特殊年代里，除了几个体弱多病的老年人没能挨过来，生产队其他人全活下来了。一年半的艰苦奋斗让爷爷强壮的体魄变得和生产队其他男人一样瘦骨嶙峋，那些苦难的日子教育了生产队所有活下来的人，他们越发地勤劳，但山地粮食的增产是有限度的，日益增加的人口把人均增加的收入吃掉了，日子还是那样紧巴可怜。风调雨顺时生产队社员勉强不饿肚子，如果天公不作美，大旱一年，无水无粮，生产生活的无序和治安问题开始抬头，任谁有多大本事也回天乏术。但爷爷是大队支书，他有责任让全村人填饱肚子，这是他工作的基本任务。他总结提炼出了生产队增加收入的关键点，那就是要有水，解决了水的问题也就解决了人的口粮问题。那时，陇中人基本都靠天吃饭，地下水也很少，只有沿河地带有一小块土地享受河水的润泽，其他地方全靠自然降水。爷爷想，如果天上不降水就从地下找，想法虽好，可找人打井却没有结果，说麻地湾地下是一条小溪，存不住水，村里只能用泉水。爷爷知道村里的泉水勉强够人畜饮用，根本没有多余的水用来灌溉庄稼。

　　起初，爷爷不相信十多米深的地下没有水，他找来县上最有名气的专业打井队在不同的地方打井。打井队队长在看完山峦地形走向后，对爷爷说打不出水的可能性非常大。打井队在选址的时候和爷爷争吵起来，爷爷认为打井队选的地方就没水，而他选的地方打井队说只有地表泉水而无地下径流的井水。实在没办法，最后打井队采取了折中的办法，先在爷爷选的地方打，可惜只在一米深处渗出水来，三五米之后就是严实的黄土地层，根本没有水的影子。爷爷闷闷不乐地同意在打井队选的地方打井。这次打到五米时就有红泥和沙土，这是有地下水的地质特征，再往下挖便是沙子和浑浊泥水。打井队说井底红泥土层下面是沙子，是积不了水的，水从沙子里流走了，根本无法堵住。爷爷让挖井的人把井底周围处理一下，说肯定能留住水的，那人按爷爷说的用红泥巴将井底堵住，可一会儿就被水冲开了，水像一条小溪似的流走了，而不是像泉水一样涨上来。可是爷爷不大相信打井人说的话，他要自己下去看看。井里很黑，他头上戴着矿工帽，上面有个照明灯，身上装了电池控制开关。他在井下折腾了整个下午，也没弄出名堂，上来时一脸茫然，什么话也没说就领着打井队换地方了。那时往地下打十多米成本很高，五名工人轮流进行，包括从下面吊土。这些人要吃好喝好才能打得快一点，不然耗时费力，损失的还是村子的利益，所以得由队里派专人伺候着。一口井要三天才能打好。井是打好了，就是没水，有水也像过客一样站不住脚，顺着沙层流走了。先后用了十天时间，换了三个地方，终是没能找到水。打井的人说等吧，有时候水会来的。爷爷只好同意了他们的看法，把劳力折算成粮食打发了。

天上没有水，地下也没有水，爷爷有时想，天上的水不也是从地面蒸发上去的吗？水的源头应该还是在泥土里。所以他相信地下有水，他从县里请来了一位水利专家给社员科普水利知识，目的是让大家都开动脑筋、集思广益，讨论水是从哪里来的，以及如何开源节流。会上，专家做了理论分析，说处于黄土高原北部的陇中地区属于干旱地区，通称"中部干旱区"。年平均气温在六至九摄氏度，年降水量二百至五百毫米，干燥度在一点五至四度之间。降水由南向北逐渐减少，降水变率较大。十年九旱是历史原因，与植被被大面积破坏有着直接关系，他鼓励大家植树造林以避免水土流失，保护水源的涵养层，不要把草皮当燃料往家里搬。专家说到这里，现场有人站起来问专家，说冬天家里没柴火烧炕冰得无法睡觉时该怎么办？专家说可以用秸秆。那人说秸秆是用来做饭的，不是烧炕的，如果烧了炕拿什么做饭？保护植被这个道理社员懂，可没有燃料怎么办谁能懂？专家的理论在面对现实时不堪一击，现实以毋庸置疑的坚定说服力，让高深的理论无能为力，无言以对。

进入 20 世纪 70 年代，人口剧增，土地无法承载，人们向土地过度的索取导致植被被大面积破坏，保障人的生存是第一位的，有什么办法呢？那时人口基本被固定在土地上不让流动，不像现在可以外出务工或移民搬迁。当爷爷问大家"水是从哪里来"时，一半以上的人认为是从地下冒出来的，少一半认为是从天上的云朵里掉下来的。爷爷最后总结发言，说不管水从哪里来，最终都保存在泥土里，就在我们的脚下，但它不是停在下面某个地方不动，而是流动的，根据土层和地面的植物变化而变化，要让水长时间待在一个地方，就得把地表的树木种好，树多的地方水就多，它是吸水器，像海绵一样。爷爷搜肠刮肚地讲了一通，自己把自己吓了一跳。他后来回忆说，当时说那些话时心里没谱，只是把专家的理论逻辑形象化地重复了一次，便于社员听懂，根本不知道对错，但专家充分肯定了他的讲话，说他的话是对的。虽然有人在中午时分的露天会场上打起了呼噜，但水土保持的道理大部分社员还是听懂了。那时整个大队三千多人都缺水，只有居住在河川里的人水相对多一些，因为水总是往低处流。

会开完了，任何问题都没解决，有社员骂爷爷是只会说不会干的"谝家子"，因为开了一天研究找水的会，结果是谁也不知道水在哪里。更让他们不痛快的是，现在还不让铲地皮烧炕了，但爷爷讲的"只有多种草种树才会留住水"的说法社员们是赞同的。

盼望水、找水成为村庄生活的主题，一切农业生产和日常生活都得与水发生关系，好像水比空气还重要，因为人们知道空气随时随地都有，而水却时常缺失。几代人对水的无限渴望转换成了身体里的基因，被后辈承传下来。到我们这辈，虽不缺水，却时常情不自禁地想起水的事情。

爷爷的引洮

每当村里缺水，爷爷就给我们讲当年的引洮工程，说当年的那个引洮规划来得快结束得也快，可能与当时的生产生活、科技条件有关，只凭了决心和信心，不符合客观规律和当时的实际条件。项目前期调研、测量、规划只用了一个月的时间，太短了，肯定没有吃透客观条件。后来经过省、地区和县上的工作动员准备，前后算在一起也不足半年，有些草率，我们挖个水窖也谋划了半年呢。爷爷说这些时显得有些痛心疾首。从后来的引洮实践来看，爷爷对当时存在问题的认识是深刻而准确的，那样大的工程要调研立项，需要相当高的技术。即使到了2012年，胡麻岭工程也差点断送了整个工程的前途，复杂的地质条件让所有水利专家头痛，但终归是新思路、新方法、新技术，办法还是比困难多，问题还是在艰难中解决了。爷爷感慨时代发生了重大变化，历史的车轮已经翻过高山进入平原地带，前方的路明晃晃地摆在眼前，我们只需奋力向前即可。

从那一年开始，家里的日子越过越紧，不是说人不劳作，而是天公不作美，和人较劲，在自然灾害面前人的力量显得太过脆弱，就像蚂蚁在大象跟前似的。正在庄稼需要雨水的时候，天空却是一片蔚蓝，从清晨到日暮总是同一个颜色，让人绝望到发疯。大地上一丝风也没有，种下去的籽种被灼热的土地烧死了，正在抽穗的小麦蔫成干柴，玉米的叶子卷得像烟卷……这一年庄稼收成不好，仅仅能供个口粮。陇中大旱，国家只得减免公购粮。这样的光景让爷爷怀念部队的生活，他说在部队两餐都能吃饱，当个农民却连肚皮都混不饱，如果再不折腾换个地方，这一辈子怕是要圈在这山沟里饿死或渴死了。他不甘心就这么当个农民，四处奔走找战友亲戚在外谋工作。

爷爷复员后的第二年5月，解甲归田的他突然觉得百无聊赖，生产队里的活他干得无精打采，简单的重复性体力劳动和耕种农时的科学夹杂在一起，既要有耐力，又要有智慧，还要有经验。他既不想干也干不来，主观上不积极，客观上也有限制。比如何时翻地何时下种，在什么方向的地块适合种什么类型的庄稼，一块地不能重茬种两季，要倒茬才能让土壤的肥力保持不变……这一切对他来说都是空白，在农业方面他是个差生，而且不喜欢上学。当然，并不是说这些知识有多难学，只是他不愿意学。他觉得自己到农村是英雄无用武之地，想干点大事，为这个村庄解忧。

大队支书见他是从部队上下来的，思想觉悟高，问他去不去引洮工程一线。他当时不知道引洮是啥东西，大队支书解释说就是修渠道把二百里外的洮河水引到咱村里来。一听说要上引洮工程了，他像响应入伍一样响应当年的引洮上山工程，他给乡亲们承诺，只要他去，一定能把洮河水引来，从根本上解决村里的吃水问题。那时村里人对水的需求并不那么急切，泉水还能够满足生产生活需要，爷爷提出要去引洮这一行动，似乎是为了躲避生产队的劳动，令社员们感觉到可笑——竟然用这么弱智的想法逃避劳动。大队支书说这次引洮大会战由大队准备伙食，让他尽管放心去，能吃饱肚子的。最后背了几句毛主席语录，教育他一切行动听指挥，坚决跟党走。

第三天，爷爷丢下奶奶和三个儿子，跑到五公里外的公社坐上解放牌汽车奔赴岷县古城的引洮战场了。那时父亲不到九岁，小叔也就两岁左右，奶奶一个人既当爹又当妈，除了上地干农活，还要操持家务和伙食。奶奶一双小脚站不住，怀里还抱着两岁的儿子，她只好跪在地里干活。回家时胸前挂着儿子，后背背着一座小山似的柴火。由于站不稳，她在家里干活时，多数时候也是跪着的，她以最谦卑的姿态行走在生活的最底层，几十年如一日。岁月将瘦弱的奶奶锻打成了一截复合型钢材，能顶住来自生活诸多方面的打击和压力，只要她在，家就在！

一整天的颠簸让爷爷把吃进去的东西都吐了出来。临近黄昏，高原晚照时分，爷爷他们一车六十多人到达岷县工地。这里的空气比家乡的清新潮湿。虽然是6月，单薄的军装却无法抵挡这里晚间的清凉，外面得加一层外套。他们的到来给这里又增加了力量，受到了两排人的鼓掌欢迎。随后，他们按要求到一个新修成的广场上列队，听训话，学习规则和工作内容。细心的后勤组长还介绍了在哪里吃饭，在哪里住宿。因为晕车，爷爷的第一顿饭吃得并不香，但他记得有肉，是好几个月来没有吃到的味道。吃完饭，他们分别被领到支在河边的沙石地面上的帐篷中去了，这是他们的住处，但这个地方是临时的，等河坝修好得换地方。那个领导模样的人指了指四面的山头，说："你们看到了吧，那里黑色的山洞也是工人住的地方，过一段时间或许你们也能住上那些高处的宿舍。"那时整个山野和周围的崖壁被一盏盏电灯或马灯点亮了，像是无数的星星，与晴朗的夜空连成了一片，分不清哪里是天空，哪里是宿营地。

不久，他们在河边一片空旷的河滩地上举行了引洮工程开工典礼。爷爷说，他第一次见到成千上万的人，第一次理解了成语"人山人海"。他看到河滩上全是人，连远处的土崖上都是人和迎风招展的红旗，真是漫山遍野。他们排成队站在外围，只看到前面人的后脑勺，根本看不到主席台上的人。前面离主席台近的地方坐着几排人，是省里和专区的有关领导。首长的讲话在河谷里回荡，传得很远，被河水带到了下游，在几公里外的地方都能听到。三位首长先后讲话，最后一位宣布："引洮工程今天正式开工！"话音刚落，一声地动山摇的巨响让不远处的一座小石山炸开了花，声音之大，令在场的人惊叹。随后乐队奏起了响彻云霄的《东方红》乐曲，整个会场沉浸在一片严肃而又愉快的气氛中，高涨的热情和昂扬的斗志像要把面前的石山推平了似的，洪亮的口号喊得洮河水哗啦啦地响。那时，爷爷他们的心气比眼前的石山高得多，可以用"壮志凌云"来比喻，人人都有一颗"人定胜天"的决心，真有"开山民工一声吼，半个地球也要抖三抖"的威力。因为引洮大会战的胜利果实是具体的，能解决很多工人家乡的吃水难题，大家的热情持续高涨，像是在给自己家里干活似的，十分卖力。他们豪气冲天，干劲十足，喊着"头顶万丈崖，洮河流脚下"的豪言壮语，与天斗其乐无穷，与地斗其乐无穷，与困难斗更是其乐无穷。

开工的第二天，爷爷说他被分配到古城村所在的大坝工地上干活，主要工作是修建大坝和大坝附属建筑。他们每一百人编一个中队，名字霸气唬人，什么"老虎队""东风队""罗成队""跃进队""钢筋队"等，听起来都是英雄中队。他没想到工地上还有女人组成的"铁姑娘队"，她们的工作就是保障一日三餐，给工人们搞好后勤服务。"铁姑娘队"像百灵鸟一样在工地上飞来飞去，让他们男人兴奋不已，干起活来不知道累。

他们像部队一样，每天清晨 6 点钟准时在号声中起床，队长组织大家跑步做操，很正规的样子。但队列总是丢三落四、歪歪扭扭不整齐，不是后面人踩掉了前面人的鞋子，就是前面的人突然停下挤在一起，绊倒一大片，热闹得像一群没有训练过的羊，得队长点名指正才能改正错误。大家从四面八方初来乍到，操着不同的口音，相互陌生，一时半会儿也难配合得体，跌跌撞撞中却都显得和谐且愉快。

早餐后，他们集合排队唱着革命歌曲向工地走去。开工的哨声一响，几百人各就各位进入工作状态。为了提高劳动效率，小组长手里拿着一个用铁皮做成的喇叭专门喊号子，每句五个字，铿锵有力，给打夯的人提精神，整个堤坝工地上沸腾着劳动的热流，这股气息流到哪里，哪里就迅速发生变化。火热的气氛燃烧着他们的激情，兴高采烈激荡着他们的铿锵足音，大坝的堤岸在日新月异中增高，大家都觉得时间很紧张，干起活来争分夺秒。

紧张的劳动带来了快乐，如果干得卖力还有表彰和奖励，像一支正规部队似的。因下雨或特殊天气不能上工时，大家就被集合起来学习时事政治和上面有关引洮的指示精神，或者读诗人作家创作的有关引洮大会战的文学作品。有时，他们还能听到外地来的文工团穿透云霄的高歌，能看到精彩的文艺节目和打扮漂亮的城里美女，那或许是他们一年中最幸福和快乐的时光。这样的场面会给年富力强的青壮年带来晚间的春梦，有人想家里的媳妇，有人会请假回一趟家，有人回家后甚至借故不再来工地。

工地上除了人工夯实堤坝外，还有链轨拖拉机来回推土，大大减轻了工作量，这在当时算是很先进了。但这样的机械工具很少，在许多地方也发挥不了作用，因为没路，有些大型设备进不来。工地那么偏远，竟然还有电灯，晚上灯火通明，他们便会加班加点干，力争早日把工程建成。

比起家里，工地上每天都能吃饱肚子。吃饭有食堂，排队打饭，菜里还有肉，据说都是四面八方支援引洮工程的。第二年，爷爷回了一趟家，被家里的困境吓住了——奶奶面黄肌瘦，三个正在成长的孩子吃不饱饭，瘦得像木棍，最小的孩子因为营养不良，三岁了还走不稳当。他不寒而栗，这个家快要倒塌了。他只好留在家里，帮奶奶撑起这个濒临崩溃的家。

时间一晃而过，再到开春时，爷爷想回到工地，他已经把家里的事安排妥当了。临行前，他去大队支书那里告了个别，不料大队支书说刚刚接到通知，"引洮工程暂缓了，大家暂时回家务农待命"。爷爷听了这个消息，心里不是个滋味，不能说失望痛苦，但多少还是有些不高兴，感觉一件好事就这么停在半空中，只能眼巴巴看着，望眼欲穿，成了一个念想或梦想。爷爷原本想在引洮工地上大干一场，改变自己农民的命运，却没想到工程不到三年就停了，把他的希望扼杀在萌芽状态，在半痛半苦中熄灭，他只好闷闷不乐地回到土地上，和春种秋收、犁铧钉耙为伍。

那时，大队支书年老体弱还有病，见我爷爷听党的话，也听他的话，动作麻利，又是部队又是引洮工程地锻炼了不少，政治觉悟也高，还是党员，就推荐他当大队支书。没经过什么党员代表大选，或别的什么程序，爷爷被老支书叫到跟前，和他一起忙碌了半年，在年底的大队党支部委员会工作大会上，老支书上台讲了两句话后，爷爷便成了大队支书。不久，他收到公社的一张手写的任命书，上面盖着一个鲜红的章子。老支书语重心长地将手帕那么大的任命书交到爷爷手里，说："这是你的任命状，你任大队支部书记的职务这张纸说了算，我和你说了都不算，保存好！"爷爷将纸折叠起来装进一个从部队上带来的牛皮纸信封里，夹在《毛泽东选集》（第四卷）的红色塑料书皮里，直到他离世时还放在那里。我有时悄悄拿出来看看，觉得往事如尘烟般从那张发黄变脆的纸面上浮起来，爷爷一生的骄傲和辉煌就是那张纸，在它的护佑下，村子的日子慢慢好起来。

引洮工程一搁置就是半个世纪，爷爷也从青壮年进入了迟暮之年，在行将就木时才听到中央重启引洮工程的消息，让他感慨万分。

虽然第一次引洮工程经过三年的艰苦努力仍然没能实现引洮梦，但也为当地人民的生活打下了很多基建基础。当年挖掘和修筑的主渠道被后来的人们充分利用，变成了洮河右岸通往乡镇、村组的水泥路或是柏油路，为当地经济社会的发展做出了重要贡献。当年的引洮工程由于财力、物力和技术等各方面的原因被迫中止，是有些遗憾，可是如果把遗憾利用起来，就不再是遗憾了。当年敢出动十多万人把洮河水往高山上引，往几百公里外的地方引，这个想法与魄力都是值得赞叹的，只因当时经济基础和科技条件所限，没能达到要求，在具体做法上不够科学罢了。

爷爷听到新引洮工程即将实施时，兴奋得一夜没有睡好觉，第二天就让三叔给我打电话，说他要去曾经奋战过的地方看一眼。那时我还没有私家车，工作也忙，没顾上，但我答应他明年一定带他去。

我们沿县乡公路向当年引洮的岷县古城驶去，一路上多数地方在新建高速公路。正是秋天，雨水多，路面泥泞，我们走得比较慢，一方面是为了照顾爷爷的身体，另一方面也是为了安全——我开车不是很专业。从家里出发时是早上9点，走走停停到漳县时已近黄昏，我们只得在漳县住一宿。第二天是个雨后的大晴天，秋高气爽，到中午时分才到古城。爷爷站在草地上，手搭凉棚观察了足有二十分钟，他在分辨当年工作的痕迹和地貌地形。只可惜时间已经将所有的痕迹篡改得面目全非，除了一些残留的石头、水泥柱和悬崖上的窑洞还在诉说当年的风云外，其他都已成了岁月的残兵败将，原来的模样几乎很难找到。他呼吸着8月潮湿闷热的空气，望着强烈的高原阳光，心中感慨万分。百年于人是一生，于自然只是一夜之间，湍急的洮河依然那样流着，夜晚的月亮还是那么明亮而清冷。"今人不见古时月，今月曾经照古人。"那照亮过在古城的爷爷几百个夜晚的明月还是那轮明月，但周遭的一切早已物是人非。曾经万马奔腾、热闹非凡的工地，此时却是一片沉寂，废墟中杂草丛生。那些小牛一样健壮的少年，那些花朵一样绽放的女孩，只是一夜之间便已变成了老年，人生一世，草木一秋。爷爷站在当年举行开工仪式的堤坝上感慨万分。堤坝早已废弃，芦蒿遍地、杂树丛生，路边的耕地也多处荒芜，无人耕种。河道里吹来的风掀起他的衣襟，拂过他苍老的面颊，他仿佛能听见这些风儿在诉说当年往事。当年首长激情澎湃的讲话和雄壮嘹亮的《东方红》如昨日般清晰地响在耳畔。

经历半个多世纪的风风雨雨，你很难想到一项如此宏大的引洮工程出自人工手推车、竹筐和背篓，那些曾经的艰辛只不过是过眼云烟，那些刻在悬崖上的豪言壮语在时间的风雨中早已灰飞烟灭，甚至连一点痕迹都没有，只有斧凿的窑洞半明半暗地陷在石头缝里。五十年，人间烟云在历史的天空只是昙花一现，我并未感受到苦难或失败，只感觉到那个时代的人们对引洮工程的热情。每当回顾当年的历程，我都能从中得到一份灼热的精神力量。

我们跟随历史的足迹一路而来，从岷县古城到渭源峡城，这里属于洮河中游，蜿蜒的河水在崇山峻岭中艰难地穿行。上段的河谷稍稍开阔一些，台地也平缓一些，可是到了九甸峡一带，便隐入到大山深谷中，四处是悬崖峭壁，地势十分险要。就在这样凶险的地方，引洮上山工程的遗迹随处可见。尤其是在洮河东岸，不仅能看到引洮渠的痕迹，还能看到当年民工住过的土窑洞。当你举目四望的时候，它们也投来黑乎乎的询问。引洮渠的平台要么修成了公路，要么建造了民居，要么闲置在山腰，长满了树木和杂草，让人叹息不已。

爷爷说，这里曾是当年引洮上山工程建设的主战场。他一路观看，不时眺望远方，心潮澎湃，难以平静，还不由感慨道："社会在发展，像飞一样，让我不敢想象。当年我们来时只有一条石子路，卡车上大风呼呼地吹着，好多人被冷风吹得脸都变形了，留下了终身无法治愈的风湿病。现在我可以坐着自家的小轿车到这两百公里外的地方看上一次引洮工程的起点，想来真如做了一场梦。梦醒时，一切变得让我不敢相信自己的眼睛了。岷县古城，这个我曾经梦想把香甜的洮河水引到家乡的地方，这个我曾经魂牵梦绕且为之奋斗的地方，现在成了青草遍野、树木葱茏的绿色山水世界。我曾把梦留在这里，而梦终将成为现实。"

爷爷时不时回忆那些引洮的破碎时光，回忆那些人、那些事。引洮大战成了牵动他回忆的一条绳索。有了这条绳索，他的引洮人生瞬间变得清晰可辨。

小脚奶奶

水确实是走来走去变化着的。奶奶说她刚嫁来时，村子里只有五户人，村子旁边的树林里就有五眼泉水，怎么用都用不完。几场雨过后，门前的涝坝里也蓄了很多水，平日洗涮就用涝坝里的水。

夏秋午后，还没到上工时间，我家门前的涝坝成了女人和孩子们的乐园。女人洗头洗衣服，孩子脱光衣服泥鳅似的在涝坝里戏水。因为有水，涝坝周围的杨树、柳树、杏树、楸树、椿树都长得十分茂盛，遮天蔽日。艳阳下，这里成了村里的避暑地。村里有个年事最高的女人，论辈分应该是爷爷的长辈。盛夏酷暑，家里闷热难挨。中午男人在家午休时，她一手拄木棍，一手带个小木凳子，蹒跚地来到涝坝旁的树荫里，选一棵杨树，背靠着坐下来，悄无声息地望着眼前嬉闹的孩子们，或蓝天下苍茫的远山，或白云下泛黄等待开镰的麦田，或一群疾飞的燕子。很多时候，她会这样静静地度过一整个中午和下午。整个夏季，只要她的身体状况允许她从家里出来，她总是按时出现在那棵杨树下，静静地和杨树保持一样的沉默，甚至与这些树融为一体。她的静让来这里干活的人都忘记了她的存在，有人时不时干点与隐私有关的事，并不在意她的在场，或许是忘了她的存在，又或许是把她看成了和树一样的存在，知道她什么也看不清楚，什么也不会说出去。老人或许将人世看得像自然界一样，除了顺其自然就是视而不见。她静静地看天空中云聚云散，看田野里庄稼慢慢成熟，看孩子们一个个脱去衣服钻进水里，又在大人的喊声里穿衣回家。或许，她对人世的欢悦与悲情、你对我错、是是非非已经不关心了，就像田野里那些庄稼，一季过后还会有新的一季。每个人像是一个季节，当下一个季节来临时，上一个季节必须退场。眼下，她用剩下的悠闲时间回忆自己的往昔，从眼前的孩子看到自己的青春年少，看到自己丰腴的体态和旺盛的生育能力——村里人有一半是她的子孙，传承着她的血脉。她偶尔的干咳，像树上的麻雀、喜鹊或燕子的鸣叫，没人在意。她也不在意别人，她只在意自己，在意每个白天和黑夜，在意时空的轮换。她渴望活着，又渴望死去。她在大家的忙碌里度过余生，在黑白交替中把生命一点一点耗尽。她是村里那个年代唯一的大脚女人，也是唯一抽烟喝茶的女人。她曾经的强悍使她成了这个家族的主心骨，但当她进入迟暮之年后，仇恨的种子也在身边不同的土壤里生根发芽，那些她为了家庭或个人好恶而虐待过的女人，此时成了令她不得不逆来顺受的对象。但她的生命力像杏树一样顽强，只要有一口饭吃，她就会好好地活着，她知道这叫恶有恶报、善有善报，一切都是前因结出的果实，是苦是甜，只有自己知道。她已经被岁月的镰刀收割到了人生的晒场上，领略风景的时光已经从身边走过了，现在只等着搭乘死神开来的班车，将自己运转到下一个季节里，被岁月重新播种、发芽、生长、结果。

奶奶说，那时村子里并不缺水，也不缺耕地和收成，只缺青壮年劳力。因为女人都是小脚，不能下地干活，只能在家里忙家务活，能下地的也就那么几个人。地广人稀，农忙时根本顾不过来，得从外面雇临时工来帮忙。因为地处偏僻山中，路不好走，临时工的要价比川区高很多。老一辈人不情愿雇用他们，但六月麦黄不抢收，一场雷雨，一年的收成就没了。村子里人对女人的期待就是生孩子，生男孩子更好。没想到一生就停不下来，十几年里村子一下子多出二十多户，只我们家就分成三户。有的甚至一家分成五家，因为儿子都得自立门户过日子。一个院里容不下妯娌之间天长日久的纠葛，一口锅里做不了十几口人的饭菜，都得分开来，像是菜籽发芽长成菜苗时，得分开一株一株栽种似的。1970年左右，村里人已经有两百多口，逢年过节很是热闹，虽然吃不饱穿不暖，但我们的心里总是热腾腾的，有无限的快乐。活在简单平凡里，天天在土里耗着，风吹雨淋，却连感冒都对我们退避三舍。从我记事起，村里的男人和孩子就不怎么洗脸，更谈不上洗澡。那时，我们缺衣少食，也三天两头缺水，不知道是人多、用水多让水减少了，还是水长着脚，在不同的时间段里在各个村子间串门，今天在这家，明天到那家；或者是降水太少，让泉底龟裂，水从这些能放下小孩子胳膊的裂缝里逃走了，反正是各家各户都在四处找水。那时，村子里没有洗澡这个词，洗澡是一项礼仪活动，而不像现在是生活日常，那时，只有女孩子在出嫁前的一天，要让娘给洗一下身子。这样奢侈的事，女人一生中只会有一次，哪怕没有吃的水，女孩子的这次澡无论如何都是要洗的。男孩子结婚前得把脸洗干净，把脖子上的垢痂搓掉，像是重新做人。虽然那层脏东西并不多，但除掉它并不容易，除掉之后往往无比轻松，像是少了几斤肉似的。

先前，奶奶三两年总有一身新衣服，可当三儿一女慢慢长大，她的新衣服只好分给孩子们。此后的二十多年里，她没有添过新衣服，直到我工作多年后才给她买了两套新衣服，供她换着穿。可她平时舍不得穿，只有过节时才穿，以至于到她离世时那两套衣服仍然是崭新的，她临终时嘱咐母亲一定要把那两套衣服放到棺木里去，她要在那边穿。贫困的日子并没有掐灭她的爱美之心，论长相，在村里为数不多的几个同龄女人中，她算村花。无论生活多么不如意，奶奶的脸上也时常带着笑容，每天清晨起床的第一件事就是将自己那张花朵似的脸清理得干干净净，她说美好的一天从脸开始，从看到自己的心情开始。她的这句话让我在后来的生活中思考了很多，也践行着其中的道理。当你在每一天的开始让自己容光焕发起来，后面的愁苦就会遁形，就像俗话说的"美好的开端是成功的一半"。她经常说："做女人要干净，如果你满身脏乱，谁还吃你做的饭呢！"奶奶干净的生活理念深深地影响了女儿和几个儿媳妇，我家的女人总是干净利落的，下乡来的干部都愿意到我家来吃饭，主要原因是干净，不光是人收拾得干净，家里也收拾得整洁。"穷不要紧，不要自己看不起自己，把自己的心也弄穷了！"这是奶奶的原话，她说衣服有补丁或旧一点没关系，但要洗干净。只是在后来的日子里，即使想把衣服洗干净也没水洗，奶奶的要求一再被艰苦的生活反对，但都被奶奶别出心裁地解决了。她说缺水的时候，不一定非得把整件衣服都浸在水里洗，那样既浪费水，对衣服也不好，可以用很少的水洗脏了的部分，其他地方只用湿毛巾擦一下就可以了。

　　1980年前后，村里的人口达到高峰，吃水用度很紧张，可我们家的人并不会因为缺水而脏得见不了人。只要下一场雨，第一件事就是洗衣服。有时天空像是被拧干了的纱布，里面什么也没有，望上去是一片茫然的蓝，几个月里降不下一滴水。这让村子里两百号人和几十头牲口躁动不安。家里仅剩的那点水什么也做不了，更不要说洗脸这种极度奢侈的事了。即使在那样的年代里，奶奶仍然保持着她的精致和干净。每天清晨，她就在院子后面花园里的牡丹树叶上收集汗水般小小的露珠，用一块旧棉花团吸饱水滴，汇集起来有鸡蛋那么大的一块水。她小心地将水捧到脸盆里，蘸着在脸上擦，将夜晚留在脸上的污垢驱赶走，恢复自己美丽的容颜。花园是一块五十平方米的园子，是祖上"秀才第"的后花园，里面种着果树和一些花草，家里的日用废水都浇到那里，让小花园成了一块绿色园地。这里湿度很大，每天早上水汽在植物叶子上结成了水珠，奶奶便就地取材用了它，这样，她漂亮的外表才永远那么干净。奶奶虽然个头不高，但长得俊俏，脸上永远挂着笑容，加上她爱干净，对人宽容，村里人都喜欢她。别人所有的心事她都能认真倾听，包括那个年轻时对她不友好的老太太。因为曾经的强悍、霸道和欺凌行为，老太太在进入暮年时很少有人理她，夏秋天暖时，她总是一个人坐在涝坝旁的树荫下遥望远方，或仰望那如岁月般云聚云散的天空；冬春天凉，她只好偎在屋檐下接受阳光的沐浴，增加能量，清除身体里的阴霾，打发生命中无聊的时光。老太太时不时找奶奶聊天，释放她压抑在内心的情绪。

　　十六岁那年腊月的一天中午，奶奶被一匹黑色骡子从二十里外的村子驮到麻地湾，成了爷爷的女人，她比我爷爷小十三岁。

爷爷走后五年，她也走了，她将自己有限的一生奉献给了她的三儿一女和这个家庭，默默无闻地走完九十五年的风雨之路。那些年日子好了，我说开着轿车带她到县城或省城走一走，看看这个世界是多么丰富多彩。她看着电视说，外面的世界让她眼花缭乱，不敢出门。说这话时奶奶露出少女般的羞涩和对自己年事已高而不便外出的惭愧。奶奶一生最远的旅行就是回娘家，那是她生命中为数不多的远行，也是最幸福的事。而她的娘家只在二十里外的山村，骑上毛驴也就一个小时。

奶奶九十岁生日的前一周，为了满足她回娘家一趟，看看儿时村落风土的愿望，我开着轿车把她送了回去。一进村子，她被眼前的景象迷住了，但更多的是感到陌生，最近十年的变化让她难以辨别眼前的村庄是不是生她养她的故土。弯弯曲曲的小路变成宽阔平坦的水泥路，汽车走在上面平稳得像是坐在家里的炕上。秋日的街道上乱七八糟的垃圾都不见了，穿着破衣服和吊着长鼻涕的半大小孩子没有了，大人小孩子一个个鲜艳整洁，脸上洋溢着无法掩藏的生气与活力。这和她记忆深处的生活景象呈现出巨大的反差。十年前的小屋平房现在一律是前带院子后带养殖场的二层楼，像走进了电视里的城市。十年里，奶奶娘家人的生活和我家里一样发生了变化，她把这次所见的景象带到记忆深处，把对故乡最好的印象留在心里。奶奶最关心的是她最亲近的人，但她的亲人早已随着时光流逝，离她而去。在出嫁的几十年里，奶奶只在她的父母生病和去世时回过几趟娘家，除此之外，因为山高水远、日子紧巴，便很少回去。时日一长，两地便断了联系，虽然路途不远，但因嫁出去的女子泼出去的水，娘家从此没人念想她，时间抹去了故土亲人对她的记忆，淡漠了对她的情感。奶奶记忆中的娘家老宅从地上消失了，成了村里的广场。我们挨家挨户寻找奶奶的亲人，把所有的人家都问遍了，只找到了和奶奶相隔三代之远的六十岁堂侄子，其他人不是去了外地，就是搬到省城去了。

正午阳光燥热，在堂侄子的记忆里，姑姑的形象已经很模糊了。他用一根仿竹节拐杖撑着瘦弱多病的身子，起身在院子里边散步边和他的姑姑说话。之前他一直躺在炕上，听说多年不见的老姑来了，便在家人的搀扶下来到院子里。奶奶没有进屋，而是坐在一把靠背椅里，听侄子用蜗牛爬行一般的语速回忆他三十年前的往事，那些零碎的小事里与奶奶有关的寥寥无几。奶奶耐心听完了他漫长的叙述时，太阳已经西斜，秋风将门前的柳树淡黄色的叶子吹进空阔的院子里。奶奶伤感地对我说："亲人走了，我也就成了陌生人，回家吧，麻地湾才是我的家！"

奶奶在怅然若失中回了家，她叹息说："女人啊，儿女的家就是最后的家！"之后她哪里都不去，直到走完坎坷曲折的风雨人生路。

对于奶奶，我有着母亲般的情感。在我一岁左右就有了弟弟，我只好离开妈妈的怀抱到奶奶怀里去。喊妈妈或许是每个生命与生俱来的天赋，又或许是因为它是张嘴最容易发的音节，无师自通般的，我把对母亲天生的喊叫转移到了奶奶身上。躺在奶奶温暖的怀里，我总是喊她妈妈，在我四五岁时，虽经过母亲的纠正，但时不时还是顺口喊她"妈"。因此，我把天生对妈妈的情感给了奶奶。

奶奶每晚都要做针线活，我依偎在她身边听她讲故事，在故事的陪伴下进入梦乡。奶奶嘴里有很多动人的故事，多是神话传说和妖魔鬼怪，说是专用来吓唬小孩子的，可我不怕，还特别爱听，每晚要缠着她讲个故事才肯睡觉。那些故事在我进入梦乡后仍然节外生枝地在头脑中蔓延滋长，长出另外的故事来。我有时甚至会被自己生出的噩梦惊醒。现在想来，是那些鬼故事激发了我丰富的想象力。在缺吃少穿的岁月里，每晚油灯下的鬼故事让我的精神无比充实，故事里善恶分明、性格鲜明的角色成为我后来写作的原始种子和形象雏形，也成为我为人处世的品德参照。直到今日，那些故事还历历在目。奶奶性格中隐忍坚定的部分流进了我的血管，无论时世多么艰难，向前的步子不能停下。一个人的童年会影响人的一生，美好幸福的童年会让你对生活格外宽容博爱，不幸的童年会使人对真善美有病态的判断。幸福生产幸福，恶魔催生恶魔。

在我写下这些文字时，奶奶已经离开那个有着两百多年历史的大院子"秀才第"六年多了。她走后，从"秀才第"里走出了三个硕士和两个博士，有在国外工作的，也有在北京、省城工作的。我是从这里走出去的第一个大学生，有点开疆拓土打江山的感觉。父亲说，在我的带领下，后面的兄弟姐妹、侄子晚辈相继读书上大学，走出大山，走向外面更为广阔的世界，我们家成了名副其实的秀才门第。

奶奶走后，每当我走过老宅"秀才第"门口时，大门不是紧闭就是紧锁着。我依然清晰地记得奶奶在时，那门永远是开着或半掩着的，她会跪在什么地方干活，当我冷不丁地从她身后喊一声"奶奶！我看您来啦！"时，她会准确地辨别出我的声音，然后吃力地起身，拍去身上的土，挪着两只小脚让我赶紧到屋里坐。她要去厨房给我准备吃的喝的，像是家里来了一位贵客似的，直到我把她拉住才肯罢休。她对谁都这样尊重、谦恭，包括晚辈。在我的记忆里她从来没有生过气，从没骂过谁，她的宽阔胸怀像大海一样，一切污浊到她那里就被澄清甚至化为乌有；矛盾一到她的身边就即刻被化解甚至两相言和。她乐于助人，认识不认识的人，如有需要，都能从她的手里获得一碗水或一块吃食。曾经困苦的生活在她的心里烙下深深的印迹，深到在之后的五十多年里，她认为出门在外的人肯定是挨饿的，回家来要好好吃饭才行。以至于见了我最好的问话就是："活辛苦不辛苦？每天能吃饱吗？"我说："能吃饱，还有余粮！"

奶奶生有三子一女。20世纪80年代初，三个儿子相继娶妻成家，一家老小十二口人，同在一口锅里吃饭，奶奶除了干家务活，还要准备一家人的一日三餐。那时，儿女都年轻，还是主要劳力，能吃能喝，做饭时，直径六十多厘米的大铁锅里要倒上一大桶水，估计也有二十多斤重。我站在灶台前看那锅水时觉得像站在海湖边上似的，对那么巨大的一锅水充满了不可思议的想象，难道这家人真能吃完这一锅饭？我问奶奶为什么要这么多水，奶奶说："全家干活的多，体力和食力一样，吃得多了干活才有力气，你吃得少，只能给我抱一个萝卜来。""我什么时候才能长大？""等你能吃三大碗饭时，你就长大了，那时你就不认为这锅水多了。"此后，我努力让自己多吃饭，以促进成长。奶奶的话我一直记着，只可惜直到五十岁，我也没能吃上三大碗饭。

在食材奇缺且单一的年代，奶奶总能把饭菜做得形式多样，且每餐有每餐的形式。就说杂粮面吧，在不能改变食材质地的情况下，她想着法子改变形式，从长条到短条，从雀舌到绿豆，再到方块、菱形……多变的形式刺激着家人的味蕾和食欲，以至于她做的每一锅饭都被吃得精光。看着自己做的饭菜被吃得一点不剩，奶奶既高兴又伤感，因为她是做饭的，常常是大家吃完饭，锅里剩多少她就吃多少，很多时候她喝一点涮锅的汤水就算是一顿饭了。这么一来，与日俱增的高兴便被每况愈下的身体打败了，这个现象不久被我母亲发现了，她每次盛饭时，总会先给奶奶盛一碗，放在别处，等到大家吃完了，她才把饭端出来给奶奶。所以，在后来的日子里，奶奶对我母亲有着特殊的感情，甚至把她当成自己的亲生闺女，有些藏在心里的话也会跟母亲说。她其实和大多数女人一样有很多委屈，只是为了顾全一大家子，才故作坚强，她知道，在这个家里没人会同情和理解她。那时的爷爷像个高傲的山鸡，整天站在田间地头指导工作，像个胸怀全局、指点江山的大人物，从不将奶奶那点小委屈看在眼里，若遇奶奶哭诉，他会上升到理论高度批评教育她，让她觉得自己素质不高，没有处事能力和当大队支书老婆的资格。心里乌七八糟的委屈多得实在装不下，奶奶才以长者的身份给我母亲愤愤发几句牢骚，以解心头的积郁。家中的事她从不和外人讲，践行了那句"家丑不可外扬"的古训。

一晃，奶奶离开我们六年有余，但她一双小脚在家里来来去去忙碌的身影在我的脑中如昨日般清晰。想了很久，我不知道用什么来形容奶奶的一生，任劳任怨、老黄牛什么的，用在她身上都觉得苍白无力，没多大意义。

据说，奶奶年轻的时候有很多首饰，但都在饥馑的年月拿出去换粮食了，待我记事时，她最值钱的也就是一对银手镯和四支凤凰银簪子。另外还有一个铜砚台，有杯盖那么大，上面的字大半已经磨得看不清了。小时候学写毛笔字，奶奶为鼓励我，便把她的宝物献出来，说若能写好字，这个宝物就送我。为了获得那个宝物，我勤奋练习，每次大楷作业都被老师画满了红圈，圈起来的是好字。到十岁左右，我已经能在过大年的时候给自家门上写对联了。

写完第三年的对联后的一天，我突然发现桌子上的宝物不见了，换成了一个比火柴盒大一点的黑塑料盒子。我断定是奶奶拿走了，于是郑重其事地向奶奶索要那个我觉得应该属于我的东西。

"奶奶，我的铜墨盒呢？"我跟在忙碌的奶奶身后无休止地重复着这句话。

"咦，那到哪里去了？我不知道呀！"她边干活边对我说。

吃晚饭的时候，我突然想起了这件事，以不吃饭来威胁奶奶。母亲把我领到一旁，耐心地说："那个盒子是奶奶的宝贝，是她的妈妈留下来的，只能传给女孩子，不能给男孩子。"我听完似乎明白了什么，于是不再追问。

时隔多年，我在姑姑家见到了那个铜砚台，它被锁在柜子里，被灰土埋藏，但隔着玻璃，我还是能一下子辨认出它来。至此，我心中的疑问终于得到完美的解答。通过它，我仿佛看到我的小脚奶奶步履蹒跚地从院子的这头走到院子的那头，从这个房间走到那个房间……像上了发条的钟摆，一刻也不停息。

父亲的引洮

2006年深秋的一天，爷爷和奶奶一起在客房里吃晚饭，爷爷和往常一样，将随身携带的手掌般大的袖珍收音机放在炕桌上，听着晚间新闻。屋里有电视，爷爷不愿意看，说他眼睛不好，电视上的人花花绿绿，晃来晃去没个准星，认不出是谁，还不如听播音员说话，直截了当。突然，收音机里传来了一阵热烈的掌声，夹杂着鞭炮声，随后，播音员说："全省人民盼望了半个世纪的引洮工程22日正式上马，省委、省政府隆重举行九甸峡水利枢纽及引洮供水一期工程开工典礼……"听到这里，爷爷像被武林高手点了穴位，吃饭的动作僵住了，举着的筷子在碗边上停着。奶奶看着他这怪样，以为他吃到什么硌牙的东西，或是岔气了，嘴里唠叨着要喊我三叔过来捏拿一下。刚要喊叫，爷爷摇了摇手，说："好着呢，真是好事，总算有盼头了！"爷爷没头没脑地这么一说，奶奶听得云里雾里，问："什么好事，什么有盼头了？"爷爷放下碗筷，高兴得哈哈大笑起来，一声长笑之后将声音停在半空中，过了一会儿才蹦出了四个字——"又上马了！"奶奶急切地问："谁上马了，要去哪里？"爷爷答非所问，说："这次应该没问题，中央下了决心！"奶奶感觉不妙，下炕出门把三叔叫来，让他看下老头出什么事了，突然变得疯疯癫癫起来。几十年了，她还从没遇到这么个情况，真吓人！

三叔在灯光下盯着爷爷看了一阵，收音机里正在播放着领导的讲话，说什么洮河引水工程开工了，陇原儿女的百年梦就要实现了……爷爷的声音压住了收音机的声音："麻地湾终于可以喝上洮河水啦！"爷爷的这几句话在三叔听来是含混不清的，但他觉得老爷子是把五十多年来对引洮的渴望，一股脑迸发了出来。爷爷随后的话被收音机里一阵一阵的掌声淹没了，三叔没听明白。

"爸，你好着来吗？"三叔凑到爷爷耳边大声问道。

"引洮又上马了，好着呢！"这句话三叔没听明白，他不知道名叫"樱桃"的人是谁，时下怎么还上马，现在只坐车，没人骑马了！

"陇中百万群众盼望的引洮供水工程经过多年的努力终于又开工了，不久，旱塬陇中将喝上甘甜的洮河水……"三叔的耳朵里钻进了从收音机里传来的男播音员的声音，他突然明白了爷爷的话，低着头走出房门，对站在院子里的奶奶说："我爸是说引洮的事，现在国家又开工了，我爸不是在引洮工地干过嘛，但那次中途停工了，这次又接上干了。过了这么多年，国家现在有技术、有力量把洮河水引到咱麻地湾来。我刚听到了，收音机里说着呢，我爸说的就是这事，不是什么人骑马。好着呢，回去吃饭吧！"

早、中、晚听新闻是爷爷一生养成的习惯，即使在医院打吊针也不放过。他年轻时听新闻是为了获得农作物优良品种的信息，以便改良村里的老品种，增加收入，或寻找解决吃水问题的新方法，想多给大家办点实事。年老后，他希望在离开人世之前获知有关引洮的消息，或者解决山村饮水问题的政策。爷爷对半途而废的第一次引洮工程深感遗憾，这是他平生唯一没有完成的一件大事。这几年，随着中央对农村政策的调整，他预感到解决贫困山村的饮水问题上面肯定是要管的，因为从"雨水积流"工程开始，他就知道水的问题迟早要解决。

当晚，爷爷把父亲叫到身边，以先知者的表情，慢条斯理地说："你是当村主任的，引洮又上马了，你知道不？"父亲说："知道，一年前上面就开始调研勘察地形了，县里乡里都开了动员会，布置了任务，让大家做好出工准备即可。这次引洮和以往不同，无论人力、物力还是技术都有充分的保障，逢水架桥，遇山开洞，这些技术在时下的中国已经很成熟了，而且多项技术处于世界领先水平。会上领导让各级干部给群众做好思想工作，这次主体工程和干支渠全部由正规工程队施工，不会抽调劳动力，不需要农民工。水到村里时，只需我们在自家村子里挖一米多深的渠道埋引水管，渠道的挖掘和尺寸大小有技术员指导，一切和以前的那次完全不一样。"听到这里，爷爷紧绷的神经松弛下来，未竟的事业终将在他进土之前又开始了，他将炕上的被褥铺平，躺下来继续认真听父亲给他讲会议精神，像学生听老师讲课。屋顶的灯泡在嗞嗞作响，父亲的讲述空旷却清晰。爷爷想，五十多年过去了，国家的力量变得强大了，竟然能把石山轻易打穿，他都无法想象。但不管用什么办法，只要能把洮河水引来，那就是最大的功德，得立一块"吃水不忘引水人"的石碑来纪念。爷爷说："引水是大事，得全力配合。"父亲说："还早着哩，现在的主要任务是修主干区，你就等着看通水的那一天吧！"爷爷听完父亲的这番高论，坐起身来，问估计得多长时间才能把水引到家里。"最快也要十年，或许比那快，也许比那慢，这要看实际工程的进度。""我这辈子不知道能不能看到洮水进村呢。""能，肯定能，你就放心等着吧。"

父亲从三叔家出来时，在街道上打了个寒战，天气已凉。进入深秋，山里的气温降得很快，晚上得穿棉衣了。夜色浓重，繁星满天，村道里还有人忙碌着。农民真是有干不完的活，总想把明天的事今天干完，走在时间和季节的前面。

爷爷的身体仿佛一夜之间变得强壮了许多，一大早就起来下地干活，比父亲起得还早。

父亲整天在外面跑，忙村上的事，很少顾家。这几年，脱贫帮扶的事被慢慢提上桌面，上面政策一天比一天紧，"两不愁三保障"家家户户要实现，要让村子里的穷人都变富，都过上小康生活。父亲不知道小康生活是啥样，报纸广播里讲述着，文件上有具体收入指标，但都过于抽象。他无法给群众一个形象的解释，只好根据村里的情况和自己的理解进行总结："可能就是楼上楼下，电灯电话，耕种机械化，吃穿不愁还有'三保障'，人人都有手机，家家都有摩托车。"他对未来的描绘让他自己都不敢相信能实现，可是十几年后，这一切都实现了。几百公里外的洮河水都流到偏僻山村了，还有啥办不成的事呢？！

2010年的时候，父亲天天跑村串户，主要是动员村民按工程队的指定线路挖渠道。他不敢骑摩托车，天天骑自行车跑山路，人累得快趴下了，却还得跑，生怕中间出什么纰漏。快六十岁的人了，他得申请退居二线。那时，弟弟正好大学毕业，没找到理想的工作，正在家里待业，跟着父亲忙村上的事。城里的摩托车渐渐过时了，正向乡村转移，乡下的摩托风越刮越烈，家境稍微好一点的都有一辆摩托车，毕竟它在交通不便的山区有很大的实用性，现实意义远远大过未知的风险。

骑摩托车出门办事，后面不但能载人，还能载上百斤重的物品，很划算，比驴驮人挑快捷得多，只要跑慢点，就没什么大问题。大家都是现实主义者，只要利大于弊，市场就在眼前。一时间农村的摩托车市场火热爆棚，县乡公路上多是一辆辆满载摩托车的卡车。农村的田间公路、山间小路上像蚂蚁般奔驰着各式各样的摩托车，人们的生活水平像是忽然往上蹿了一大截，人人意气风发。特别是那些新婚不久的男女，在通往赶集的路上以炫耀的姿态从路人身边嗖一声刮过时，酷似一对侠侣，在还没有摩托车的年轻人心中激起一层层羡慕嫉妒恨的波澜。时日不长，他们也会想方设法拥有一辆这样的摩托车，以平息心中汹涌不平的嫉妒浪涛。

第二年，弟弟准备考公务员，上面下达了政策，说大学生可以考村官，村官也是公务员身份。抱着试试看的态度，弟弟一考便中了。可他更想考县里的事业单位。没想到县里有个政策：报考大学生村官并被录用的，在任职期内无正当理由一律不得辞职或另报其他岗位。这样一来，弟弟被村两委接纳了，这正中了父亲的下怀，他不想让我们兄弟俩都去城里或外地工作，这样，他和母亲两人就成了孤寡老人，会被人笑话。

规划中的引洮供水线路要求在村子的山顶建个蓄水池，从那里分流给周边各社。村主任弟弟的工作先从筹工开始。根据技术员的指导，每个村的引水线路由每个村分别负责施工安装，这项工作需要一批身强力壮的劳力来完成，否则一米多深的坑道是挖不开的。从山顶蓄水池到村头约一公里路，水管要深埋地下，防止冬天结冰冻裂。眼下，村子里只有七户人，基本没精壮劳力，全靠工程队的人。线路费用和人工按长度计算，总成本按人头平均，可村里人一多半没在，但户籍又在，怎么算？这的确难住了弟弟。他召集村民讨论，在村里的人意见是按户籍人口算，他们人虽不在，但各项农业补贴政策都有享受，那出钱的事也得有份，不然他们以后回来没水用怎么办？总不能让人家吃窖水。大家的意见不统一。弟弟最后决定先打电话征求外出户的意见，如果想接水就得按标准掏钱，否则不让接水，大家一致同意。引洮水进村，每家每户都得出相当数额的入户费，主要包括各种管道和水表、龙头、开关什么的。外出的一部分人时不时会回老家看看，有的在腊月里回村里住，过完年就走了，这类人如果愿意出钱，就正常引水入户，如果不愿意就不规划线路。当然，这些外出的人究竟回不回来，那是人家的事，可引水进户是大事，过了这个村就没这个店，弟弟得以村主任的身份征求每户人的意见，以绝后患。村子里有一多半的人外出谋生，定居在了外地，听说洮河水要进村，电话那头说得很高兴、很激动，像是领导在讲话，祝贺村子终于有水了。可谈到每家每户要出钱时这些人便装聋作哑，一言不发了，有的则摆明态度，说他们已经搬出来了，不再回家，引水没用，即使他们回老家来还有窖水，够用了，不想出钱。电话打了无数通，一听引洮要交入户费就说有事忙先挂了。工程就在眼前，不能再拖，弟弟写了一个通知，以短信方式发到生活在外地的户主的手机上，然后问收到没有，如果收到就行了。通知里有信息回复时间，过期不候。有七户发来短信说愿意接，但就是不说钱的事。随后弟弟又发了一条信息，说是否接水以缴费为准，缴了费的就代表同意入户。结果比预想的要好，除三户没缴钱外，其他人都按时按标准将钱寄来，并委托邻居帮忙选址。

那是深秋，爷爷的气管炎又犯了，他吃力地拄着一把铁锹站在村口，问父亲要不要帮忙。工程队的人看到一个年事已高的老人要来帮忙，深受感动，说："大爷，你就在家里等着用水吧，工程队都是年轻人，你帮不上忙，有你这句话，估计大家都觉得有力气了！"

引水的线路直线进村，避开了路面和两旁的风景带。深秋的麻地湾掩映在红、黄、灰的风景画里，晨雾弥漫，填满了山下的沟壑，山头与蓝天相接，村子像远航的巨轮，迎着朝阳，破浪前行。

父亲每天要去给爷爷汇报工程进度，爷爷像是在计算通水时间和他的生命终点哪个先到。那年爷爷九十九岁，人生无九，大家都称他是百岁。家里为他筹办百岁"期颐寿诞"，爷爷说这个寿要等洮水进村一起过。家里人怕等不及，由我出面做爷爷的思想工作，我只好说："先过寿宴，然后水才敢接进村里，您这么高寿，外面的生水不好进来。"我胡编乱造了一通阴阳天地学理论，说服了他。父亲仍然是洮水入村线路的负责人，他现场指挥一公里线路上的二十三名挖坑道工，按地质条件和土质松软情况划定长短不一的坑道线路。他左手拿着个扩音喇叭在地埂之间跳来跳去，三个技术员跟在他后面做指导。爷爷身体不太好。但他说老躺着，感觉骨头和筋肌都痛，到外面走一走会好受一点。其实他是想看一下引洮工程的建设场面，再和五十多年前的那些日子进行对比。一个劳动者最幸福的事就是欣赏劳动，家里他是待不住的。实在站不住了，三叔会给他带一个小靠背椅坐着，他知道爷爷的心思。爷爷每次来都是在傍晚，他远远地看到秋野里腾起的尘土连成一条直线，从山顶直直穿过树林和地埂来到村头的一个蓄水池旁。水池于这年夏天就已砌好，封了盖，只留了一个口子用来安置即将到来的入水管道。

工程进行得并不尽如人意，因为线路要经过一大片树林，林地下面树根盘绕，得用镐头往下掘。其他地方一个月就竣工了，这里的工作只进行了一半，临近小寒，地面结冰，工程只好停下来。父亲知道爷爷心里急，停工后专门做了一次深度汇报，说根据可靠消息，全乡镇的工程进度中麻地湾的是最快的。爷爷听完从嗓子眼里"哦"了一声，算是知道了。后来他从新闻里了解到，第二年年底，引洮工程可能要完工。因为这年腊月里国家领导人来了，来专程看望和调研了引洮干渠卡脖子工程的施工现场，还讲了话，说："引洮工程是造福甘肃中部干旱贫困地区的一项民生工程，工程建成后可解决甘肃六分之一人口长期饮水困难的问题，工程的建设具有非常重大的意义。"还勉励工程人员全力攻破世界性难题，书写中国工程史上的得意之笔。听了这话，爷爷心情激动，泛起兴奋的热浪，他坚信，有了国家领导人的这番话，他亲眼见证这迟到的洮河之水指日可待。

弟弟接替父亲的村主任工作后，父亲只担任合作社社长，他专抓麻地湾"人民公社"合作社里的工作。虽然外出务工的人不回来，可三天两头的脱贫统计工作够他忙的。后来的村容村貌整治更是让他头痛，许多户人去院空，杂草丛生，树木几乎盖住了院里的房子，一旦失火就是个大问题。之前人们缺柴火，四处寻找，现在柴火长在身边已无人用了。一年里，父亲总要找人把那些院落清理一次，又让电工断了电，人何时回来何时再接。多亏这几年有永胜来投资农家乐，将那些院落进行了修复改造，成了世外桃源一样的休闲度假村。他通过网络将用无人机拍摄下来的农庄视频发出去，招来了周边好多喜欢旅游的人，里面甚至有不少外国人。我家门前的那口水窖成了网红，凡来村里的人都要尝尝窖水的味道，甚至有人要一元钱买一斤水带回去让朋友尝。

洮水的到来会让水窖退出村庄的舞台，但这个让大家翘首以盼的消息还在路上，迟迟不肯来。爷爷和父亲一起熬过了2013年的冬天，那年天气出奇地冷，冻得爷爷在整个冬季都不敢出门。压在父亲心头的那块石头总算放下了，看爷爷的气色，至少这个岁尾年头能轻松度过，这样就离引洮通水的时间更近了。

最后一公里工程竣工，将水管接到村里的蓄水池时已经过了2014年的中秋节，春节的身影已经能隐约看得见了。爷爷的身体很不好，他无法下地走路，生活不能自理，一日三餐全靠家人服侍，但他的收音机还是按时响起，他要听里面关于引洮工程进展的消息。父亲动员村里人先把自家的用水设备准备好，一通水马上就能用。各家各户开始忙碌，拆墙搬砖的响动让爷爷觉得通水的日子就在眼前，希望又将他推向新的一天。

山村蝶变

县委宣传部的同志给我打电话，说省电视台《山乡巨变》栏目组要采访我，让我从自身经历谈一下对家乡变化的感受。我直接在电话里和栏目组编导说了几句，可是人家说最好能到现场来，把我的感觉与现实对应起来更有感染力。之所以找我，是因为两年前，我在村子里举办了一次有中央、省、市媒体参加的长篇非虚构小说《洮水谣》首发式暨研讨会。小说讲述了地处深山、交通不便的西部陇中无名小山村麻地湾迈入新时代，村民生活由贫困迈向小康的故事，研讨会谈的也是"山乡巨变"这个主题。那次活动结束后，这个两百多年默默无闻，且要被从行政区划里取掉名字的村庄，一时间闻名遐迩，人尽皆知。编导让我把当时的镜头也带点，补充到他的专题里面，效果会更好。他说："山乡巨变，变的不仅仅是吃饭穿衣睡觉，更重要的是精神层面的东西，山村百年精神变化全在我的那本书里。当时外地作家、评论家的谈论很有意义，深入农村体制层面，将农民的身份改变归结于农民与土地关系的改变，谈得很有见地。"

这次采访组由众多不同媒体组成，各有各的侧重点，省电视台只是其中的一个。主要从"两不愁三保障"、产业富民、产业引领乡村振兴、为美丽乡村建设提供持续的发展后劲这几个方面采访一线典型，一同来的还有省电视台《都市调频·文化频道》栏目组的人，他们主要配合农村产业发展，采访村子的思想文化变迁。我觉得这个选题比较有深度，也能反映脱贫攻坚、扶贫扶智的效果，表达贫困户从"要我脱贫"到"我要脱贫"思想认识上的转变。弟弟是村主任兼社长，是村子变化的亲历者。还有七十多岁的父亲，他虽理论水平不高，但乡下这几年的变化他还是能说清楚的，特别是对中央有关政策的落实情况，他谈起来头头是道，还能将实际情况和国家出台的具体的农业农村工作措施结合起来谈。村里有人对上面的政策不是很理解，只要他出面，三言两语便能解释清楚。有他俩在，镜头里就有说的，还有看的。因为省城离老家二百多公里，回来一趟也不容易，虽然我心里高兴，但时间有些不允许，想着如果仅仅需要些资料，那我没必要跑一趟。可听编导的意思还是要我回来一趟，于是我只能请假回乡。

麻地湾这个点是县委宣传部确定的。这几年，不仅仅是村民的生活发生了变化，生态环境也形成了一片小气候，成为方圆百里植被覆盖率超过99%的村子。春暖花开，花红柳绿时，确是一块陇中少有的风景宜人之地。当年爷爷顶着干部群众的冷眼和流言蜚语，硬是带领村民植树造林，现在满山满洼都是树木，有各类松柏，也有众多杂木和花卉，名目繁多，连他自己都叫不上名字。夏天一过，各种树木的果实便落在地上，无人捡拾，铺成厚厚的垫子，来年小树苗又会"春来发几枝"。仅各类杏子，就让现在的几户人家顾不过来，杏肉没人吃，但杏仁是好东西，市场价很高，一到成熟季节，村里的老人就将掉落的杏子捡拾起来，经过简单的搓揉，去皮取核晒干，送到村里的合作社，就是一笔可观的收入。秋季的各类梨果是鸟儿们的主要食物，大家要忙更重要的事，根本顾不上这些水果带来的小钱。村里剩下的几户人早已过上了小康日子，"两不愁三保障"标准在全国脱贫两年前就达到了。我觉得村子有今天的面貌，离不开爷爷的努力，媒体虽对他有报道，但比较单一，没有从生态经济、脱贫攻坚、乡村振兴这样的大主题着手。村子变化的直接原因是引了洮河水，爷爷是山村最早的引洮人，也是倡议植绿的"领头雁"，他是在这块十年九旱的土地上撑起一片新绿的关键人物。当然，采访任何一位村里的年长者，都会得到村子发展历程的第一手资料，因为美丽乡村建设也是村里百姓关心的事。

打心底来说，我愿意为村庄走出大山为世人所闻而贡献微薄的力量，就像我当年走出村庄去省城上学一样。当村庄的名字在媒体和大众口中轮番传播时，村庄收获的不仅仅是客流效益，更多是超越俗世的农耕文明所带来的吸引力。

华灯初上，我在县城的政府宾馆见到了采访团，并成为其中一员，将陪同他们去麻地湾采访。晚餐时，我们一起观看了县里精心制作的反映全县经济社会发展十年巨变的纪录片，让媒体朋友对县里的情况有个大概轮廓和初步印象。第二天一大早，准备出发时，他们备足了远行的各种装备，主要是怕山里交通不便，山路不好走，又没有比较卫生的水和吃食。他们中的大部分人来自外省市，对中国西部农村的生活存有过时的看法，这些生活在大城市的男男女女像一丛红红绿绿的花草，没经过风霜，娇嫩欲滴。出发前，我对乡下的情况做了简明扼要的介绍，吹嘘说生活条件和城里差不多，吃喝也差不到哪里去的，希望大家不要有心理负担。我的话没有起到一丝作用，他们坐在车里一动不动，仿佛什么也没听见，装备也一点没减，坐在后排的一名男记者还大声回应我说"有备无患"。此言不差，凡事多有准备总比猝不及防好。知道他们见多识广，我也没再勉强。虽说山村生活条件有了大变化，但毕竟不如城里，队伍里又有女士，多准备点总是好的。

说笑间，车子到了镇上，镇子在四座大山系的下滑沟里，地势相对平缓。镇党委书记老早在车辆进镇的街道上等着迎接。根据采访计划，要先看点，再采访当地领导。书记开车走在前面领路，向大山深处进发，车子沿盘旋而上的水泥路转了几个大弯就到了我老家的山顶上。老家距镇上不到十公里，坐上车一会儿就到了。基层的同志天天有检查任务，不需要提前做功课。书记从车上下来，把麻地湾的基本情况做了简短介绍，说从这里开始，通向村里的路只有一公里，也就是一千米，有兴趣的同志可以下来步行。从车里看出去，这里不像个村庄，倒像是个旅游度假景区。一条林荫大道直通山下，路两边除了高大的杨柳树，还有各种花木。恰逢7月，有些花正开着，站在山顶，绿黄红粉各种颜色尽映眼帘，层次感非常强，大家争着拍风景照，一时忘了是来采访的。放眼望去，山野里庄稼已经不多了，大部分退耕还林，几乎看不到正在耕种的地。大家说说笑笑往山下走，被一路上的各种奇花异草吸引住了。这些花草都是野生的，在几场雨水的润泽下长成了一丛丛的围墙，如果不是水泥路面，恐怕连路也长满了。

临近村庄时，路边的一块金银花种植地展现在记者眼前，地里有人在采花，职业习惯让大家不约而同地走向了她。这块足有五亩的田里，零星地散布着她家的三口人，像三个小黑点落在一片金黄里。得到允许，采访组进到地里，你一言我一语地和老妇人攀谈起来。"大娘好，您摘的这是金银花吧，听说是县里的主打产业？""就是，这树的树苗是免费送的，听说市场上一棵要十元呢。""您的这片地种了几年了？""这是第三年。""每年能摘多少斤？挣多少钱……"人多嘴杂又都说的普通话，老人没听明白，也不知道先回答谁。县里宣传部的领导出面，将各种问题分类后，用方言采访她。她说："金银花很好，从4月开始到7月都在开花，每斤鲜花现摘现卖，当天就能变成钱，花枝树干也能变成钱。我手慢，一天摘七八斤，能收入一百多元。年轻人手快，一天能摘二十斤，收入二百多元，是我的两倍。不要小看这些小黄花，它都是钱，只要捡到篮子里就能变成钱，可现在人手少，没人摘啦，钱放在地里没人捡！"

　　她是我的远房婶娘，已经六十多岁，家里只有小儿子，平时在村里的合作社里打零工。每到这个时节，他们会抢时间来收花，毕竟金银花是有花期的，一旦开花就卖不上好价钱了。手头其他的活可以放一放，这花期不等人，得日夜赶收。用她的话说，钱多不烧手。这几年，百姓来钱的门路多得很，只要手脚勤快，就不会没钱花。看到这么多人手里拿着家当朝她晃，她知道这是在照相，心里有些莫名的高兴。这几年村里来的记者一拨又一拨，都扛着家伙，她们这些老人时不时接受采访，现在都有镜头感了！想起第一次县里来记者采访，她头脑一片空白，心里发慌，口干舌燥说不出话来，勉强说出的话连话音都变了，内容也缺三少四，她对自己很不满意。后来就对着手机练，半年下来，已经说话自如了。这次，听说来的是央媒、省媒的，她多少还是有些紧张，暗自深呼吸，尽量将自己调整到最好的状态，坐在金银花地里接受采访。因为年轻时和我母亲一样干过重活，她腰腿不太好，但在我们和她告别时，她仍然咬着牙想站起来，只是腿一酸又跌坐在小板凳上。看到这一幕，我忙劝她回家休息，身体要紧，她却说人要靠自己的双手养活自己，不能吃白食！我劝慰她："您的劳动已经预支了，现在得靠后人，您就好好享受这好日子吧！""劳动惯了坐不住，出来干点轻松活对身体好，老待在家里不好！"这话说得在理，大家都为她鼓掌点赞。

从金银花地里出来，就碰见了我父亲，他的背影和爷爷十分相像，个头和身材的线条有说不出的一致性。他和往常一样在路边清理积在排水渠里的杂草，隔半把月或要下雨之前，他总要扛着铁锨巡视一下水渠。如果水渠被杂草阻塞，下大雨时会很危险，水流冲出排水渠，向路边漫流，很容易冲毁路基，形成空洞，车辆通过时会有塌陷的风险。爷爷走后，父亲继承了这个义务，有空时总要去树林或路边看看，把危险排除在萌芽状态。父亲已经习惯于为村庄着想，为大家着想，自家的事都不一定能顾得上管。就说金银花吧，弟弟也种了十来亩，眼下正是黄金期，过了这个最佳采摘期，收益会大大减少。弟弟两口子顾不过来，从外面请来了临时工，按采摘斤数结算，扣除工钱，一斤只赚个七八元，如果自己采的话能赚十二三元。可对父亲来说，这个季节最主要的工作是提醒村里七八户人及时采摘金银花，查看道路排水等公共设施，尽管这些事有村里的合作社专人管理，但他还是不放心，等他把这些事安排妥当后才会静下心来干自家的活。他虽然七十多岁了，但干起活来不比年轻人差。他精瘦高大的身体里像是聚集着无穷的能量，能把百斤重的麻袋一甩手扛在肩上，我是不行的。他的腰腿不好，却有一种力量在支撑着他忘掉疼痛，辛勤劳作。哪怕弟弟大学毕业后考上了大学生村官接替了他，他还是把一半多的时间用在社里的事上，替弟弟担着，因为弟弟老在村部，麻地湾的事得他兼顾管着，真有点退而不休的意思。

见这么多人扛着长枪短炮，他就知道对方是来干什么的。这几年，来村子里的媒体不少，把镜头对准农村老百姓，他一点不感到意外。镇上的书记和父亲早就熟识，书记把这次的来意给父亲大概介绍了一下。父亲听完说让大家先走一走，看一看，眼见为实。他说如果需要说说那些看不见的他就说说，又指着我弟说："老二也知道点，我不会说普通话，最好让他说。"

实施改革开放，国家调整发展战略，包产到户没几年。以经济建设为中心，"不管黑猫白猫，能捉老鼠的就是好猫"。许多农民外出务工经商，村子里的富余劳动力开始外流，年龄大点的、缺少文化的向新疆、内蒙古流动，去建筑工地干体力活。年轻的、头脑灵活有手艺的便去了广东、上海等地干技术活。三五年之后，这些人回来时带了几万元，盖起了大瓦房，甚至有人回来时领着外地的媳妇。他们成了村里第一批致富能人。看到他们在外面混得这么风光，村里一大半年轻人开始向往外面的世界，一个接一个地出去，农忙时又回家干自己那点农活，干完又出去。年底回来时，都穿戴一新，精神面貌焕然一新，家里家外也整齐了不少。没几年，村里的年轻人接二连三地都出去了，剩下老人、孩子留守着村庄。当然也有混得不如意的，比如年底没领到工钱的，媳妇跟人跑了的。听年轻人议论，这和本人的能力有关，这种人做人干事可能差了点。一个人的真本事在外面最能显示出来，而且是综合素质，平时在家里也就几亩地，没什么奔头，外面世界大，"海阔凭鱼跃，天高任鸟飞"。

刚开始，媳妇跟人走了的，村里人认为是媳妇的错，是女人不守妇道，与娘家的家教不严有直接的关系，甚至村里老人还会捕风捉影找八卦消息，证明她家确实是"上梁不正下梁歪"，风言风语臊得男人找上亲家门去质问，向媳妇娘家要人。娘家人说女儿是她男人领到外面打工的，出门是婆家决定的，又不是娘家的事，这事能怪娘家吗？！有的娘家人还反咬一口，找婆家要人，说如果年底没有女儿的消息，就要去法院上告。这么一番折腾，双方伤了和气，老死不相往来。周围村庄这种事慢慢多起来，村里有谁娶了新媳妇，娘家人就要把话放在桌面上：媳妇和男人出去打工，跟人跑了就别来找娘家。有的甚至还立了字据。有人说既然别人能把你媳妇领走，你为什么不能把别人的领回来呢？当然这是气话，不能这么讲道理。这种事每年都有，所以当村主任的父亲在他们临行前要做点思想工作，说出门是为了挣钱回来，不是让你们动歪心思，跟别人走，或领别人的婆娘，那样的日子不会长久。经济发展的同时，人们的思想也在发生着变化，相对于物质而言，精神层面的变化不易觉察，但产生的效果比物质变化大得多。父亲说，人和动物不一样，除了本能还有道德和感情，还要受法律约束，跟别人跑了的不一定就过得好。没过多久，父亲的话就应验了。邻村一个媳妇跟人走了不到半年又回来了，说是想自己家的娃，男方看在孩子的分上才把她留下来，不再带她外出打工。在后来和亲戚闲聊时，她说她跟去的那家人还不如现在这家，如果不是夜里谎称上厕所逃出来，她差点就回不来了！她说得大言不惭却也惊心动魄的，大有九死一生的意思。这是个反面教材，她的经历在村子中传播，起到了正面效果。一听跟了人还有不测的命运，之前动过歪念头的女人也开始迟疑起来，甚至立马改变了主意，回心转意好好过眼前的日子了。村子里虽无人当面说她的事，但私下里还是有人指指点点，为了息事宁人，她只能装聋作哑，任人添油加醋地传播她的事。男人自然会听到那些风言风语，但在山村里娶个媳妇和上天一样难，只能忍气吞声地过着，把一切当作过往，像什么也没发生。后来有机会，一家人移民新疆，在新环境里没人知道谁的根底，据说日子还能过得去。但她风流的本性还是招来邻居的唾弃，以至于儿女们都不怎么待见她，她在孤独和冷眼中度过了她五十八年的人生便与世长辞了。

　　把别人媳妇领来的，运气也不一定好。每年6月夏收时，好多外出务工的人就会回来抢夏，抓紧时间把麦子收了再去打工。那年，同时来的还有三个陌生人，他们提着斧头在村子里转悠。父亲问明来路，才知道是来找媳妇的，他让我母亲把信息递给拴丑，让他把人家的媳妇送还，或到什么地方躲起来，不要吃眼前亏，毕竟明晃晃的利斧劈下去不认人！这个媳妇是拴丑在外面打工时认识的，过年回家时顺便带了回来，他已经三十好几了，找个女人真不容易，他父亲坚决不让他再出去，说等生了孙子看情况再说，他父亲怕带出去就带不回来了。拴丑这年就没出去，一直在家和媳妇生孩子。我母亲找到他家时，拴丑没在家，我母亲让拴丑父亲想办法给儿子递个信儿，让他带着媳妇到别处躲一躲，避开来人，以后再想办法。拴丑父亲听了她的话，转身走出大门，站在巷道的高台处，高门大嗓地喊："拴丑，有人找他媳妇来了！"像动物世界里竞争求偶的成功者，带着得意的喜悦向失败者炫耀似的。看到这一幕，我母亲责备说："拐骗别人的媳妇就不是件光彩的事，为啥要这么大声地喊呢？你这么一来，来人不就听见了吗！"我母亲走出他家大门时，气得直跺脚，真想抽这个白活五十六年的猪脑子男人几个耳光。事已至此，我母亲只好气呼呼地回家了，看他自己怎么处理这事。三个陌生人听到这喊声，甩开纠缠的父亲，提着家伙气势汹汹地循声而来。三人在巷道口看见了站在门口喊话的人，快速赶到门前。打头的一个正要问什么，拴丑父亲转身进门把大门从里面闩上了。三人挤在一起往门缝里瞧了瞧，并没推门，而是站在门口静静地抽烟，谈论着如何处理这事。父亲知道要出事了，跑到拴丑干活的地里把事说了，拴丑看着一脸茫然的女人，骂道："人家看上的是我不是他，他有什么资格找呢！"说着放下手里的活，起身带着割麦子的镰刀就要去理论。

父亲对那女人说："你劝劝他，这么去怕要出事的，人家手里提着家伙呢！"那女人双手捂着脸，一屁股瘫坐在麦茬上不吱声，也没了主意，嘴里喃喃地说："要不我跟上回去？"

拴丑一听这话，像一头公牛似的暴跳如雷，跳起来大骂起女人不是东西。父亲劝他冷静一下，毕竟拐了人家媳妇不占理。他让拴丑和女人一起去向来人说明情况，尤其要让女人把跟拴丑过日子的理由说得越充分越好，尽量当面把事情解决了，不要动手。即使他俩愿意在一起生活，按法律规定还有许多手续要办，不能就这么不明不白地睡一起，以后有了孩子怎么办？在村里，父亲的话还是起作用的，他看了一眼坐在地上的女人，女人没说话，放下镰刀和拴丑一起跟着父亲找那三个人说理去了。路上，父亲又喊了两个人，共五个，从人数上超过了对方，万一动起手来也不至于在自家门前让别人占便宜。

三个人还在阴凉里站着。快中午了，拴丑家门前的那棵杏树正好撑出一块阴凉。父亲牵着拴丑，向那三个人走去，女人远远地跟着。到近旁时，父亲一脚将拴丑踢倒，让他跪在那三个人面前，然后开始数落他的各种过错。骂得差不多了，他抽出香烟递给那三个人，用和蔼的口吻对他们说："我看这事咱就平心静气地解决吧，如果动起手来，对谁都不好！弄不好还得有人进去，那样更不划算。"三个年轻人被眼前父亲和拴丑的这出戏吓蒙了，别说看懂没看懂，就父亲踢拴丑那一脚着实是功夫。围观者越来越多，让三人觉得处境比想象的要差得多，心里多少有点胆怯，只是静静地吸烟，靠墙尴尬地站着，凭借一支一支的香烟保持着暂时的冷静。来时，他们商量好了，要把拐走媳妇的人的腿砍了，可面前的情况超出了他们的预测，他们一时有些拿不准该怎么办。父亲看到三人犹豫了，让同来的人把拴丑父亲喊出来，面对面把事解决了。大门吱呀一声开了条缝，拴丑父亲从里面挤了出来，他破旧的灰色上衣领口好似架着一个黑皮南瓜，变形了的嘴咧开着，不自然地笑，一口被旱烟熏黑的牙齿比脸膛还黑。他见儿子跪在地上，显出不可思议的神色。其实，他透过门缝早就看到了门前发生的一幕，只是儿子的下跪他不理解，他的无知加重了恐慌，脸有点变形。

父亲抽出烟卷，上前给那三个人又发了一轮，自己退回到杏树下，左手罩着右手，吧嗒吧嗒用汽油打火机打火点上烟。烟雾从他的嘴边漫上来，钻进杏树的枝叶间，他顺着那缕烟逃离的方向，无意间看到了一个隐在树叶中的杏子。眼下村里的杏子早就吃光了，可这棵树上却奇迹般地保留了不大不小的一个杏。

父亲仰着头望着那个杏子说："我是村主任，村里的事我得管。既然事情发生了，那我们就解决，动蛮力对双方都不好，更不能解决问题。男女之事你们各自心里清楚。拴丑能把人领来，至少说明她是喜欢拴丑的，到村里一起过了多半年日子，两人关系还行，我们隔壁邻居也没听到两人吵架什么的，况且她已经怀上了拴丑的孩子。"说到这里，父亲又猛吸了一口烟，靠着树干蹲下："这生米已经煮成熟饭，我先提个解决的办法，咱们两边再讨论。"

父亲说到这里停了停，看三人有什么反应。三人中的大个子有点结巴，同意让我父亲先说。父亲说："就按眼下乡规，拴丑先给三位认个错，他勾引别人媳妇错在先。但我听说是那女人勾引他的，不过，这个现在也无从考证，也不重要。"说着，父亲在拴丑屁股上踢了一脚，让他站起来道个歉。

大个子抢过话头，他左手提着长把子斧头，右手指着拴丑，气呼呼地吼道："道歉顶个屁用，把我娶她的钱还我，你俩过去！"

拴丑不敢起来，还跪着。大个子的脸在早晨的阳光下涨得紫红。父亲对大个子说："那好，你们说个数，今天就把事办了，以后两清，各过各的日子，井水不犯河水。"大个子说总共五千，一分不少。拴丑说礼钱是三千，别胡扯！父亲说找那女人问一下就清楚了。一个白脸中等个头的胖子说："我们哥仨用了一个月时间才找到这里，得有误工费！"拴丑父亲说三千够多的了，五千拴丑能找两个女人！两边你一言我一语越扯越离谱。父亲忙喝停，说："两边说得都有道理，我说个数，是中立不带偏见的，四千元，今天凑齐，你们签字据拿走，那女人的嫁妆什么的放到娘家，其他手续通过娘家办理，就这么定了。"他让拴丑筹钱去，让旁边的人找来纸笔写字据。那三人听了父亲的决定，不再说话。

一直到下午两点，拴丑才凑齐了四千元送到父亲手上，父亲转手让大个子数数。大个子板着脸没说话，让小白脸接着数一下。双方十几双眼睛盯着，小白脸还是少数了一张，说差一百。拴丑刚要辩解，被父亲喝住，让他再去找一百，说肯定是少给人家了。拴丑只好把父亲拉到家里，从过年时准备的喝茶钱里借了一百。小白脸接过钱，高兴地用胳膊肘顶了顶大个子，说："大哥，签字走人吧，我都饿了，有这些钱我们再找个好女人。"大个子闻言从父亲手里接过笔，写了自己的名字，按上了红红的指印。三人推搡着离开了村子。

每年腊月，村子里总有些类似的鸡零狗碎之事，让父亲感到棘手，感情问题不好讲道理，谁爱谁不爱谁没什么原因，所以有了纠纷不好处理。父亲的原则是不引起群体事件就可以了，村子里进进出出二百多人，有矛盾都正常。慢慢地村里在外面混得好的不再回来，一年中有三五户在外安家立业。父亲是鼓励年轻人外出创业的，村里的事由村干部帮忙办理，绝不拖后腿。这样到

2010年时，村里只剩下不足十户人家了。

　　村子不大，依山势而建，分上下两个街道，两边各有两条三米多宽的通道，供人们上下行走，整个村庄的街道呈井字状。村庄在主山的半山腰，主山两边又分出两条蜿蜒五六公里的余脉，将村庄紧紧地包裹起来，从高空或远处看，仿佛一双大手将村子掬在手心里。原先村民遇干旱求雨或遇雷暴天气求化解的主山峰处，已在三年前由政府引资竖起了一座巨型风力发电机，宽大的叶轮转动时发出呼呼的巨响，像要把整个村子旋起带走。村子里街道庭院整洁，空气清新，路旁是各类果树，一抬头或一伸手就能触到果实。水泥路面一直铺到各家各户门口。村里家家都有小轿车、农用汽车，也有摩托车、电动车，什么交通工具都不缺，就是缺人手。耕地大部分荒芜了，人们只挑最好的地块种，电、水接到厨房灶头，生活甚是方便。弟弟说县里计划将整个麻地湾打造成旅游景点，将撂荒地流转给村里的合作社，统一耕种或向外租种；将废弃的农家院全部租来改造成农家小院，租给游客，到时邀请各位媒体朋友光临，见证一个小山村变成美丽乡村的过程。大家听了很是兴奋，觉得山乡巨变最精彩的应该还在后面。

　　采访组绕村子转了一圈，回到我家里时快中午了，因为是晴天，气温回升快，氧气充足，再加上院子周围是各种果树，整个院子里弥漫着一股果树的清香，大家不觉得累，放下了来时的心理包袱。在水龙头前洗手落座后，众美女记者议论说，她们带的防护用品一点也用不上，这里比城里的空气好得多，简直是生活在天然氧吧里。有人读过我写的小说《秀才第》，闲聊时谈论起小说中描写的老宅子"秀才第",问我是否有现实依据。之前,弟弟带记者采访时经过那里,可能有些人看到了,没在意,有些人没看到。我说"秀才第"现在是我三叔的家,还在。感兴趣的立马站起来要亲眼看一下。门楣上三个大字"秀才第"经过现代建材的美化,越发古朴苍劲,透着百年来这个院子几代人的精气。按照老家规矩,老宅是跟老人走的,老人要留在老宅和一家老小一起生活直到去世。清末时,这里是一处三进的大宅院,房子全部用青砖和松柏实木做成,高大气派。现在已经改造成了一个偌大的四合院,四面是砖木结构的房子,中间是三十平方米的花园。到我们这辈,从这个院子里走出了五代人,祖上有过武举人,时下也有两个留学博士和三个在读硕士。从这道门里走出来的有政府县长、部队军官,有企业高管、教授学者,也有作家和国家干部,总计一百六十多人。有人开玩笑说,如果这些人都回来,这个村庄能容得下吗?光宅基地就得把所有的耕地占完,还哪有种庄稼的地方?!当然这是开玩笑的话,这几代一百多人肯定是按时间先后来的,不可能一下子聚到一起,但也道出了人多地少的事实。

村子离镇上十公里路,弟弟平时住在镇上,做点小生意,到村部工作方便,有事开车二十来分钟,什么事也不耽误。老家像是留在乡下的一只巨大而无形的手,我们都被它用力牵引着,那双手就长在长辈身上,在那绿树环绕、野草疯长的坟茔里,在"麻地湾"这个村庄的名字里。

午饭原本是要到镇上吃的,但镇上已经安排在了我家,二十多人也就两桌饭,食材一部分是从市场上买的新鲜农家菜,一部分是自家种的。此时，动作麻利的弟媳妇和堂妹已经把饭菜准备得差不多了。有两个从省城来的记者专门查看了一下厨房的卫生条件，发现厨具都是八成新的，收拾得和城里的一样干净，便放心喝茶聊天，说真像到了度假村。虽然家里没通上天然气，但装有煤气和沼气，二者随时可转换使用，村庄将秸秆当作燃料的日子已经过去了。有位记者还亲自下厨露了一手，做了一道酸菜鱼。这顿饭大家吃得异常可口，谈笑风生，有人开玩笑说这应该就是美丽乡村的样板！

时间过得飞快，转眼太阳西斜。

根据活动安排，这次来麻地湾的任务是采访大山深处的乡村在新时代的巨大变化，当然主要是产业支撑农村可持续发展的主要做法和成果。可在采访中，好多记者发现乡村变化的领域很多，不光是基础设施、衣食住行，还有保障村民小康生活的产业，以及保障村民生活质量的生态环境。他们一致要求深入采访一下这条绿荫大道和它背后的故事，比如这满山满洼的树木是怎么来的，失踪几十年的小溪、泉水为什么会回来，麻地湾为什么和周边其他村明显不一样，等等。毕竟其他村子虽有树，但没这么多，甚至更多是荒芜的耕地和地埂上的荒草。

绿色的村庄

说到这一公里的林荫道，或者山村景观带，就得提起爷爷。当年爷爷从引洮工地上回来时，家里的日子已经走到山穷水尽的地步，他进门时两手空空，背着去时的铺盖卷和两张先进工作者的奖状。奶奶对爷爷一无所有地回来表示遗憾，说家里的日子本来就不好过了，又回来了个吃饭的！

爷爷跑到大队支书那里了解真实情况，老支书说天灾加人祸，不管生活多么困难，眼前的日子还得往下过，办法总比困难多！听了大队支书一番话，或许是受了鼓舞，爷爷身上的引洮精神又激发出来，对村子的发展有着积极乐观的态度。当年推荐他去引洮的大队支书听了爷爷对村庄发展的看法之后，觉得拯救村子的人非眼前这个年轻人莫属，他当即叫来大队长，商定让爷爷代替他当大队支书。爷爷临危受命，为全大队人寻找出路。在他的多方奔走和斡旋下，全大队三千人基本没有受过多少艰难。特殊年份之后，村里的人口保持在一个相对稳定的状态，随着国家政策的慢慢调整，人口数量开始回升。1970 年前后，麻地湾只有九户人，村前村后流水潺潺，西边的山顶上是三十多亩杨树林，其间夹杂着沙棘和苁蓉，这一片绿色保住了一眼清泉。山脚是一条四季流淌的小溪流，泉水随溪而成，顺溪随便挖一个大坑就会有水渗出来，这九户六十多口人从没有担心过水的问题，吃水像是呼吸一样轻松而无须担忧，因为平常，所以被忽视。

随着人口数量的增长，街道上半大的小孩子不断多起来，穿衣吃饭似乎也困难了起来。又过了十年，先前的那群孩子长大了，人口增加到两百多人，这一下子让村庄拥挤起来，逼仄的村庄已经供养不起这么多人了。先是物质材料、生活用品不足，大家只好砍树、铲地皮来解决燃料问题，开荒地扩大耕种面积。后来水也少了，中间遇了几次大旱，既愁吃喝又愁穿衣，粮食和布料国家可以适当给予供应，但水的问题却不好解决。水是生命之源，不光人畜需要，树和庄稼也需要，没有水离死亡也就不远了。

爷爷解决过特殊年代的口粮问题，却没想到二十年后遇到了两百口人和五十多头大牲口的吃水问题。本村没水时，周边村庄也没水，水从天上来，又归于地上，可地上的水被云朵带到哪里去了？年富力强的爷爷想运用自己严密的思维逻辑，寻找一条从根本上解决饮水问题的办法，可他只考虑了缺水问题，却没有考虑用水问题。真正缺水的原因是村里成倍增加的人口和五十多头的大牲畜，这个小地方已经无法承载数目如此庞大的人畜了。他召集了一些有见识的社员研究水的问题，大家没啥好主意，说的最多的也就是组织人力到十几里外的地方去驮水，可远水解不了近渴，也不是长久之计。爷爷从广播里听，从水利部门专家处咨询，他相信没有他办不成的事。大气候他管不了，小气候可以，人定胜天。他一米七八的个头在村里算是大个子，先前在部队服役时精瘦精瘦的，参加一趟引洮工程回来后更瘦了，成了一把骨头，这几年休养生息，身材又魁梧起来。直到我出生时，他还和小伙子一样挺拔，满身透着潇洒，乌黑的鬓发下是棱角分明的脸，一双大眼睛目光炯炯，支在高鼻梁上，令人敬畏。

不久，爷爷接了大队支书的班，是大队书记兼大队长，他不但要管全大队几千人的事，还要管麻地湾小队的事；要管大事，也要管夫妻吵架、邻里纠纷和年轻人偷鸡摸狗的小事。天上不下雨的事他管，地里种什么庄稼他也得管，种了什么、长得怎么样都和他这个大队书记兼大队长有关系。种田的事大家努力一把就种上了，可天上不下雨、地下无泉水时，包括他在内，大家都没有管用的办法。

这一年，整个夏季几乎没降一滴雨。爷爷每天都在听广播，而广播里的天气预报顶多是"晴转多云"，他甚至还听到了"今年黄河中下游地区和整个西部地区将遭遇五十年不遇的大旱，国家拨付赈灾资金进行紧急救援"的消息。这个消息并没有打败他，他决定用祖宗求雨的办法赌一把。

择定吉日，经过一天的准备，终于备全了六畜和五谷祭品，可就是给专司降雨的雨神借以引雨的三碗清水到日落时还缺一碗，这三碗水缺一不可。仪式上，雨神代言人要用"麦""谷""黍"三种庄稼的秸秆蘸着这三碗水洒向面前的土地。爷爷知道大家缺水，自己单独献出一碗，另一碗是别的村子捐出来的。每次求雨都是由龙王庇护的三个村庄联合进行，而今年爷爷看着那只空碗，有些无计可施了，他只好对身边的父亲说再从家里取一碗。旁边的父亲一下子爆跳起来，他喊着没贡献水的村庄名字大骂起来，那个村庄的生产队长也一把年纪了，被这个年轻后生当众叫骂，羞愧难当，只好默然起身回村子寻水去了。爷爷看着那位队长干瘦的背影，给了身边的父亲一个响亮的耳光。沉默的人群一片寂静，暮色沉重而干涩。不久后，那位队长迈着沉重的步伐，从一个黑色的坛子里小心翼翼地倒出七分满的一碗水，像过年斟酒一样。爷爷长舒了一口气，指挥大家按既定程序进行。

祭祀求雨仪式要在黎明时分结束，这一晚，三个村庄的男女老少不能睡觉，或到祈雨现场祈雨，或在家里默默祷告，直到祈雨仪式结束。寅时，爷爷率领其他村的主事小队长和年长有威望的头面人物，在村庄的主山顶上举行盛大的祭祀求雨仪式，现场跪拜行礼祈雨的人和黎明前的暗夜一样黑压压的，锣鼓声伴着异人冗长的祈文诵读声，在静静的夜空中孤独地四散逃亡。卯时，黎明初现，仪式结束。大人们深深地叹了口气，天空中聚拢着灰色的云朵，像是从人们心头飘走的一件件心事。

这是村庄最后的希望。

天公降雨的最后一丝希望破灭了。爷爷没有被这孤注一掷的努力所带来的失败击倒，而是继续寻找机会，斗志昂扬地在公社、县里跑来跑去，争取政府的支持，换取更多的救济。一天，爷爷从县里跑回来后，病倒了，裂开的嘴唇渗出黏稠的血液，整个人像一棵干涸的、濒临枯萎的柳树，躺在炕上昏迷不醒。全大队人的希望倒下时，大家烦躁不安起来，都围着他转，我们家的屋里和院子里全是人，他们希望通过七手八脚的捏拿和清水洗脸让爷爷醒来，毕竟爷爷是全大队人能否有水吃的关键人物。午夜子时左右，爷爷苏醒过来，他撑起半个身子，在昏暗的灯光中像负伤的勇士般坚定地对父亲说："我们不会渴死的，政府的救济运水车正在路上，你给大家讲一下，一切都会好起来。"

父亲像坚守阵地的传令兵，第一时间把爷爷的话迅速传遍全大队每一个家庭，稳住了大家躁动的心。听到这个消息，聚集在我家的人终于散去。闷热和干旱让整个村庄笼罩在一点即着的空气里，每个人都焦躁不安，包括伸着舌头趴在树荫里喘着粗气的狗，它们对经过身边的任何人都表现出冷漠和不屑一顾。各级政府都在组织抗旱救援，底线是保障人畜正常饮水，粮食能抢救多少是多少，大不了由国家下发返销粮，庄稼减产可以在秋季补种，人畜出了问题就无法挽回了。树枝一根接一根蔫了下来，蝉声越来越远，甚至在这个盛夏里渐次消却了往日的喧嚣，直至销声匿迹。所有的动植物都不出来活动，以减少能量和水分的散失，延续珍贵的生命。

8月15日那天，阴云密布，狂风大作，然后一切归于密织的雨网，天地间只有雨水降落的声音。爷爷的身体在屋檐水滴落时立马恢复了，他说他的病是旱情病，和庄稼一样，只要天一下雨就会好的。爷爷起身穿了衣服，跑到雨中，展开双臂，让身体充分吸收雨水，润泽干涸的肢体和内心。在奶奶和父亲的不断催促下，爷爷落汤鸡般回到屋里，换了衣服之后，坐在炕上看着热闹的雨脚，脸上露出孩子般天真的笑容。这晚，他才认认真真、高高兴兴地享用了十多天以来的第一顿正餐，吃得可口可心。他说心情好了吃饭才有味。之前他躺在炕上，两眼直直地望着窗外深蓝的天空出神，一句话也不说，成了哑巴和呆子。每天清晨，他起身去村头看看天，如果天空还是那么空旷碧蓝，复制着昨天的样子，他就要回去睡觉，因为他知道这样的天气无法干活，发烫的土地不会生长任何庄稼，只有水才能解救一切。而当天边飘满云朵时，他才会在田地里走动，或到早已干涸的泉边看一看有没有水流出来。

这场旱灾劫走了村庄当年的一季粮食,秋后却是雨量充沛,一场接一场,满足了全生产队人对雨的渴望,也让秋粮大获丰收。死去的植物重新从泥土里冒出了头,不久便将山峦染成深绿色,树木又开始郁郁葱葱了,好像旱情盛行时,它们只脱掉了外衣躲到泥土深处似的。

每经历一次旱情,爷爷和社员寻找水源的心情便会更加急切,可人穷资源奇缺,连草皮都铲光了,哪能有什么水源。他咨询过各级各类水利专家,得到的回答是一致的:"只有多种草和树才能保住水源。"一般来说森林茂密的地方地下一定有水,森林和湖泊一样,不但能调节小范围气候,也能调节地下水,它像一块吸足了水的巨大海绵,也像一座水塔一样储存着水分。爷爷时不时要召开社员大会,把他知道的关于水的知识传授给大家,让社员们不要铲草皮、砍伐树木,他动员社员们植树造林以保一方水土。社员们都只看重眼前利益,生产队人多口杂,日常用度大,燃料从哪里来呢,除了庄稼秸秆就是野草树枝。全体社员冬天烧炕用的全是草皮和树叶,只有傻瓜才不用这些来自大自然的馈赠呢!爷爷的说教几乎没什么作用,但他拟定了几条村约,全村人不能砍伐小树,对成材的树木要有计划地使用,谁违规谁就要被罚粮食,罚来的粮食一半给监督者,一半归生产队用来买树苗种树。

每年春秋两季,爷爷都要带领全大队的社员在自己选定的水源区植树造林。这个习惯一直保持到包产到户时期,之后社员们按各自情况自己决定是否再种,但麻地湾村在爷爷的带领下,种树的习惯一直坚持着。每年3月和10月,每家每户都有人到各自的承包区域栽种树木。改革开放后，外出打工的人多了，村里才慢慢没人植树了。此时，麻地湾满山满洼已被各种树木覆盖着，耕地不到总土地面积的五分之一，满眼苍翠。深秋时节和暮春时，这里甚是好看，不同的色彩将这个不到十平方公里的大山环抱的洼地涂抹得五颜六色。谁能想到，五十年前，这里只有一小片白杨树林，在干旱的夏季干枯萧瑟。

因为十年九旱，种下的树十有八九会枯死，为了提高成活率，爷爷四处寻找适宜的树种，在有雨的春秋季开栽，栽后还得保证活下来，这很难，因为水本来就是急缺的资源，哪还有多余的用来浇树呢！开头几年，基本是靠运气，如果当年降雨多、墒情好，树木成活率就高；若降雨不合时节，或是个干旱的年份，植树等于是白搭功夫和钱。有一年，得益于水土保持方面的政策，爷爷从县里的华家岭林场得到一批地区水利水保处的赠树，一次拉回了半汽车树苗，足有五千株，都是耐旱的山毛桃。爷爷高兴得像得了宝贝，动员全村男女老少停下所有的活到划定的沟壑种树，这一车树几乎种满了村里预留的可种树的坡面。种的时候是5月份，天气已经回暖，墒情还行，可是临近端午节时，来了一场寒流，没有降水，只有降温，果树的花苞和新发的枝叶全都冻死了。三天之后天气骤然变热，不到一个星期的时间，暖阳像火热的7月，新树苗大半被晒死了。人畜饮水又困难起来，树苗自然无人顾及，等到两个月之后，一场透雨来临时，有些树苗甚至被当作柴火烧掉了。好在到了秋后，一部分被砍折掉树身的树根又长出了嫩绿的枝叶，这算是老天爷对乡亲们的一次恩惠。

每一场雨之后，爷爷都要召集社员们去沟坡栽树。功夫不负有心人，多年后，小树一茬一茬长成大树，有些树胸径有碗口那么粗，完全可以盖房子用了，时间长一点的胸径达一米，是好板材。村里因为种树，建筑用木料基本能自给自足，无须在市场上花钱购买。种树多的家庭除了自家用还能卖，几年下来也能赚好几千元，甚至上万元。那时的万元户比现在的百万富翁更让人觉得富有，平时不起眼的努力竟能赚这么多钱，真是天上掉的馅饼，社员们不由得在心里盘算着那些正在茁壮成长的树木，那可都是钱！收到好处、尝到甜头后，社员们不需要爷爷提醒，到种树的季节，男女老少都从四里八乡找来需要的果树去沟坡地栽种。

父亲的第一季杂交杏子个头大、品相好，在镇上卖了五百元后，各家各户都争着请父亲去他家园子里嫁接杏子、梨什么的。年复一年，劳动终归是有收获的。在别的村庄无水果可吃，或一年里根本不知道有水果时，麻地湾家家藏着几窖果子，一进村子就能闻到果香味。夏秋季，瓜果飘香，引得周围村子的人滴着涎水来偷吃，或拿粮食来换。有一家人，一季下来用水果换的粮食比自家种的还要多。

虽然林果经济缓解了因耕地面积减少带来的缺粮问题，但随着树林覆盖面积的增加，土地面积也就相对减少，与不断增加的人口形成了一对矛盾。泉水的总量比十年前多了，但用水量增加了三四倍，供水和用水也形成了一对矛盾。土地承包后，砍伐树木成了个人行为，没人管得着，爷爷不停地做工作，但已显多余，大家都得为自己的肚子着想呢。

包产到户后，村集体也留下了一部分集体林地，也就是保住水源地的那片林地，这是爷爷最大的愿望，他说保住水源地，就不至于让全村回到多年前无水吃的困境。幸好随着改革开放的进一步深入，从村里出去的人越来越多，人和土地的矛盾逐渐缓和。

爷爷还是一根筋在种树，他不再召集人，而是自己种。那时，市场上没有什么树苗，都是爷爷和几个兄弟自己在沟坡地里培育的，现在坡面上有很多南方树种，比如杧果、棕榈、火龙果，这些都是他托人从遥远的南方带来的。时至今日，他愣是没想明白，六十年前，这里只有一小片白杨树林，在干旱的夏季干枯萧瑟，连周边的杂草都死了，可小树林还是绿油油的，一棵也没干死。在他年复一年的扩大栽种下竟然变成了五六平方公里的树林，而且越长越旺。他感慨这树比人有志气，比人生命力强，只要不从土里拔出来就不会死，只要插到土里就有活的希望。眼下，村民生活好了，根本没人去管理那些经济林木，杏子、桃子、苹果没人采摘打理，几乎全喂了各种鸟类和小动物。除了耐旱的经济树种，就是高耸挺拔的油松、侧柏、云杉。受爷爷的影响，父亲也尝试引来南方的各种果树，这两年也开始挂果，果实虽然不如市场上的卖相好，但终归是获得了成功，也满足了父亲尝试的愿望。父亲有时说，只要有恒心，土壤的属性就不是问题，一切都能适应。这和人一样，到什么山上唱什么歌，过什么样的生活，弹性很大，只要想活下来，一切皆有可能。

因为爷爷种树有成就，我们家也先后被市里、省里和国家评为"全国绿色小康户"。爷爷带领乡亲们种树不仅改变了当地的气候环境，也给当地群众创造了更美好的生活环境，是一件特别了不起的事。六十载不变的种树情结让这里不仅变成了绿树环绕、青山环抱的百亩林区，也成了许多人心中的避暑胜地，慕名而来的人越来越多。爷爷的事迹也在全国各大报刊均有报道，成为县里一张生态建设的亮丽名片，麻地湾也成了"绿水青山就是金山银山"的鲜活生动案例。有记者采访爷爷，问他当初是什么力量支持他顶着压力和困难坚持种树的，他平静地说，当初植树造林就是为了能保住地下水而已，没有改变生态环境的概念和其他的想法，因为村里没水吃也是他这个当家人的责任。

现在回想，六十年来，为了种树，爷爷付出了常人难以想象的艰辛。他每天早上4点多起床，喝口罐罐茶就上山，一直到很晚才回家。大多数时候，饿了就啃口馍馍，渴了就喝凉水。不管酷暑还是寒冬，就这样坚持了几十年。细算起来，全村人在种草种树上的投入是巨大的，超过了农业生产，因为这个活是大家利用业余时间干的，除了正常的耕种，剩下的时间就是想办法种树，想办法将水保存在村子周围。根据专家的意见，树慢慢长大后，树下就会产生水源涵养层，留住容易流失的水分。爷爷是农民，以种地为生，也没什么钱，为了凑钱买苗木，什么办法都想了。有一年家里的马生了小马驹，总共卖了七百元，没想到爷爷竟瞒着家人，把这些钱全买了树苗，那时候七百元差不多是全家一年的生活费。

"有一段时间，为了瞒家人，就采取声东击西的办法，哥买了树苗，放在弟家，弟买了树苗，放在哥家……"爷爷告诉记者，这样的事件很多。有时候用卖猪崽的钱买树苗，有时候用家里的粮食换树苗。刚开始一家人常为这事闹矛盾，时间长了，慢慢也就理解了。爷爷为了栽更多的树，甚至拿自家的耕地换别人的荒山荒坡。

爷爷快离世时，有记者采访他，问他这几十年的植树感悟。他说有苦也有乐。苦随时间的流逝早就流走了、忘却了。至于乐嘛，看着这漫山遍野的绿树成荫，一想到都是他一棵一棵种活的，就很满足了。如今父亲望着满山的绿树，像看到爷爷的身影一样，高大深邃且充满生命，爷爷像永远活在眼前这片树林里似的，他将自己埋在地下的肉身化作肥力，撑起这片永不褪色的苍松翠柏。

时下，父母生活在这样的环境里，自由惬意。父亲继承了爷爷忙时种地育苗，闲时管护树林的习惯，但他有时也会发愁，自己年龄越来越大，他走了，这几百亩的林地应该交给谁来管理？村里的合作社能否按照他的想法继续扩大树林的种植面积？毕竟企业是要算成本和效益的。眼下的旅游项目开发得不错，但谁能保证会一直这样发展呢？父亲自然是放不下心的，人性的另一面他是最清楚不过的，在利益面前什么都得排到后面！

"我经常想，如果将来有一天我不在了，小儿子要跟着孙子去兰州生活，那时，村里就没人管这些树了！无人管不要紧，只要不把这些树木砍掉，我们祖孙三代和全村人付出的辛苦也就值了。"父亲的担心对采访的记者来说是个严肃而沉重的话题，他们也不知道以后的事会怎样，只能说些让父亲放心宽慰的话。有时候，无用的好话比有用的实话更管用，甚至强百倍！记者们的宽慰竟然打消了父亲的担忧，让他对树林的前途保持着积极乐观的态度。

村子的产业

一年之后，市里组织"特色产业推动乡村振兴"采访组来麻地湾进行采访，人员配备基本还是上次的，没多大变动。他们想知道经过一年多的发展，这里会是什么情况。他们在采访前要父亲和弟弟就这个话题也谈一谈自己的体会和感受，甚至是想法看法。兴旺发达的产业是支撑乡村振兴的基础和动力，没有强有力、可持续发展的经济支撑，美丽乡村建设可能只是一句空话。父亲对"特色产业"这个词听着耳熟，理解得却不是很准确透彻，他认为特色产业就是在农村干什么、种什么能挣钱。他的理解比较感性和单纯，把相关的一系列管理体制、机制和市场运行、风险、人力资源、生产资料成本等都过滤掉了，只留下"挣钱"这个核心。发展特色产业既要有特色资源，又得有相应的技术支持和成熟的产品，还得有市场，有分工合作的生产链条，相对稳定的投入产出，等等。不能像种庄稼一样今年种荞麦，明年种玉米这么换来换去。产业调整有一个相对稳定的周期。村里的产业是镇上经过慎重考虑后确定的，因为绿化面积大，花草多，再加上常年气温适中，镇上给麻地湾确定的主导产业是发展以中华蜜蜂养殖为主的养殖业，配以适合四季的花木种植销售。还从北京招商引资来了一位回乡老板，在村里投资两亿多元建起了农家乐，至此，镇里之前指导的项目和产业都以这个大项目为中心，将原来面积较大的耕地化整为零，以一亩大小为单元租给前来体验农耕生活的游客耕种，除了离村子较远一点的地没有流转外，其余都被精工做成小块自种地，供游客耕种。

这里虽远离城市，地处大山深处，但是道路交通等基础设施齐全。众多周边城市的人利用周末时间，带着一家老小来这里耕种，追寻体悟农耕文明的魅力。因为体验田所需各类农作物种子、农具、水肥一应俱全，劳动累了有农家小院休息，饿了可在"人民公社"合作社食堂吃饭，还可以亲自动手做自己种出的菜，所以想种地的人排成了长队。这个项目火爆一时，供不应求，成了"爆款"。

村里现有的三十多人都成了农家乐的上班族，家里除了种几亩金银花、养几头牛外，就是以前的自然经济时期的小家庭的日常，养几只鸡、一头猪的，算是一种解闷的途径。对这个小村庄来说，有没有产业现在看来并不重要，因为人少，土地面积大，生态环境好，每年自产粮食蔬菜能管三年，家里如果没有大的支出，即便只种地、种草、种树，政府也有补贴，过日子没问题。平日里村民有个头痛脑热，都有医保，年龄超过六十岁的还有高龄补贴，这些政策大家都是能实实在在享受到的，在内心里对国家也都有着深深的感激。采访组对父亲和弟弟的讲述并不感兴趣，因为他俩的话听起来更像是时下主流媒体的话语，不新鲜，少泥土味。有些记者单独去采访了另外一户，寻找他们认为的"真实情况"。

五一国际劳动节前后，正是金银花采摘旺季，所有能行动的人都到地里采摘金银花了。多数人家的大门紧锁着，可能正在地里抢时间摘金银花。有几位记者没找到人便回来找我弟，希望能

通过他找到要找的人。弟弟领着他们在附近的金银花地里找到了
人，并将几位记者的来意做了简单的介绍，叮嘱他们不要害怕，
有啥说啥。这家有三口人，是老两口和一个儿子。儿子四十多岁，
没有媳妇，年轻时一直在外面浪荡，据说在内蒙古结过婚，生有
一子，后来和对方闹矛盾，被女方赶出家门，一个人在外晃荡。
这几年，又回到老家和父母一起生活。儿子看着采访组的镜头，
听了记者的问话，一句话也不说，只是红着脸傻笑着摇头。当问
及他的年龄和婚姻子女时，他脸红得发紫，慢慢将脸埋到蹲坐的
两腿间，摇了摇手说和老婆孩子分开了，回老家照顾两位老人。
记者问他现在生活怎么样，他说只要勤快努力干，在农村也能挣
上钱。这话听起来像是报纸电台里的话，千篇一律，毫无新意，
记者让他说实话，说心里话，不要在意其他。他一面摘金银花一
面支支吾吾地说："这些花就很值钱，我们三个人摘一天能挣
五百元，而且是现金，只要手头有货，打个电话就有人来地里或
家里收。"

　采访组正和儿子聊着，老头在不远处大声招呼记者去他那
边，他有话要说，儿子说不到点子上。老人从地里站起来，身体
干瘦但显得很精神，他中等个头，有六十多岁的样子，脸上黑得
和外面的青色外套一个颜色，说起话来嘴里为数不多的几颗黄牙
边缘直冒唾沫，浓烈呛人的旱烟味能将眼前飞过的小昆虫熏晕。
记者们都离他有一米多的距离，仿佛这是规定的安全线。老人自
小走南闯北，在村里算是个有见识的人，这个家如果没有他早就
散伙了，原因是儿子不成器，没能把媳妇领回家，把自己的孩子
留在外面了。这一点老人特别不满意，生男生女一个样，但和无

儿无女比起来还是不一样的。

我父亲也曾做过他的工作，要他想开点，时代不同了，生儿生女一样，儿子不在身边，不是还有在镇上工作的女儿吗。女儿有孝心，一直想把老两口接去和她一起过，可俩老人说哪怕死在老家也不去外面。今年快过年的时候，老汉三番五次打电话要儿子回来，说他俩得了不治之症，将不久于人世。而真实的情况是他俩不能接受被人说成是无后的孤寡老人，更不能接受亲戚进门无人招呼、吃饭喝酒的冷清。老头年轻时东家出西家进地喝酒交际，没想到儿子却是个低能儿，连个媳妇都领不回来。

儿子虽不成器，却是个孝子，听到父亲说这样的话，当晚就买好了回家的车票，只是儿媳孙子不来，原因是三年前老汉也用过这招骗术，激怒了儿媳。儿媳说这次可能也是骗局，坚决不回来，等男人回去看到真实情况后再说。现在交通比三年前方便多了，随时能坐上车。三年前腊月里，儿子听到父亲打来的关于母亲病危的电话，甚是着急，拖家带口，顶风冒雪，怀里抱着三岁的孩子，七转八绕才赶在第二天中午回到家里。这一趟花了不少钱，因为是腊月，回家的人多，不出高价根本找不到车。当疲惫不堪的儿媳妇一进门看到两位老人好好地在家里和亲戚喝酒吃肉看电视时，当即就闹翻了天，当下就要回娘家，说这穷山沟连公路都没有，这羊肠子路让她走了三个多小时，差点没被冻死累死。想让她来大可直说，没必要非得用"将不久于人世"这样低级的谎言来骗她。在邻居的劝说下，儿媳才勉强过完年，正月初六和男人一起回包头了。当然这不是她第一次来村里，五年前，她结婚一年后的五一劳动节来过这里。她觉得这里山大沟深还没有水，交通不便，远不如内蒙古包头的草原好。她和男人住了一个星期后就回去了。

当第二次听到母亲打电话，说他父亲身染重病，医生断定可能"不久于人世"时，儿媳和孙子坚决不来。男人虽动了很多手段，但终是没有成效。听男人的意思，这次他回老家就不准备回包头了，那样，将导致一个家庭的破裂，谁都得掂量这次分别的重量。儿媳妇也有父母需要养老送终的，她的理由也和男人的一样，人心都是肉长的，养自己的肯定比没养自己的亲。包头的发展条件确实比麻地湾强得多，关于这一点儿子也是知道的，可当父母打电话叫他回老家时，他孝心占了上风，一根筋地只想回老家，其他后果不再考虑了。说着说着，老人像有重重心事，他席地而坐，卷了一支旱烟，抬眼望着天空，自顾自深吸了几口。吐出的烟雾在黝黑的脸膛前面打了个圈就被微风吹走了。他双眼又回望着对面的山林，内心似有很多话要说，却不知从何说起。

记者们东一句西一句地问着，老人没有接话茬，而是自言自语般地说："现在的麻地湾多好，有吃有喝有树林，怎么说也比内蒙古包头的沙漠好吧，她怎么就不来呢？还是儿子没本事。"

有人说人家包头是草原不是沙漠，那里平坦又有黄河水，是个好地方，比咱这儿好。有记者开玩笑说如果现在你把儿媳妇叫来，她肯定不回去了。老人还是没说话。弟弟看出了老人的心思，说你故土难离，人家也和你一样，现在不是嫁鸡随鸡，嫁狗随狗的年代了！老人听了长长地叹息了一声，深陷的眼窝里盛满浑浊的泪水，他不紧不慢地说："现在我们不缺钱，就缺人陪伴，年轻时一门心思想着挣钱过好日子，其实当你有钱了之后，就会发现好日子和钱并没有多大的关系，钱只管一日三餐，却管不了心里的孤寂郁闷，我们俩老人一年能吃喝多少，能花多少钱呢？其实并不多，看着那么多好吃好喝的却没胃口了，身边如果有人在消费享受，我们看着也幸福，可现在他们都跑外面去了，不再回来。这是变化了的时代，我们已经跟不上了，年轻时没出过门，把一辈子的光阴全耗在这个山村里，现在老了，无法适应外面的环境，等我们这一代走了，这里或许就没人来了，这好环境好地方谁来住？"

"老主任家也一样，儿女们都吃公家饭去了，没人再回这老家生活了！我们这几个人是村庄最后的守望者。"他指着我弟说。

老人虽这么说，可过几天他还是得让儿子离开他去内蒙古包头的家，他和老伴已经慢慢学会了相互照顾，尽自己所能颐养天年，争取在没有儿子陪伴的时候，生活不要太差。他设想了最为悲惨的场景，其实也就是临死时炕边无人照料，通往黄泉的路上缺少哭声而已。

说到项目，老人说这几年，村里还增加了西门塔尔牛、中华蜂的养殖，村子周围全是各类花草，有充足的蜜源，这么多挣钱的项目他看着都眼馋。但自己年事已高，无能为力，想着尽快叫儿子一家来这里发展，可儿子说包头那边也有产业，也能挣上钱，全国处处都一样。他只好改变了念头，和老伴商量还是让儿子回去，那里才是他的家。男人啦，女人在哪里哪里就是家；人啦，母亲在哪里家就在哪里，都是一个道理。他俩这半年想通了，这边有女儿在，天天通过手机视频，像女儿在身边一样，有什么事打个电话，十分钟就到了。路修得这么好，家家都有小轿车，到哪里都很方便。老人说看着这里的一棵树一根草，他都觉得亲切。女儿多次要他搬到镇上的新农村去住，去享福，可他俩不习惯，整天两手空着无事可干，那怎么叫享福呢，人总得干点事让自己忙起来，得自给自足。退一万步说，劳动也是享受，他俩一天不下地干点什么，心里就发慌，浑身不舒服，胳膊腿会僵直无法动弹。他说，一辆长期奔跑的车要是突然停下，没几天就要出问题，就启动不了了！再说了，村里的农家乐也缺人手，晒太阳看大门也能挣到钱！

说到饮水问题，老人说："眼下已经吃上了洮河水，一年四季从不间断，在门口一拧水龙头清水就来了，不再四处争抢水源。现在我们过着丰衣足食的日子，国家说的小康社会就是这样的吧！这样的日子以前从没有过，以后或许还会更好，但能好到什么程度，我们这一代人想象不来，也不用想了，那是下一代人的事。"

老人说这些话时显得无比轻松和超然，最后还说了一句带有哲理的话："人如果不为自己着想，那就心比天宽，活得就比天上的老鹰还自在！

"山村现在变得到处都能挣上钱，地里种的土特产不用出村就被农家乐收购去了，但是我俩老了，没力气再劳动，很想把儿子一家叫来，可他们却不来，这让我很是失望。"

和老人聊了两个多小时，大家觉得收获很大，双方的谈话已经超出了产业采访的范围，深入到乡村文化建设和如何做人的层面，甚至涉及农村当下存在的诸多现实问题。故土难离不是一句空话，故乡在哪里也不是一句故作高雅的探问，而是以农业为基础的大国公民所共有的情怀。

在场的人无论出生在哪里，要寻找故乡依然会去农村，农村是根，或者父辈，或者祖辈。

回乡寻根的永胜创办的合作社看准的就是城市人在内心深处对农耕生活的渴望和对故乡的追寻，这是他将产业选择在农村的主要原因。记者们被老人的谈话所触动，相信这次的稿子会有新的突破，会有更多的头条和热点出现。

记者们还被村子清一色的四合院打动了，上次来时杂草满院、房屋倒塌的荒芜景象已不见了。他们从群众个人生活入手的采访思路还是没能抵过这投资上亿元的私人项目，这个项目把村里的男女老少都吸引去上班了，还从外面高薪聘请来了专门的酒店管理者，即职业经理人来管理，与现代化企业相接轨。当采访组从地里回来时，农家乐的广播正在喊大家吃中午饭。这是村里"人民公社"合作社办的自助食堂，村民或游客如果愿意，完全可以不用在家里做饭，提前预约去食堂吃饭。

永胜创办的合作社是县领导主抓的重点项目，县上为了吸引本籍在外成功人士返乡发展事业，制定出台了很多优惠政策。永胜创办的事迹具有典型性，可推广复制和学习，把他返乡造福桑梓的感人事迹宣传出去，肯定会产生示范效应，带动一大批有志于家乡发展的人返乡投资。

城镇化快速推进，村庄逐渐式微。这是摆在采访组面前的一道有难度的选题，每一个人都在思考这个问题。或许振兴村庄只需要改变形式。中国是从农业文明开始的，保持和保有农耕文明的传统村落是我们的历史责任。中国需要工业和城市的发展，但以消亡农村为代价，有点得不偿失。父亲对村庄的未来倒是抱有积极乐观的态度，他说人活一世，草木一秋，这就是规律，人不能违背规律。看着几代人用一滴汗、一滴水、一分钱在黄土地上建成的美丽家园，真不忍心离开。满山的树木在风中摇曳，树叶哗啦哗啦地响着，多像孩子们在打闹欢呼。这些树和草也是产业，比金银花、牲口、粮食还重要，它们像陪伴村庄的长寿老人，有了它们，村子里的男女老少才会有天空一样晴朗的心境。

以前，因为村子缺水，有能力的人都搬走了，现在什么也不缺，反倒只剩下老弱病残者。这里群山环绕，水泥路直通乡镇县里，人们改变了以前的生活方式，不再大量存粮，而是发展多种经济。镇上每次有好的项目和产业，这个小山村都能沾上光，比如金银花种植和中华蜂养殖产业，这些产业比较适合人力资源较少的地方。前面我们已经说了金银花，只要抽空给它搭个花架就可以了，不需要过多的劳力投入。金银花开金银来，村里的金银花产业鼓起了村民的钱包，人们生活有了底气、依靠和奔头。

金银花的花苗全部由相关合作社免费提供，一年后开花即可采摘，进而变成现金，摘金银花时像是往篮子里拾银子，心情相当愉悦。中华蜂养殖产业由当地政府和有关的企业免费投资，农民直接受益。到永胜投资农家乐时，这些产业全部流转给了他的合作社，农民和游客成了不同形式的合同制工人，一种新型的农业合作社正在尝试中诞生。

为了体验休闲农庄的魅力，采访组一行的晚饭安排在我们祖孙三代曾经住过的农家院里，这里现在被改造成具有现代化气息的农家乐四合院。院子里四面有十几间大房子，适合多人居住生活。采访组负责人将大家按男女分别安排在了饭前休息室。大家跑了一天，有点累了，一回到屋里，有的倒头呼呼大睡起来，精力好的则在外面与来这里的游客闲聊，做更深入的采访。

掌灯时分，饭菜做好上桌，香气调动了大家的味蕾和食欲，真有狼吞虎咽的架势。两桌饭菜吃得精光，盘子里只剩了汤汁。大部分人把来时准备的吃食都原封不动地掏出来放在客房的桌子上，说一定要留给父亲，再带回去会变质发霉的，不能浪费食物。不一会儿，客房的桌子上堆满了各类零食。父亲说这东西你们年轻人爱吃，就是对身体不好，把整个身体变成了一座垃圾食品存储站。父亲的话说得大家哄堂大笑，都说父亲说得有道理，他们如果天天有这么可口的饭菜，也不想吃这垃圾食品。父亲说不是饭菜不可口，是你们工作压力大，生活环境拥挤，没有开放的心情和宽松的心态。他这几句话是从广播里听来的，不是他自己想出来的。大家想了一下，确实是这个道理。在城市里大家在高密度的楼房里住，在狭小的空间里工作，还在逼仄的环境里进食，时间长了真让人没食欲。如果在乡下这样的环境里生活半年，估计这些瘦削的人都会变得膀大腰圆。大家说说笑笑，笑声像乐曲似的回荡在偌大的四合院里。父亲和弟弟商量让这些人住下，明天再走，二十个人应该没问题，有地方住的。村里全是这样的农家乐，有吃有住。时下，村里独特的生态和无污染的有机蔬菜吸引了众多的游客，生意越来越红火。永胜将十家村民已经搬到城里去的旧宅租下来，修缮一新，成了眼前这些漂亮的四合院，能一次容纳八十人住宿，唯一的困难是厨师少，不能一下子做八十人的饭菜，但三十人左右没问题。因为平时人不多，大多在"人民公社"食堂里吃自助，桌餐不多。永胜的思路是重点发展生活型游客和长线游客，不准备搞会议式的组团餐饮。一是这里容纳不下，二是对这里的生态并不好。听父亲说希望大家住下来时，县里的同志坚持要回城里，说进城也就一个半小时的车程，路况很好，非常方便，不好意思再打扰。

虽然辛苦，但记者们深感不虚此行，只要深入基层，总有生动美丽的故事等着你。鲜活的故事永远在离土地最近的地方，他们对写出一篇深度感人的报道已经有了八分的把握。回到饭桌时已经有人说出了报道的主题和结构，显得欢快而愉悦，也有不苟言笑者，显出慵懒的满足感。

夕阳洒在对面的山峦上，给高低起伏的树林裹上了一层明晃晃的薄膜，反射着各色树叶的光泽，村庄似乎是一个被色彩斑斓的被子围起来的坐在山坳里的孩子。这是周边十里八乡一块独特的地方，它的绿林面积正向四周快速扩散。

陪同的县委宣传部领导对父亲开玩笑说："媒体采访报道麻地湾，你这个老支书也要出名的，永胜的农家乐怕是要在网络上火起来了，到时别忘记请我们来这里玩！"父亲自然是满口答应。

夜色朦胧，半个月亮挂在天边，喜欢夜间活动的动物开始在村庄边缘寻找食物，它们被农家乐的生活垃圾惯坏了，知道每天晚上都能从几个固定地点得到食物，懒得去别的地方觅食。它们也不怎么怕人，对人已经研究得十分透彻，全面掌握了这里人的生活习性。没有人对它们这些小动物感兴趣，只要它们不去村里偷吃家禽就可以保障它们的安全和衣食无忧。这是底线，它们素来遵守。

村道里太阳能路灯通明，汽车出了院门，缓慢驶出村庄，路上时不时有动物出没，车子不便提速，直到山顶的公路上才跑起来。此时已经是晚上 8 点多钟，月亮早已升至半空中，它像村庄的守护者，目送着采访车队远去。整个山村在树叶沙沙的夜曲里安静地睡去。

返乡老板

　　"永胜"这名字听得人有信心，能让人一下子记住，却无甚特色，叫这名字的人多如牛毛。当年永胜在镇上读小学时，一班六十人中就有三个叫"永胜"的，都姓张；隔壁班里有四个，都姓牛；再隔壁班里有两个，都姓杨。奇怪的是这一级八个班里叫"永胜"的学生，学习成绩都不怎么好。张永胜本人和其他同学一样成绩一般，老师和家长对他没抱多大希望，只求他平安成长，娶妻生子，过芸芸众生的日子，然后归于麻地湾的祖坟，继续以灵魂滋养从这里走出去的下一代，没人能预测到当年众多叫"永胜"的学生中会有人身价数亿，跟麻地湾"秀才第"里通过高考走出的人相比，永胜的学校在省内都排不上名字，是一所高职技校，不是大学。每当有人问他父亲，儿子张永胜上的是什么大学时，他父亲总支支吾吾，他也不明白为什么别的学生高中毕业考的学校都叫什么大学，而永胜考的学校名字后面没有"大学"两个字，而是叫"××技工学校"，听起来不像大学，倒像是县里的农业技校。在父亲的一再追问下，永胜的解释是技工学校是学技术的，是专业科目，大而专，叫大专，大学是大概学一下，庞杂而不专业，也叫笨科（本科），毕业不好找工作，相比之下技校学生就很抢手了，而且学制三年，成本低见效快。事实确实如此，技工学校的学生都能就业，因为对一般的中小企业或用人单位来说，技校的学生是普通消费，是街道边的小饭馆，花小钱就能吃饱肚子。而大学生属于高档消费，得进酒店，用起来成本高，还不一定能吃饱，短期内使用不如技工。永胜的父亲是生意人，他还是觉得大学比技校好，原因是前者的录取分数线比后者高得多，父亲因此将他在镇上的杂货铺扩大了经营范围，多了一项建材。他面对周围熟悉人的疑问眼神时，说永胜"大学专科"毕业回来可以子承父业。

永胜上的是省城交通大学里的一个二级建工技校，专业是土木工程，据说毕业之后可以获得盖楼建桥的设计资质。在父亲的头脑里，土木工程就是给农村盖房子，给畜禽搭窝棚，做好了就是个包工头，他觉得挺实惠，至少比学木匠来钱快。

父亲虽然对永胜在体制内的发展没抱多大希望，可还是不死心，兄弟们的孩子多半在体制内发展得不错，令人羡慕，他不能让大学生像他一样靠风吹日晒和卖力气吃饭。毕业前几个月，永胜也向父亲表达了想留在市里的想法。虽说父亲在乡下，但是生意人脑子活泛，经过一番运作，永胜顺利地留在了市电视台。可人是分到市电视台了，但台里岗位多差异也大，等正式上班时，永胜被分配到隶属于市电视台的转播站，转播站在离市区一百多公里的县辖区，甚至不在城区，在城区三十公里外一个海拔三千多米的山顶上，平时吃住都在山上，一个月休息五天。因远离城镇，有门路的人不愿意去那里，但工作清闲，生活有保障，一般人还进不去。转播站的主要工作是按时转播中央、省、市的新闻节目，工作技术含量不高，大专毕业的人完全可以胜任。这工作虽说轻松，但与永胜的土木工程专业不沾边。父亲听了这个结果，一半心死了，一半还活着，问帮忙的人，对方说刚来的大学生都得到那里去锻炼一两年，这是台里的规定。永胜和父亲也只好等一两年后了。母亲倒是想着儿子能回到镇上守住杂货店，有机会在农村盖个房搭个圈舍什么的，实实在在挣点小钱，看得见摸得着，日积月累，日子也就不咸不淡地过了。可永胜在学校里谈了一个家在市里的女朋友，哪能回镇里？他要不惜一切代价在市里工作，在县里也行。父亲早在他上大学时就着手在城里买楼房了，现在已经装修一新，只等儿子毕业领着媳妇结婚了。父亲又托人上上下下跑了一阵子，成堆地烧钱，就是没放个响炮就熄火了。他深有感触地说，这人事关系比做生意难多了，他一个小本生意人根本不是对手。

永胜只好背上铺盖，被一辆吉普车送到山上去。平日里，站上的工作比他想象的还轻松舒服，五个人轮流在那里看电视，有一个年长的秃头高级技工是站长，管着他们。手机有时能用有时不能用，因为海拔高，信号随风飘荡，北风吹来时，山上信号满格，吹南风时则一点都没有，即使他们爬上电视塔也无济于事。这种转播塔是专业捕捉电视信号的，对手机信号则无能为力。一年粗略算下来有一半时间是没信号的，这让永胜感觉和人世间脱离了关系，像是进了牢房似的。好在一个月能连休五天，算是给憋闷的青春一个释放荷尔蒙的出口，让他勉强能留在山上，领着维持温饱的薪水，过着半死不活的日子。

半年之后的一天，大雪封门，正好轮到他休息五天，这五天他只好在宿舍睡觉看电视。手机一直没信号，女友在第三天将电话打到站上的座机上，问他为什么不回城里，她寂寞难耐！他实话实说，自己也无聊得很，整天睡觉吃饭，看只有一个频道的市县新闻，一天两遍，都能背下来了，真让他有发疯的感觉。那时，他正和女友处于热恋中，一日不见如隔三秋，哪能半个月不见呢！要在平时，这五天他肯定要跑到县里和女友享受爱情。这次算是突发事件，特殊天气下无法出门。本来给领导说好了，一年后可调他到台里当记者，可这次大雪将他脆弱的意志压垮了。其实不能怨天气，主要原因是女友那边出了点状况，两人混在一起没注意避孕的事，这一个多月过去了，那东西没来，女友急了。结婚的事还没想过，突然就怀孕了。她从医生那里得知第一胎不能堕掉，否则以后将会永远怀不了孩子，吓得她整日愁眉苦脸、度日如年，只等永胜下山来商量怎么办。不巧的是天不作美，将永胜挡在了三十公里之外的山上，手机又没有信号。女友初遇此事，有点慌了手脚，这种事又羞于启齿。她通过城里的关系才找到站上唯一的有线座机号，给永胜打去电话。这个电话是紧急情况下才使用的，平时不让用。那个下午电话一直在响，因为电视转播一切正常，站长好不容易等到珍贵的睡觉机会，却让不断响起的电话吵醒了。永胜从睡梦中被站长喊醒时已经是下午时分，听说是一个女孩子的急电，永胜来不及穿衣服，披了被子忙去接电话。那边说得比较严重，说是要死呀活呀的，永胜问来问去，才明白她的意思是她有了，让他赶快想办法。女友的话像一把刀子，像要将永胜与单位的关系一刀两断似的，如果现在不回来料理这件事，以后怕是就见不到她了。这话像一记闷棍把永胜击倒在理智的边缘，他呆呆地提着电话，那边是嘟嘟的忙音。一个小时过去了，他还站在那里，站长推门进来，从他手中夺过电话，让他回宿舍去，批评他以后不要让外人往这个电话上打了，这是坚决不容许的。

　　站长问永胜家里出了什么事，非得用这个电话。永胜脱口而出："媳妇怀孕了！"

　　站长愣在值班机房的电话旁，不相信自己的耳朵，又问了一句："你说谁怀孕了？"

　　"我老婆怀孕了，今天无论如何得赶回去，不然她会出意外的！"说到这里，永胜停了一下，像是知道说漏嘴了，红着脸将头缩进被子里回宿舍去了。站长看着那床移动的青花色的被子，表情复杂地笑了笑，退出值班室回到隔壁自己的宿舍去了。

　　永胜穿戴整齐，背着双肩旅行包，敲开站长的宿舍门，说要下山回家去。站长正在翻看电话记录，发现上次来电是一个月之前，是县台关于一场霜冻可能会影响电视转播效果的通知。站长说现在大雪刚停，所有的道路都被雪封死了，无法回城里去，不要说是山上，就是山下公路上都没有行驶的车，怎么去城里？难道要长翅膀飞到城里不成！永胜说他长着双脚能走到城里，只是时间问题，他希望站长能给他请一个星期的假，等他把事办完便来上班。站长听着这个中等个头、头发稀少的青年对他说出的这些话，有些不知所措，批评不是，同意也不是。他只好说现在是下午，虽然天晴了，但步行肯定是到不了城里的，况且路上出了危险他担不起这个责任。永胜说他写个承诺书，此行一切后果由自己负责。站长冷笑了一声说："你能负得起这个责任吗？"他心里想，一个年轻人竟然没结婚就把女孩子的肚子搞大了，真是教养有缺失。他一下对这人厌恶起来，坐在桌子前继续翻看电话记录，不再理会永胜的话。

　　永胜回到宿舍写了一张字条，回来放在站长桌子上，走出门，径直蹚着半尺厚的雪向山下走去。站长追出院门时，永胜已经成了山下白雪中的一个小黑点，像一只甲虫在白色的布面上移动。站长的喊声在山风中有一声没一声，像漂荡在水面上的树叶，高低起伏着，始终得不到回音。

回城的心切让永胜对路上积雪的阻塞并不感到困难，他连滚带爬到了公路上。那时，太阳白花花地照着，却没有温度，整个世界像是撒满了白砂糖，公路上什么也没有。他站在路边等了一会儿，身上开始觉得冰冷，只好边走边等车。

雪地反射的冷冷白光让永胜的眼睛感到刺痛畏光，三十公里的路让他的双腿已经麻木了，像两根木棍般机械地前后移动。终于，前面来了一辆出租车，司机看他招手，慢慢停下来，问他去哪里，他说了家的位置。这是位于城乡接合部的一套三室二厅的房子，是父母专为永胜结婚时准备的，离城里还是有段距离，但县城发展势头好，要不了两三年就会变得热闹起来。司机有点忧虑，他知道那个地方在城的另一边，那里的路面积雪还没清理，出租车跑在上面不是很安全，他正想着去不去。就在司机犹豫的时候，永胜已经拉开后车门坐上车。司机只好硬着头皮答应了，只是强调了雪夜开车要双倍的钱，永胜同意了。

他一路与女友手机联系，让她安心在家等着，他马上到。永胜的精神让她很感动，说总算没看错人，他为了她可以顶风冒雪、赴汤蹈火。因为过于劳累和受到寒气的侵袭，永胜一进门就倒在客厅的沙发上起不来了，屋里的热气让他浑身火辣辣地痛，嘴部冻僵了，说不出话来。在女友温柔的关爱下，永胜很快恢复过来。

女友比永胜低一级，今年是毕业找工作的一年。因为是毕业季，学校管理相对松散，大家八仙过海、各显神通，为找到理想的工作四处奔波。女友有意向的工作在市医院后勤岗，她已通过面试把合同签了，心里轻松愉快，没什么压力，只等毕业上班。在永胜上班的半年里，她三天两头往县里跑，和永胜在新房里享受火热的爱情。她的父母知道后，主动为永胜早日调回市里找台里领导疏通关系。

从这天开始到年底，永胜一直和女友在新房子里厮混，没去单位上班。开始的时候，单位给他请了事假，可一个月后，还不见他上班，站长打了好多次电话催他，都被永胜委婉地拒绝了。正在激情燃烧的时候谁还在乎上班、工作和领导，在爱情的甜蜜里哪怕明天就死去，也是为了忠贞爱情而死，既风流又伟大，说不定会被哪个情种推崇纪念。站长没办法，只好上报到市台，台里做出决定，限期上班，逾期自动辞退。这事刚开始瞒着父母，但最终还是纸包不住火。虽然父亲的生意主要在老家镇上，但因为进货等事宜时不时也进城，结果每次都在上班时间遇到永胜和女友。父亲觉得可疑，从朋友处打听后才察觉到问题的严重性：儿子竟然和那个女孩一起鬼混，前后长达两个月的时间连班都没去上，两口子想象不出来他们整天泡在一起在干什么！有消息说儿子可能已经被单位除名了。父亲听到这个消息，不敢告诉老婆，而是直接赶到城里，敲开房门，要严肃地过问一下永胜，为什么要为了一个女人放弃这份来之不易的工作。他要亲眼见识一下这个女人有多迷人。

他去的时候是中午，饥寒交迫加上生气，理智早被驱赶到意识的底层，敲门声惊动了左邻右舍，上下左右的住户全都惊恐地探出头来想看看究竟发生了什么。永胜在卫生间解决内急，女友正在睡觉，不敢去开门。又一阵敲门声传来。永胜提着裤子站在玄关处向外喊了一嗓子："疯啦！强盗！他妈的有这么敲门的吗？"说着哗啦一声拉开防盗门，正要发作，眼前的人却让他呆住了。

父亲没有换鞋，默不作声地从儿子身边擦过，径直在客厅的沙发上坐下，那里乱七八糟地堆着女人的外衣、乳罩和红色的三角裤衩，茶几上是各种方便食品的残留物，层层叠叠，有好几日没清理了，正午的阳光透过西边的落地玻璃，照在这堆垃圾上，涌出的一股麻辣酸腐的气浪熏得他差点晕过去。他觉得坐在这里不大合适，刚放下的屁股又抬了起来，绕过玻璃茶几，站到阳台上去了。他在等永胜安排他坐到什么地方，永胜呆站了一会儿，关上大门，三两下收拾了沙发和茶几上的东西，柔和地说："爸，您中午饭吃了没？来之前打个电话嘛，没啥事吧？"

一阵静默。

父亲感到头顶有什么东西托在上面，一抬头，发现自己被笼罩在一排挂在晾衣架上的女人内衣下面，他无处可逃，只好坐到靠近阳台的单人沙发里。他的愤怒被这些零碎东西一次次提级升档，又被屋里存在的陌生女子一次次压制下去，他不能和平时一样大吼大叫地发脾气，甚至大打出手，他要顾及自己的体面和儿子的面子。他脸色阴沉，一字一顿地问永胜："你不上班了？早知这样何必当初！你打算就这么混下去，天天待在家里会有饭吃吗？反正有人养着你，我是不会再管你了，就这套房子，说不定啥时我也要养老用的。"

永胜无语。他也不知道以后怎么办，但目前是没班上了，只能和女友等待时机。

茶几上只剩了一杯茶，冒着热气。就在这段时间里，永胜的女友起床穿上了衣服，可是外衣都在客厅，她坐在床上不敢出来。她给永胜发短信，他没看见，也顾不上看，只是在父亲的对面站着，接受批评。

"永胜，把我的衣服拿来！"一道清脆的女声打破了他俩之间的凝固空气。永胜转身去了卧室，不一会儿，两人同时出来站在父亲对面。女子抱歉地说永胜辞职是因为她，但事已至此，只能另做打算，她保证能找关系把永胜的人事档案关系放在市台，并办理停薪留职，但条件是明年二月，她得和永胜结婚。女子说着下意识地在自己的肚皮上摸了摸。父亲双眼盯着茶几上的一杯饮料，并没有看眼前喘着粗气的女子，他知道两人早已睡在一起，生米煮成熟饭了，他还有什么话可说呢，永胜以后只能自谋出路了。他本来想动之以情，晓之以理，让儿子重新找机会留在体制内上班，可他的这个想法被女子的话掐死了，他最后的防线宣告溃败。他感觉有点口渴，试着去端茶几上的杯子，可手抖得厉害，握住杯子的手又松开了，浑身燥热起来，额头上渗出汗来。从窗外射进来的强烈阳光照在客厅里，院子里传来清扫积雪的声音。永胜高考之初，他没想着儿子能找到一份吃公家饭的体制内工作，而是打算回来帮自己打理杂货铺，可事情转来转去，比他预想的要好得多，虽然儿子的公职可能保不住了，击落了他高悬的虚荣心，但塞翁失马，焉知非福！这不赚了一个媳妇嘛。想到这里，他站起身说："你们的事你们自己做主吧，我现在管不着了。"临出门，他用余光瞥了一眼未来的儿媳妇，青春的朝气让他愤怒的风暴瞬间烟消云散。

没过几天，永胜和女友正在无聊地亲热的时候，接到市局分管领导打来的电话，让他"尽快上班"，只四个字，再没多说什么。他听得云里雾里。女友说领导让你上班说明过去的事已经解决了，你的事已经步入正轨，也就是说之前的事没事了。永胜对"尽快上班"并没存多大感激，而是直接去局里找到分管领导说希望办理停薪留职。领导微微一笑，说你既然要走这一步，干吗还费那么大劲找领导呢？说完叫来人事部主任，让永胜办理有关手续。

每月向单位交一元钱的档案管理费之后，永胜内心复杂地从市局的大门里走出来。街道上的喧哗让他眼前一片茫然，轻松中涌动着隐隐的疼痛，一时间，竟感觉前路未卜，自己像一叶孤舟，从单位的门口开始，驶向布满风暴和暗礁的人海当中去，彼岸渺茫。没有人能理解他此时此刻痛苦的心情，即使女朋友也不能，这种断离说起来容易做起来难，他只能自己给自己加油鼓劲——车到山前必有路。

事情走到这一步，他只好拿出破釜沉舟的勇气，向生活的纵深处进发。眼下已是腊月，准备年货的人流涌进了这平时冷清的城乡接合部，热闹的叫卖声和花花绿绿的人群勾起了永胜和女友的购物欲。可两人都没有生活来源，尽管永胜领过几个月的薪水，但那点钱早就贴到女友朝气蓬勃的身体上了，哪还有钱购物。自从有了工作之后，父母就断了永胜的生活供给，现在这种情况家里肯定是不给支持的。

不管在哪里生活都得有收入，没收入就得喝风拉屁去！他只好带着女友去了省城，女友找了一家传媒公司当主持，收入竟然是他原单位的七八倍，他从贩卖盗版光碟和手机贴膜开始，月收入虽不稳定，但交过房租还有剩余，这更坚定了他此后做生意的信心。他是"秀才第"里老三的孙子，继承了爷爷的商业基因，上手的每笔生意都有赚头。女友分娩后，他又回到县城自己开了家婚庆公司，和老婆一起经营，生意红火，积蓄一路飙升。新世纪初，两人把孩子留给父母，背包上北京，漂了五年，靠一笔进出口生意挖到了第一桶金。那时房产升温，永胜将所有的积蓄和部分银行贷款全部押在一个南三环的楼盘上，那里的楼盘价格没过半年竟然涨得令人冒冷汗，翻了两倍，他一下挣足了让他们两口子留在北京的资本。用永胜的话说就是财运来时，挡也挡不住。后来，他与别人合资注册了一家小房产公司，跟在之前老板的大公司下面干。他本就遗传了父亲善于经营的基因，自己又学的土木工程专业，没几年，他在北京房产领域就混得如鱼得水了，连自己也不敢相信，他永胜在北京成了有名有姓的人物。这几年据说身价已超过十个亿，在北京算得上一个小老板。"贫居闹市无人问，富在深山有远亲。"人有了钱，就有人千方百计和你交往，上到达官贵人，下至街头杂役，他没有不熟识的，一来二去成了各路人物的座上宾，整天迎来送往，不是替人办事，就是请人办事，生意自然顺风顺水，稳赚不赔，日子也是芝麻开花——节节高。因为他对当地税收的贡献，也落户北京，成了名副其实的北京人。

听得永胜在北京混得人五人六、有头有脸的，县里的领导把他作为本地成功人士加以宣传，他也因此成为"麻地湾"走出去的头面人物。他的父亲在乡下的杂货铺已发展为城乡接合部的建材批发市场，两百多平方米的门面富丽堂皇，是批发市场的标志性门面。三位面容姣好的女店员几乎将进入市场的大采购商一网打尽，生意自然比其他人的红火，因此得到过好多荣誉和奖励，比如"纳税十佳商户""最美纳税人""十佳个体户"什么的，父亲每年受邀请参加县里经济大会，披绶带、领奖。这么多年了，儿子在北京的发展远在西北的父母并不清楚，只知道能混个肚儿圆，有房子住而已，两个孙子还在县里上学呢，他能有多胖自己心里清楚，比起自己在县城的产业，儿子的什么房产开发公司就是小巫见了大巫，打工混口饭吃罢了。但近两年县里突如其来的关心关照和先前严格的检查工作形成鲜明对比，这让永胜父母心里结了一个疙瘩，不明就里，总觉得不踏实，受之有愧又诚惶诚恐。每次受到优待后，总要不惜长途电话费，将情况详细地给远在北京的儿子报告一番，询问是否妥当。儿子漫不经心地说一切皆是应该的！这话说得老两口心里更不踏实，总觉得一切皆不应该、受之有愧。儿子听了父亲的担心，说那就婉言谢绝吧。婉言谢绝！父亲又觉得理应所得！就这么来来去去有两年时间寝食难安。时间和金钱是一剂良药，心中的积虑最终还是被流逝的时间和日日攀升的银行款额所打消了。

县里正在招商引资，大力实施转追工程，即转变作风和工作方式，奋起追赶发展，功成不必在我，功成必须有我。各级干部群众在党政一体化的督考机制督导下发动了起来，各单位人人都有指标，各显神通。县委组织部对每一名乡科级干部进行直系旁系及社会关系信息采集，从而获得从本地走出去的现已在重要岗位的人员信息，为进一步招商引资打基础。县里领导知道永胜的消息后，从他父亲那里得知了详细地址和电话，在10月的一天专程进京邀请他来家乡投资。县委书记一行按图索骥，没费多少周折就在繁华的东二环找到了永胜的公司。县委书记站在门外给董事长永胜打电话，害怕找错了。永胜从玻璃门里出来，将县委书记一行五人迎进二十多平方米的一楼大厅，说这是他设在城里繁华地段的分公司，公司总部在西五环，比较远。随后几人上了二楼办公室，二楼是财务室、会议室和总经理办公室，总经理办公室面积也就二十平方米的样子，三面摆满了桌椅，像个小会议室，和县委书记的办公室比起来大不了多少，但也没有他们想象的集团公司应有的富丽堂皇。

很快就到中午了，在公司不远处的一家"东方饺子王"饭馆里，永胜接待了县委书记一行。虽是饺子馆，但桌椅灯具等一应设施极为高档考究，堪比星级大酒店，迎宾、大堂、吧台服务员都是清一色的美女，身着红、粉、绛紫各色旗袍，身姿绰约，态度热情，据说她们都是国内重点大学毕业的。如果不是永胜在前面带着走，书记一行真不知道先迈哪条腿走路合适。

他们六人一顿饺子竟然花了一千多块，这让县委书记一行开了眼界，长了见识。不过味道确实不错，吃一次还想吃第二次。饺子馆门脸也不大，只是个迎宾的客厅，正式待客在楼上，五层楼全是餐厅客座，据说是京城一绝，与天津"狗不理"包子不相上下。

饭后回到公司，书记进一步明确了来意，永胜说投资的事还得和家人商量，他可以用个人权限投一个亿试试。听到永胜说投资一个亿只是试试，书记高兴得站起来给永胜敬茶。敬完之后，推说还有别的小事，书记一行便离开了公司。在回宾馆的路上，书记心里对这个投资仍然有些不大踏实，他不禁犯嘀咕：永胜的房地产公司显得这么小，只有三个服务员在那里守门面，他能有一个亿的资金吗？可老家关于永胜有钱的传闻是"身价数十亿"！一亿元的投资对西部贫困县来说是个很大的数，如果这个投资真的到位，他可以一年不出来招商了。一转眼出租车就到了住地，原来他们住的地方离永胜的公司很近。随行的招商局长也察觉到书记的担心，他开导说既然来了就当真的有，也不会损失什么。书记一听这话，顺着局长的意思说他要表达一下县里的招商引资诚意，让局长下午订个晚间的海鲜餐厅包厢，邀请永胜董事长吃海鲜，让他见识见识老家人也是有底气的。

　　一直到下午4点多，局长才找到了一个位置适当的中高档海鲜餐厅。书记自豪地给永胜发了个定位，附着一条信息：晚上诚邀董事长在紫金云顶海鲜自助旋转餐厅吃海鲜，以表家乡人的诚意。永胜回信说，如果想吃海鲜，第二天可以到他家里来吃，他让朋友从天津海边直接现带活海鲜过来，酒店的海鲜除了价格昂贵，多是存货，并不新鲜。海鲜要吃鲜的，否则对身体不好！

　　这天晚上永胜没去紫金云顶海鲜自助旋转餐厅吃海鲜，第二天晚上，他让朋友开车接书记一行到他家里吃正宗的海鲜。

　　墨绿色的别克商务在秋意渐浓的街道上奔驰了一个多小时，在下午6点左右到达南五环错落有致、花草怡人的别墅区，晚霞映照在别墅区层次分明、色彩斑斓的林荫大道上。这是一幢占地约一千平方米的三层别墅，后有车库，前有花园。书记一行参观完房子之后，在偌大的一楼餐厅坐定，他们第一次吃到了10月里最鲜肥的海货，鲍鱼、龙虾、海参像吃煮洋芋似的。鲜美的味道修正了他们之前对海鲜"也没什么好吃的！"的认知。后来他们知道这顿饭花了上万元，食材是市场顶级。这顿晚餐让他们相信永胜是个真正的企业家，也坚定了招商引资的信心和决心。

对于故乡近年来的发展情况，永胜也在时时关注着，受到县里的邀请，他决定回家乡认真看一看。领导的意思是让他在城里投资特色产业的深加工，比如中药材、马铃薯，可他对那些不感兴趣。他独自驾车来到父亲成长的村庄麻地湾考察，这里虽然埋着祖先的尸骨，但在他幼年的记忆里，这里交通不便，生活枯燥。但在五十岁的今天，他衣锦还乡时，除了心境的不同，还有对村庄变化的惊叹。2020 年全县整体脱贫后，村里撂荒地越来越多，再加上村里人年年都种树，植被比其他地方的都好，一点看不出来这里曾经缺水。

那些荒废的庄寨像隐藏于浓密树林中的鸟巢，时隐时现。借着人的精气，院子里的野草长得有两米多高，几乎遮住了院墙。屋顶的瓦里也长出了杏树、梨树和各色杂草。

永胜将车停在我三叔家门前的场院里。听到马达的声音，我父亲和其他几位老者慢慢聚集过来，以为乡上的驻村干部来了，只是远远地望着，没人搭腔。村里没人能认出他们是谁。弟弟之前接到乡上的通知，说有一个老板要来村里考察，让他带对方转转。他看到车从山路上下来，忙从田地里赶来，正好碰到县里陪同的一位领导领着永胜站在场院里向四山远眺。领导给弟弟介绍说永胜老板的祖上也是这里，他今天来做前期的考察，为以后的投资选项目。弟弟这才想起这位大名鼎鼎的老板，忙请这个几十年未见其面只闻其名的本家兄弟进屋休息一会儿再开展工作。永胜说不累，他想立即四处走走。

弟弟只好陪着他在村子的村道、沟壑、树林、荒地里考察。他把村里的情况一五一十地做了介绍，目的是让永胜掌握更多真实的情况，便于做投资决策。其实，永胜是生在县城的，算是城里人，只是爷爷辈是村里土生土长的，按照乡俗习惯，五代以内的直系亲属都要归根祖籍。永胜之前的户籍在县城城关镇，是正儿八经的城市户口。到他爷爷辈时，全家搬迁到城里做生意了。眼下他父亲退休，住在城里，老家镇上的生意早已转到城里由弟弟打理，十分红火，是县里的纳税大户、明星企业，近年多次获得县上的奖励和荣誉。

他在村里闲逛时发现了很多如今市场上奇缺的资源，比如农村生活的深度体验、无污染农产品，还有能勾起乡愁的罐罐茶，他决定投资这里。陪同的县上领导对他的这一举动不甚理解，说这个地方虽然路通了，但毕竟是乡下，生活、就医、饮食等诸多方面有不便之处，望董事长三思。永胜说他要的就是这个特殊的地理环境，如果在闹市就没有商业价值了。县上的意思是，让他在城里投资马铃薯加工业或中药材深加工业，土地按当时工业用地的最低价给他，那样能带动城市就业，如果投到乡下，谁还去呢！时下都在城镇化，农村人都往城里涌，他这是逆市场，投资回报没保障。永胜说不一定非得高楼大厦的，他的卖点就是农村的生态、农家乐，体验采摘，体验水窖，喝泉水，喝罐罐茶，等等。

交通工具

前几年，弟弟出门时，总有摩托车带着风从村口来去，卷起的尘土如云雾般，等尘埃落定，他早已不见踪影。爷爷望着那一团留在村口的尘土笑着说，时代变了，比他当年骑着骡子进城赶集威风多了。他当年骑着黑骡进城时，也威风凛凛，黑骡四蹄生风，一路小跑，用不了两个小时就能到县城，办完事下午赶回家时，太阳还老高，现在这摩托车去城里一个来回也就两个多小时，比他的黑骡快多了。他时不时摸着散发着汽油味的摩托车，感叹时代的发展比他的黑骡跑得还快。村里不断多起来的摩托车不但送走了爷爷的黑骡时代，也送走了父亲的红旗牌自行车时代。他们对眼前不断出现的三轮车、家用汽车感到不太理解，以往在广播里听到的社会主义现代化竟然悄无声息地来到了眼前。往前看，日子像时针似的走得缓慢；往后看，日子像秒针一样跑得飞快！

弟弟开上了小轿车之后，摩托车光荣退休，放在杂物间无人问津。那时，爷爷躺在病床上，前言不搭后语、有气无力地对弟弟说，新鲜事物太多，他这辈子是看不完了，如果骑上摩托车一路狂奔或许能看完，可身体不支持，身不由己，真是心有余而力不足，只能是想一想罢了。

父亲是全村第一个拥有当时最先进的交通工具——加重型红旗牌自行车的人，他能用这辆车前后搭带二百多斤重的物品，在山路上来去自如。这辆车曾一度成为家里最主要的机械化交通运

116

输工具，帮了家里的大忙，也让父亲尝到了机械化带来的甜头。当弟弟说自行车过时费力，要买耗油的摩托车时，他表示了支持和理解，尽管外面传言摩托车有三快：学得快、跑得快、死得快。摩托车进门的当晚，他把弟弟叫到炕桌前，像托付后事似的说，骑这电驴（摩托车）千万要小心，关键是一个字："慢"，也就是说不能"快"。他把"慢"和"快"两个字说得咬牙切齿，把弟弟吓了一跳，以为父亲要发怒。弟弟没敢抬头看昏暗灯光下的父亲，只是点头，嘴里一个劲地说"一定慢一定慢"。父亲的教导还是起了作用，在人少路平的地段，弟弟想飙车时，父亲咬牙切齿的话就在耳边响起来了，他只好降下速度来。这个"慢"字让他平安地来到小轿车时代，和他同时期骑摩托车的哥们现已所剩无几，幸运留下来的，也缺胳膊少腿。

在随后五年多的时间里，弟弟的摩托车为家里做了不少贡献，无论是载物品还是人，都能快速完成任务，确实比自行车方便。可当弟弟要买小轿车时，父亲就不理解了。论载重它比不上农用汽车，论方便它抵不过三轮车，在山路上论速度还比不过摩托车，况且有些山路还无法行驶，开着也到不了田间地头，几乎一无是处，唯一的好处就是人坐在里面舒服，但也容易让人感到晕晕乎乎，甚至恶心呕吐。他认为一个种地的农民怎么能开轿车呢？那是城里的干部们用的，弟弟这做派纯粹是不务正业，有损农民形象。父亲无声的反对被弟弟理解为默许，最终，父亲对弟弟花了五万元买来的长安牌白色小轿车，表示了半年多的沉默不语。但在半年后的一次大雨中，村里一位老人患急性阑尾炎，多亏弟弟开车及时将他送到镇上的卫生院才保住了性命。那天，风雨交加，其他的车不是打滑上不了山，就是在山顶被风掀翻，根本无法行驶，只有弟弟的轿车顶住了猛烈的风雨，稳步前行。这件事改变了父亲对轿车的态度，他对之前在头脑中存留的关于美丽乡村建设中"家家都有小汽车"的报道有了深切的感受，轿车进农村就是农村经济发展在交通方面的体现。弟弟开上轿车并不是父亲认为的摆官架子，大学生村官是不是官？虽然直接管着上千人的事，可弟弟并没把自己当成官，这个我是知道的。父亲经常告诫他，和农民打交道要忠厚实诚，当然得有智慧，所谓村官就是管理农民的农民，不要把自己高高挂起，说严重一点是脱离实际，是一种作风不实、贪图享乐的行为，这在农村是要不得的。父亲虽没当着弟弟的面说，但在我跟前多次提到过他的担心，希望我能把这个思想传达给弟弟。我说这个不用担心，时代在发展，生活水平和交通工具也在发展变化，爷爷时代骑骡子是老爷公子的做派，被穷人所不齿。其实，没骡子骑的人只好两条腿走路，那是吃不到葡萄说葡萄酸，日子穷的人打心眼里羡慕人家日子好的人。到了父亲时代，有了自行车和摩托车，这在当时也是有钱人的做派，被穷人指着后背骂不务正业、二流子，或是个搞副业的二道贩子，说钱多的人品质不好，教育后代要离他远点，但在心里是羡慕的。到我们这代，有了轿车，开轿车出入成了日常，有人会说一个农民怎么开车去干活呢，这又是不务正业。前后一百年时间，所谓的"不务正业者"引领时代前行，带领百姓致富，而早出晚归、面朝黄土背朝天的劳动者却永远守在土地上。"你觉得谁更可信，你愿意过谁的日子？"父亲听了不再说话，抽着黑兰州烟长出了一口气，这是他同意我看法的表现。他说他怕弟弟没有钱，大手大脚超前消费，这很危险。我把弟弟的情况告诉了他，弟弟是个很务实的村干部，他这么做是让大家看到村子发展的希望，如果村干部都不能致富，那谁会跟着他干呢？！弟弟这几年在镇上经营着一个门面，搞车辆维修，挣了不少钱，加上儿子工作了，没有什么经济负担，才想着为了来去方便买辆车。

弟弟之后，有年轻人接二连三开车回来。因为原先的街道只能容一辆车通过，因此经常发生一些小意外，比如牲口与轿车狭路相逢，被惊到的驴一蹄下去，轿车不是前灯破了就是后视镜被踢飞了。因车而起的矛盾时有发生，拓宽街道的建议也慢慢酝酿发酵，传到弟弟耳朵里。拓路是要动临街人的宅基地的，虽然大部分人已经外迁，宅子空着，但要动地还得征求主人意见，毕竟这是私人宅基地。弟弟也觉得拓宽街道很有必要，加上永胜来投资，路窄行车很不方便，他打电话旁敲侧击地问了几户需要占宅基地的人情况，回答是谁都不能动！指不定哪天他们就会回来住。三十多处宅院那得多少钱，肯定是行不通的。永胜来了之后，这个事顺利解决了，在镇上、村上干部的牵头下，他们专门在村头选了一块地，建设停车场，类似厂房，有墙面有房顶。停车场建成后，永胜规定以后所有车辆都要停到那里，不能再进村，以免出现类似驴踢车的安全问题。

弟弟是村干部，多数时候得在村部待着，不是开会就是解决一些村民的纠纷和杂事，早晚通勤和照顾家里人都需要一个合适的交通工具，以前的摩托车已经过时了，雨雪天很难通行。现在村社道路平坦宽阔，上面就得跑汽车，骑摩托车感觉有点对不住这么好的路面。

眼下，弟弟在镇上住着二层小楼，弟媳妇在镇上的企业上班，老家基本不回，父母在村里待着很是顺心，享受着大自然的无拘无束，吃着自己亲手种植的纯天然的食物，对城里生活甚是排斥。父母的一生就走在村道和田地里，走得最远的路也就是村干部开会去了几趟兰州，接受新思想的途径也就是广播和电视里的新闻，他们与村子朝夕相处，对村庄的环境和脚下的土地、身边的树木，甚至家畜都有着深厚的情感，感觉身边的一切均和自己一样有感情，如果离开村庄，这里的一草一木会想念他们，会枯萎甚至死去，他们要亲眼见着，亲手抚着才觉得心安。母亲甚至说，她觉得村庄的天空比城里的明亮清透，一眼就能看出当天的天气来，而城里的天空太小，无法表达更多的内容，从而限制了她的视觉。她在城里待不了一个星期就想老家的宅子了，就惦记宅子周围的树木和为数不多的几亩庄稼。她说上年龄了就不爱外出，总觉得自己的那块地方比天堂还要好。人和植物一样，老树要是移至别处，十有八九会死，人也一样。她说，现在的农村还是不错的，吃喝不愁，种田有补贴，适合的产业也比较多，只要勤快肯干，一定能致富的。

弟弟上下班开着轿车，像城里的上班族一样，且畅通无阻，很少有塞车现象。

路像是一条条线，将村子和外面的世界联系起来，村里的土特产能随时运输到外面，无论你身在北京、上海、广东，还是西藏、青海、新疆，只要你驾车来，一路畅通。路通之后迎来的是各种农用车，山村变得热闹起来，不愁种出的农产品卖不出去。

一些外地的客商随时在田间地头等着，一手交钱一手交货，买卖成了一件随时随地都能发生的事，已非多年前那么被动。以前要将农产品用人力运到十里外的镇子上去交易，货多买主少。大多数产品是卖不出去的，除了一些市场紧俏、利润丰厚的。

年轻时的过度劳累，让父母的身体像一台零部件严重损坏的机器，运转困难，时不时就出现毛病。最要命的是胳膊腿不听使唤，坐卧抓取的艰难影响了日常生活，远行自然成了一件奢望之事，甚至到十里外的镇上赶集也变得艰难。父亲有三年没去过镇上了，他时常提起想去看一下。弟弟有了轿车后，父亲坐轿车去了一趟变得时尚鲜亮的镇上集市，回来时感慨日子过得快，镇子和小孩子一样，疯长得让他认不出原样了。还说坐轿车就是舒服，走一趟镇上就像去了一回庄稼地里，没出门似的。弟弟的车变得十分忙碌，除了去各村开展工作，父母亲身体有问题时，不管弟弟在什么地方，都能及时赶来，将他们带到镇上或县里就医。轿车让生活方便了很多。轿车的到来，甚至改变了新一代农民的观念和思维，他们像弟弟一样除了抓项目、促生产，还会做生意，多途径、多渠道地增加了收入。

日子像各色花朵似的盛开在每一个季节，让父辈们眼花缭乱，频繁而高速的变化将他们远远地抛在时代的后面。父母虽然年老体弱，但在不愁吃不愁穿的顺心日子里没有思想负担，精神矍铄，他们也曾因为离开日出而作，日落而息的工作岗位，心里有些不踏实，面对自己的吃穿时有一种不劳而获的不道德感。我看出了他俩的心思，对他们说："你们年轻时过度的劳作已经将年老时的食物都提前存储下了，不要再为此觉得不安，要心安理得地享受眼前的好日子。村里为数不多的几位老人都不同程度地存在这种顾虑，他们为自己不能劳动而感到不安，甚至自责。我说你们也像城里上班的人一样，现在到了退休年龄，也有一份丰厚的退休金——你们说的"不劳而获"，这是儿女们应该准备的，你们要理直气壮地安然生活。

家里原先用来犁地的那两头毛驴早已摆脱了耕田种地的命运，现在养尊处优，无所事事，整天就是吃吃喝喝，成了坐享其成的宠物。父亲养着它们只是为了积攒农家肥。他种出的粮食蔬菜会被永胜农家乐收购，价格很高，父亲说不想挣钱都不行。从这个意义上来说，两头驴也算是功臣。

耕田种地都是机械化，省时省力。那两头退休的驴其实在市场上行情很好，一头能卖上万元，弟弟想说服父母把它们卖掉，减轻两位老人饲养的负担，让他们安度晚年。可父母说这牲口和自己一起生活了十几年，有感情，不忍心让它们被驴贩子买去屠宰，既卖肉又卖皮。为此，他俩对用驴皮做的东阿阿胶一点也不感兴趣，见到时心里还难过。母亲说它俩虽是牲口，但为我们服务了大半辈子，总不能做卸磨杀驴的事。既然现在地里用不到它俩，就让它俩在家里享几年清福吧。其实两头驴"退休"下来还是在为家里做贡献的，这一点前面已经说了，弟弟也知道，只是他不愿意两位老人为养驴而辛劳罢了。

原定的事走着走着就出了岔道，因为弟弟在镇上的房子是易地搬迁项目，按照上面的有关要求，要将原来的宅基地变成耕地。镇上的意见是在这年五一国际劳动节前后自行拆除，可父母对此很不乐意，说房子是刚建的，怎么能拆呢，况且一个宅基地能种啥，那些好好的耕地荒着没人种，为啥偏偏要用这半亩地？邻居家拆平的院子两年多了不也没人耕种，荒草一片吗？理是这个理，可上面就是不同意。父亲为此找了镇里的领导，镇上说这是市里的规定，他们也没办法。父亲说任何政策和规定都要有可行性，要结合实际情况来执行，不能一刀切。明明镇里没什么产业，却让我们都搬到镇上，没吃没喝的，还得去十里外的地里种田，这是解决问题的办法吗？时值脱贫攻坚的关键期，镇里没人敢开这个头，弟弟也没有什么好办法，只好将好好的一院房子拆除了。无论怎么做工作，父母就是不到镇上住楼房，因为搬到那里无法生活，没有地方搞养殖，又没处打工获得收入，没有田地来耕种，让他俩觉得很痛苦。离开生活了七十多年的地方，来到一个陌生之处，真不是滋味，像是把一生中最宝贵的东西丢在了故乡，没有根，如一片树叶随风飘荡，没有着落。人不像物件，说搬就搬，人是有情感和思想的，他俩只好暂时住进隔壁的三叔家，无论如何做工作，就是不搬到镇上的弟弟那里，自然也不会搬到城里的女儿家或兰州来。他们说城里天空小，空气少，人多车多，让人发晕，不适合他们农民生活。

让父母搬家的所有努力都失败了，他们一门心思要守住生活在村庄的最后时光，要永远和村庄在一起，保持亲密接触，连一草一木都不能丢掉，像是麻地湾的那块不足五平方公里的地方有个巨大的磁场，牢牢地吸引着他俩。那是乡愁和故乡的魅力所在，那是两百年来依次走入地下的几十个灵魂，穿透时空的强大无形的引力。

在平整了前后院落的地基之后，弟弟在永胜开发村庄的时候，将院子作为农家乐项目的一部分重新开建，在原来四合院的基础上给主房加盖了一层，成了二层小楼。门前的晒场成了一百平方米左右的小广场，屋后是果园，四周各种果树参差掩映，比原来的宅子更具现代化色彩。父母在老房子拆除后身体明显不如以前了，或许与失去老宅有很大关系。这一年多的思虑，让他们的身心都损耗不少，在重新获得失去的东西时，由于一时的放松，积虑的恶果便显现出它的威力。

时间是一剂良药。从三叔家搬回老宅一年后，他俩又回到精神矍铄的状态。

易地搬迁之后，村里本就为数不多的几户人家都搬到镇上去了。永胜投资农家乐后在全镇招收种地和打扫卫生的临时工，原来搬到镇上的人家一个接一个回到村里，平时在镇上住，上班时才开着车到村里来上班。几个年岁大的经不起折腾，又不愿意离开村庄，只好住在别人的宅子里，和父母亲一样坚守着。

一代又一代的绿化和引来的水资源让村子里不再干旱。夏天时，来这里体验农村生活的客人很多，排成了长队，永胜原来计划的二十户四合院只能解决五分之一顾客的需求。长时间租住四合院的客人基本是搞创作的艺术家或退休的老同志，他们对春去秋来的时间变换并不在意，是长期住户，有的一住就是大半年，甚至一年多。这些住户相对稳定，与外界并没有多少联系和接触，他们是来享受大山中清闲宁静时光的，怕的就是尘世喧嚣。这些人租住的都是整套四合院，相对独立，两扇大门关闭之后，自成独立世界，无人打扰。有些除了到外面的树林里散散步，体验农民春种秋收外，大部分时间闭门不出，谢绝来客，在里面进行文艺创作，或下棋、学习和阅读。

郁郁葱葱的树林让地下水又奇迹般地回来了，原先的水窖几乎没人用。除了有少数外国朋友想尝尝窖水外，人们大多用窖水清洗宾馆的衣物或进行日常的洗刷，饮用水是经过处理的洮河水。地下水也被引到各四合院里，标明是地下泉水，如有想饮用者也可用之，味道不亚于洮河水。祖先们用过的泉水在 2015 年前后随着洮河水一起来了，像洮河水一样从树林下的沟渠里冒出来，用之不竭。

和地下水一起到来的还有各色车辆和人种，以及不同的语言。白的、黑的、棕的肤色在村里晃荡，说着听得懂、听不懂或似懂非懂的话，五湖四海的方言在这里汇成一条奇特的语言河流，随季节的变换而流淌。村里的人都习惯了，时日一长，甚至能听懂英语、日语、俄语的简单问候语。住在村里的人也忙碌着，外面的客人来时，他们穿戴整齐与客人合影留念，除了接送游客，他们还要陪客人在村里四处晃荡、拍照、吃饭和体验农活，扮演着导游的角色。

弟弟和其他几个人的轿车除了正常来村里干活，更多是接送游客，因为山里客房有限，大部分人都住在镇上，来去就由村里以前外出打工或搬到县城附近的年轻人组成服务队，为交通提供便利，收益也比在城里跑出租要多得多。

视频聊天

手机进入村子之前，村里的通信工具是一只铁皮喇叭，它长年累月高悬在打麦场，也就是原来集体饲养场门口的大椿树上。从我记事起它就像一只体形肥硕的猫头鹰蹲在那里，一直待到2010年的夏天。在一场浩大的雷雨中，那棵椿树被闪电击中，拦腰断为两截，铁皮喇叭也折损在风雨中，只剩下一段面目全非的信号线耷拉在树根部分。

它曾是村里唯一的有线"电话"，能在最短的时间里收到大队、公社的信息，也是村里人最主要的信息来源。

那些年，铁皮喇叭时不时播放些革命歌曲或秦腔，平时主要是各级领导的讲话，群众爱听戏不爱听讲话，说是听起来像批评人，让他们心里不舒服，但大队书记兼大队长的话大家都竖起耳朵来听，原因是话的内容直接关系着自己的切身利益。喇叭一年中有多半时间是歇着的，像个哑巴一样蹲在树杈上，只有在重大节日时放一放农村安全注意事项，之后放几首快乐的春节序曲或《步步高》《新年好》之类的音乐。因为长时间不用，在使用前，父亲都要亲自爬到树上检修一番，只要看到父亲上树，群众就知道今天肯定有什么重大事项要通知，之后会有音乐或秦腔听了。

喇叭线是从五里外的大队部接来的，平日风吹雨打，总有被扯断的时候。如果有很长一段时间父亲听不到喇叭喊他去大队部开会，多半是喇叭的线路有故障了，他就会沿线路查看一番，或找个年轻人沿路看一趟，最后总能找到搭在路边、地里或树梢上的线头，然后接好。这是公务专线，上面跑的是类似公文的内容，父亲从不在上面发布私人信息，村与村之间个人的事全靠人互相带话。

带话这种古老的通信方式有很多弊病，经多人转达后，语意多少会变化，甚至面目全非，或与原意大相径庭，误了事。邻村有人给嫁到麻地湾的女儿带话说："你父亲病重，尽快回娘家看一趟，不然怕见不上最后一面了！"这话中间辗转了两个人，到女儿耳朵里时成了"你父亲病终，快回家奔丧，迟了就见不上面了"。女儿听了这话，当即失声痛哭，换了衣服星夜直奔二十里外的娘家，为赶路抄捷径，掉进水冲的窟窿里摔断了左胳膊。第二天有人下地时才听到鬼一样的哭叫声，喊来村里人一看，是邻村的女人，忙找梯子绳索将她救上来送到医院，但因太迟，那胳膊已经无法接上，落下了终身残疾。住院的消息传到娘家，她哥哥来看她，两厢说明事由，她才得知父亲只是一时病倒，当时情况不好，才传话让女儿抽空回娘家一趟，两位老人的意思更多是想见见女儿，半年都没看见了。没想到一句话传成了另外一句话，还搭上了女儿的一条胳膊。本来经过休息病情渐好的父亲，听到村里人传言说女儿半夜来看他，黑暗中急不择路掉进窟窿摔断了左胳膊和右腿，住进了医院，可能半身不遂，终生卧床不起，生活不能自理了。父亲悲伤之下，突发心肌梗塞，没等儿子回来便撒手人寰！

传闻不能全信，应当理智分析和判断，即使确有其事，也要理性对待。人生之路漫漫，不在一朝一夕之间。只要心存念想，千里咫尺！

　　路途遥远的人有事得写信，但信比人走得还慢，很多时候事情办完了才能收到信。村里的信不是放在邮局里就是放在村学的某处安静地方，随意让人翻检拿走，没人管理。如果是上学季，会有本村的学生将信带回来，遇到假期，便基本没人管了，有时信件在大风大雨中流浪，也没人在意。只有那些挂了号的信，邮递员才让收件人签字，并负责到底，有据可查，其他的信丢了也就丢了，没人知道它究竟去了哪里。那时外出的人少，一年中生产队里也收不到几封信，大家对于来信感到十分新奇，好多人一生都没收到过别人的来信，也没有体验过读信的感觉。

　　村里有个名叫丁秋生的高中毕业生，没考上大学，待在家里既不想干活也不想读书，备受社员的非议。为了让大家对他高看一眼，他偷偷跑到镇上把写给自己的信贴上邮票塞进邮筒。从那一刻起，他一改往日见人低头不语的难堪，反而是一副目中无人的样子，除了我父亲能问来话，他不屑与其他人交流，那高傲的神态像一群母鸡中唯一的掉了毛的公鸡。但那封信过了半个月才来。在秋后 9 月大学录取通知书来的时候，邮递员不辞辛劳专门到麻地湾来了一趟。他知道送录取通知书时，家里人会给他几元钱或请他吃饭，家境好一点的还会请他喝几盅。邮递员已经在上一家吃过酒饭，在正午的阳光下推着自行车走在街道上时有点摇晃。猛烈的热气像是又回到盛夏的情形，门洞里卧着的狗因为天热，将头搭在门槛上吐舌头，闭着两只眼不想看逐渐走近的陌生人。邮递员也没心思注意有没有狗，他走到丁秋生同学的家门前，支好自行车，郑重其事地将那封写有"丁秋生同学收"，寄自"北京的大学"的信从邮包里取出,准备跨进洞开的大门时,冷不防被一声狗叫吓得一激灵。因为三大杯足有二两酒的作用正在热天里发挥它的麻醉作用,他神志模糊,没有看清趴在秋生家敞开的大门槛上那道灰白色的东西是一条狗,他这才意识到不是每户人家的大门都毫无遮拦地对他敞开着。他忙退到街道上,狗见他退出,懒洋洋地回到了原来的状态。

邮递员站在街道上朝院子里大声喊:"丁秋生,你的大学来信!"

这一嗓子只激起了大灰狗的第二声吠叫,它慵懒地用搭在门槛上的半只眼瞄着邮递员,防止他越过安全线。连喊三声之后,丁秋生母亲出来了,她接过信,客气地请邮递员到家里坐坐,喝口水,一边说这大热天的真辛苦。邮递员当然很高兴,随她一起进了大门,尽管女人说跟她走没问题,但他还是提心吊胆地从狗身上小心地跨了过去。狗不屑一顾地睁开一只眼看他跟着女主人进了院子,便闭目养神了。

秋生母亲听邮递员说这封信可能是录取通知书时,高兴得笑出泪来,忙把邮递员请到客房里坐下,转身将午休的男人从炕上叫醒,说咱秋生考上了,说着将信塞到还迷糊的男人手里。男人听到是录取通知书,忽地从炕上翻起身,看到椅子上坐着邮递员,忙趿了布鞋在屋里转来转去与来人寒暄道谢,听说他已经在另外一家吃过酒饭了,只好给了他两元钱,以表谢意。邮递员接过钱,起身就走,他喝下去的酒已经开始发挥作用,浑身像火在烧,每个毛孔都张大了嘴巴向外吐汗,与板凳接触的地方流出了一片水,他是坐不住了。走到大门口时,那条狗还是他进来时的状态,像一件灰白的破棉衣搭在门槛上。男人喊了一声"狗东西"，它才慢慢起身挪了挪，给邮递员让了一下道。邮递员对秋生父亲说，这可能是录取通知书，你看里面写的是啥。两人在门洞的阴影里把信拆开，秋生父亲激动地展开信纸，觉得眼熟，再看钢笔字，更熟悉了。他开玩笑说大学里的老师字也写得不咋的，和秋生的差不多！信的开头是："丁秋生同学，你好！你报考的北京的大学决定录取你，请你于 9 月 15 日到学校报到……"后面的地址是北京大学的。

邮递员说他第一次看到北京的大学录取通知书，怎么和别的不一样，别的都是挂号信；这么重要的信一定得是挂号信！他解释说："北京的大学"可能就是"北京大学"，这个他听过，是全国最好的大学，说完跟跟跄跄地消失在银色的光线中。

秋生父亲心里只想着那封信，没往脚下看，比惯常的跨步有点低，被门槛绊了一下跌进门里，另一只脚往前赶了一大步，冲到了堂屋的方桌前，他一手抓住桌沿才稳住，虽没倒下，但腰部扭伤了，疼得咬住牙将桌上给邮递员斟的满杯酒吸进嘴里，顺势坐在椅子上。虽然遇了点不快，但心里的高兴还是占了上风，他向院子里喊了一声"秋生"。不一会儿，秋生披着淡蓝色条纹衬衣，满脸茫然地揉着眼睛走进来，没有声响地坐到炕沿上，等父亲说话。父亲一改平日里板着的铁青脸，眉开眼笑地说："告诉你一件大事，你考上北京的大学了，这可是天大的好事，咱祖坟上可要冒青烟啦！"说着把信从桌面推向儿子方向，让他仔细看一下，心里盘算着从现在开始得准备学费了。儿子取了信，漫不经心地把信打开瞭了一眼，说："爸，这不是录取通知书，是大学情况介绍，可能我的成绩明年就能考上这个大学了。"正在品罐罐茶的父亲听到儿子这话，知道自己上当了，上了邮递员的当，被骗走了两元钱。他从没见过大学录取通知书，邮递员说可能是，但没说可能不是。他有预感，儿子的确是没考上大学，眼前一黑，腰部的剧痛让他手中的茶杯啪一声落在地上，向前滚了半尺远才停下。秋生见状，忙跑过去在父亲后背拍打了几下，父亲才慢慢恢复过来，一言不发地从儿子手中接过茶杯起身出了门，说："你看书去吧，农活就不要干了，你应该是读书的料，不是农民！"

这年秋天，秋生在县二中补习，来年高考还是榜上无名。父亲并没有失望，相反，他对儿子考上大学寄予持久的厚望，那封信已经在他曾经枯萎的希望枝头绽开了四季常青的花朵，他经久不息地坚守着每一季的秋霜冬雪。功夫不负有心人，在秋生补习到第八个年头的时候，终于考上了省城的一所医学专科学校，成为村里唯一一名医生。从此，秋生的父亲每天扛着一把铁锹在村子里哼着歌闲晃，春光满面地向每一个见到他的人说："秋生考上了，我相信我自己！"黑瘦矮小的他突然有了居高临下、高人一头的感觉。或许幸福就源于内心的感受和自我感觉吧！

手机是跨过有线电话直接进入村庄的。因为麻地湾交通不便，即使有人发了财想装一部电话，也是不可能的事。不是因为出不起固定电话的初装费，而是镇上的电信服务站根本不考虑装。曾有一位打工挣了钱的，宅院翻修一新，就是没电话。他找到镇上的电信服务站说愿意出两倍的钱给家里装一部电话，站长将这事作为特例上报给了县公司，主管批评工作人员说："一根电话线拉上十公里，如果中间没有信号放大器，信号就非常弱或没有了，而信号放大设备投资很大，公司不可能因为几千块钱投资几万元。还有，如果线路太长，刮风下雨很容易断线，要保障畅通就得像专线一样派专人巡视看守，费这么大劲还不如派专人送信呢！"就这样，接电话的事没人再提。村子里的喇叭线经常断，隔三岔五成了哑巴，谁能保证比喇叭线还要长的电话线不断呢。

村子的通信设施实现跨越式发展是在2010年过完元旦的时候，准确一点说是这年农历腊月二十八日。手持无绳电话机像半块沉甸甸的黑色砖头，抓在从南方打工回来的丁向前手里，后面跟了几个小屁孩看稀奇。他是村里第一个高中毕业没考上大学而去南方打工的人，五年前去深圳闯荡。这是他第三次回家，来时带着两部同样的手机。一部留在家里给父母用，一部自己带着，他自称是中国第一批组装模拟手机的团队中负责市场营销的专员之一，其实就是推销员。

那时，手机已经在国内升级更新了三代，都是外国品牌手机，什么三星、摩托罗拉、爱立信，镇上已经有人用了，但很少。因为购机价格太高，再加上信号弱，农村无人问津。当这部模拟手机在山顶接收到丁向前自己打给自己的电话时，这天中午的12点38分成了村庄通信史上的重要节点。当丁向前过完年回深圳的时候，他父亲已经能熟稔地站在山顶与儿子打电话了，这部手机也就成了村里第一部公用手机，不过只能接电话不能向外打，每接一次要给人家一元钱。从儿子离开到这年二月初二开始，丁向前父亲手里提着机子，整天在街道上手忙脚乱地跑，东家出来西家进去地叫人接电话，一天下来要收十几块钱，成了专业移动电话员，深受大家喜爱，运气好一点还能蹭到饭菜。那时山里信号不好，只有村头的一块高地有信号，老人提了电话经常要在那块高地上坐一天，如果在家里，很多时候没信号，有时接收不到来电，就会损失一元钱。据说他的那个手机有向外拨打功能，只是老人不会控制时间，无法掌握收费标准，所以不接受外拨业务。听说麻地湾有手机，村里有事就会打电话，父亲从此清静了许多，省去了折腾喇叭线的时间。慢慢地，村里大大小小的事逐渐转移到丁向前父亲的手机里，他成了事实上的村务通信员。因为是村务，他不好向父亲要钱，心里虽是一百个不愿意，但也不敢拒接，怕耽误事情，更怕村上领导给自己扣个帽子，有些补贴和收益就少了，和一元钱相比是捡了芝麻丢了西瓜，谁大谁小他拎得清。

就这样，手机让树上的喇叭失去了声音，也没人过问了。不久后的那场雷雨更是让铁皮喇叭彻底销声匿迹了。

榜样的力量是无穷的。看着一个没出过门的老头突然间手里提着手机，像老板似的在村里走来走去，众多年轻人投来羡慕嫉妒的目光。2017 年的时候，刚到村上当大学生村官的弟弟用一个月工资买了一部手机，从此，村务工作又回到村干部本人手中，村民的一部分业务自然也转移到弟弟的手机上了。弟弟的手机可以往外面打电话，且一分钟一块钱，接听来电时免费。那时，村庄对面的山上架起了一座信号塔，电话信号比以前更强、更稳定，不再受风向的影响，站在我家院子里就可以向千里之外的亲人喊话了。

为了把村子里的电话业务重新拿回去，丁向前父亲把弟弟有手机和向外打电话的事告诉了远在深圳经营手机业务的儿子。没过几天，村里来了一位邮递员，说他有一个重要的包裹给一个叫"丁向前父亲"的人。邮递员在村里推着绿色的自行车每家每户打听这个人，他怕有人冒领。这不是危言耸听，在他手里曾有人冒名领取过师范学校的录取通知书，等他发现时，已是十年之后。一纸通知书改写了两个人的命运，后来当事人在打工之余将这事告到了法院去，他也受到牵连，降了三级工资提前退休。听说他在不断上诉三年后，政府找了个公益性岗位安排了他，将那个冒名顶替上师范后来当上乡长的人调到边远山区，终生不得调回。快到中午时，邮递员才找到"丁向前父亲"，经过问答、邻居佐证等环节后，才将包裹慎重地递给老汉。当天下午，老汉手里提着一款新机子，说也可以向外打电话，同时还能发短信，有什么话写在上面发出去就可以了，只收一元钱，但条件是对方也要有同样先进的手机才行。他的手机确实先进，说是数字机，比弟弟的高级，可村里人在外的亲朋条件都不好，只有单位或街道的座机，根本没手机。一来二去，好多人觉得不太方便，打字要用拼音，很麻烦，最后决定还是对着机子直接说更好，还能听到对方的声音！老汉一气之下，不再为村里任何人提供电话服务，即使弟弟没在家里，他也不帮别人打电话或接电话，说弟弟利用职权将他的生意抢走了。丁向前知道后把这事反映到镇上，镇上领导找弟弟了解情况，说党的干部不能与民争利。弟弟本想着他的电话是为乡亲办好事的，没想到竟然引发了"干部与民争利"的舆情。弟弟找到了向前父亲，对目光游移不定、坐卧不安的老汉说："以后接打电话的事就你一家，我这儿不接私事，只接公事。"老人听了倒是镇定下来，露出惭愧的表情，将责任推到儿子身上，说这电话每月有固定的月租费，他在家里没收入缴不起费，为了给村里办点实事，解决通信困难问题，他跑点路收点钱补贴一下月租是情愿的，没有什么别的想法，如果弟弟有这业务，他就停机不用了。弟弟说："你这部电话对村里很重要，街坊邻居的外地亲戚朋友都通过你这电话沟通重要的事，不能停，我的电话主要用来和村里联系公务，有时候自家的几户亲堂叔伯也会用，不对外！"老人听了心满意足地请他吃了刚下树的化心果，酸甜可口。

在过去的一年里，丁向前父亲不干农活，只守着电话就赚了家里一年的收成。儿子丁向前看到了商机，从深圳购来了一台带视频的电话机，一台主机和子机，如果想看对方，可以将视频打开，真人就在眼前和你说话。刚来时，丁向前父亲通过弟弟邀请了县里的电信公司工程师来家里安装，对方说这个业务市里还没开通，不能用，只能语音留言和接打电话，视频的事还得往后等。听说这部电话要在村里收费，通信公司的人说得安装个上千元的计时器，才能收费。老人一听还得投入费用，说那就算了，把工程师打发走了。一个月后，丁向前从广东回来，说这个机子本身是带计时器的，不需要再另加什么计时器。丁向前把原手机里的卡装到新机子的卡槽里，试着和自己的手机通话，他站在山顶上高门大嗓地对风喊着，家里电话的液晶屏上果然能看到他的身影，还有通话时间，围观的人都惊呼"天啦！"——简直不敢想象，这书本一样大小的东西还能把那么远的人装进来。

这部机子让村子一下子进入了信息化时代，很少有人写信了。从此，丁向前家门口的柴房里经常有人排队打电话，特别是晚饭后。但有些通话带点私密性，老人会把门拉住，让其他人到门外的小凳子上歇着聊天，等前面的人把话说完了再进去。如果有人从外地打来电话，老人正常情况下会抱着机子去他家，有特殊情况比如下大雨、人不在家什么的，便让对方等待十分钟再打，以保证对方如愿以偿。因为移动、电信、联通信号交错，互相抢占市场，导致村里的信号有时很差，得跑到山顶或村头的一个土堆上去接打，六十多岁的人也得一趟一趟上山，累得喉咙里冒烟，但为了收钱，也毫无怨言。老头的热情服务让大家很乐意给他钱，而且是四舍五入，现场谈定交清。有时没现钱，老人现场记在本子上让当事人自己将钱记上，月结时将名字画掉，下月重新开始，从没人拖欠过。

没过几年，家境好一点的都有了自己的手机，老人的生意就慢慢淡下来了。之前饭后聚在晒场聊天的习惯也被坐在家里看电视代替了，电视一律是村村通的大锅接收器，信号不错，频道也多，几乎每个省都有一套上卫星的电视节目。当有一部电视剧上线时，村里人一传十，十传百，大家都在固定时间坐在电视机前，雷打不动。有人在锅里煮洋芋，看电视太投入忘了，灶火把铸铁锅底烧掉了也不知道；有人进门把厨房里案板上的肘子拿走下酒了，女主人也不知道。这都是看电视闹下的趣事。

手机几乎家家都有了，打视频聊天成了家常便饭，有的甚至能全程直播家里做饭或田间干活的全过程，就像真人在跟前一样。信息化让世界突然缩小了，整个地球就像个村子，随时都能见到对方，距离已经不那么重要了。村里有什么稀奇事，永胜请的网红小姐姐会第一时间在网上播报出去，远在全国各地的麻地湾人都能看到故乡的变化。打电话成了生活的一个组成部分，变得不再那么重要，就像呼吸一样平常。"美丽家乡群"建成后，家乡的大事小事都有人第一时间在群里发帖子，身处异地犹如亲临现场。

故乡山水风物的华丽蜕变在网上传播开来，曾经在这里度过童年、少年、青年甚至中年时期的外迁人，思乡之情油然而生。网上得来终觉浅，要知此事须躬行。曾经因为缺水，他们那一代人不得不远走他处。可多年之后，国家的扶贫政策让这里变成了陇上江南、世外桃源，有投资人的参与，那山、那树成了迷人的风景。人总是留恋童年时光的，况且麻地湾有他们的祖先和根，走到哪里都记得，特别是那些传统的节日，比如除夕、清明、中秋等等。对祖先的思念，总是免不了让他们有回乡看一看的冲动。那些自己曾经生活过、留下生命印迹的院落现在被永胜改造得像入时的女人，庄前屋后的果树和园子，此时显得越发亲近。

每到重要节日，迁居外地的人总要村里人给他们打开视频，让他们看看自家的院子里现在住着什么人，自家的地种着什么庄稼，看得他们流下思念的泪水，心里涌起回乡的波涛。

眼下，村庄成了绿色海洋中的一块小岛，五分之三的土地被茂密的森林覆盖，剩下的土地都是有肥力的好地块，水平梯田如画布。种田的人有一半是从大城市来的农耕生活体验者，在这里一住就是多半年，甚至是一年，在这海拔不足一千五百米的山上体验农耕文明的快乐和春种秋收的四季更迭。永胜的合作社为他们提供耕作所需的种子、肥料、工具和水源。洮河水和城里的自来水一样接到了每一块体验者的田间地头，全天候供应，从不间断。村里到镇上的路全线水泥硬化，开车也就二十分钟，之后便进入县乡公路、国道和高速公路，交通已不再限制村里人的出行，只要从村里坐轿车出来，世界就在你面前。

不识字的母亲

七十四岁的母亲在村里还不算年龄最大的人，有一位比她大三岁的女人，按时按点在农家乐里上班，有时还在合作社里做帮工。看到人家像年轻人一样忙碌，想悠闲一下的母亲便坐不住了，若不动起来，外人会说她身体不如人家，可事实确实如此。那女人的男人在乡上干着一份公事，年轻时家里相对宽裕，不需要像我母亲那样拼命干农活挣工分养家糊口，给年老时的健康留下了余地。母亲年轻时家大人口多，劳力却不足，繁重的体力劳动严重磨损了她的四肢关节，特别是膝关节，一进入七十岁她就显出老态来，远不如当年的奶奶。奶奶因为小脚干不了重活，这倒是让她年老时有了一副好身体。

力不从心。母亲虽想和别人一样去挣钱，但身体已经不允许了，只能在家里操持一些简单的家务，比如打扫厅堂、整理内务，准备一日三餐，剩下的时间就是到村里看风景、看新来的客人和网络直播什么的。村里每天都有新鲜事，从外地或国外来的客人带来了新奇的物品或食物，她也会一饱眼福，日子过得倒也从容自在。因为身体其他器官都正常，没什么毛病，吃饭睡觉倒是按时按点，不管外面来客多么吵闹，都不会影响她有规律的正常作息。

当村干部的弟弟参与合作社经营，时不时闹出些经济上的纠纷，母亲对此不放心，她常用往昔辛酸的回忆来教育弟弟，要他珍惜来之不易的幸福生活。我为弟弟开脱说，常在河边走哪有不湿鞋的，长年搞经营总会有些东家长西家短的事，不要太在意，以免影响正常工作。

往事如烟，母亲的一生浸泡在艰苦的劳作里，原本俊秀的脸庞被生活篡改得面目全非，窈窕挺拔的身材，被辛劳的日子压得像一张久经沙场的弯弓。七十多岁的她虽然不识字，但书里讲的那些做人做事的道理她都懂，有时甚至说得和书上的一模一样。小时候，她经常给我们说，世上没有免费的午餐，凡事要付出劳动才能获得；天上不会掉馅饼，馅饼是用粮食做成的，天上只有空气和流云，没有粮食，不会有馅饼，把我们投机取巧的心思扼杀在萌芽状态了，只好老老实实做事，不敢有半点虚伪。

等我有了一些生活经历和人生阅历，我知道她的那些话是书上写的，并不是她的原创，但在书中读到她说的那些话时，并不会引起我们的重视，而是熟视无睹地一扫而过，觉不出有多大意义，但那些话只要经过母亲的嘴，我们就觉得它们有了生命、有了道理。母亲头脑里装着很多名言警句，她时不时说出来，使其渗进我们的血肉，成为身体的一部分，伴着我们成长。成年之后，每每面对高利集资、网络投资等能用很少的钱赚很多钱的交易时，我头脑中就响起母亲的话："天上从来不会掉馅饼！"这仿佛是最高指示似的，将我心中的欲念立马打消，逃过一劫。

眼下，网络诈骗无处不在，谁有手机谁就是潜在对象。村里五十岁的狗娃是见过世面的人，他年轻时在西安当过五年兵，言语间对天下大事条分缕析，对村里的小事却知之甚少。这两年手头宽裕了，儿子拴丑在内蒙古打工，给他买了一部华为手机，里面天下大事、家庭小事、社会杂事应有尽有，啥都能找得到，看得狗娃心里七荤八素，梦想着赚大钱。网上有很多的项目，据他说即投即有收益。在投入一千元赚到两百元时，四处卖弄，说他要再加大投入，还让村子里的几个上了岁数的把养老钱都押进去，并担保绝不会有问题。弟弟当即劝他，不要相信网上的投资信息，百分之百是骗子。狗娃听了嗤之以鼻，说亏你还是个大学生，这么容易赚的钱不赚，偏要搞什么农业特产合作社，风吹日晒也只挣个辛苦费，哪像他躺在自家炕上就能挣几百元。事情还真是奇怪，狗娃的投入达到三千元时，他银行卡上的收益确实在增加，从刚开始的两百涨到了一千二百元。可他手头没钱，儿子怕上当受骗又不给他钱，他便动起在合作社入股分红的两万元本钱的心思。狗娃算了一笔账，他的两万元在合作社里一年下来也就挣个两千元，而他在手机上投了三千元，不足半年就挣了一千两百元，那两万元一年下来不就要挣近两万元吗？这个账难道会错吗？况且本钱还在，一直赚下去，自己不也能到城里买楼房了吗？好运来时谁也挡不住啦。

一天，他找到我弟，说要取他的两万本钱到网上挣大钱。母亲听到这个消息，赶来劝说："他叔！天上不掉馅饼，没有免费的午餐，你还是见好就收吧，如果你那三千块本钱还在，就收回来，以免夜长梦多。合作社的钱一分也不要动啦！"

弟弟也是这个意见，他说还没到年底，眼下是 11 月，正是收购土特产的旺季，合作社的钱本来就不足，哪有退的，不如等到年底分红时再说。狗娃听了一脸的不屑，他看了看手机，自家的那三千块不是好好地在账上放着吗？每天有进账这是铁打的事实，他把手机上的进账单给弟弟看了，说如果年底分不到两万元红利，他马上就要退钱。

父亲听到这个事，找到狗娃狠狠地教育了一通，用身边受骗的具体事例给他讲道理。可狗娃对父亲的话左耳朵进右耳朵出，根本没往脑子里去，他相信除他之外整个村子的人都是愚蠢的。在狗娃一再的催促下，父亲只好让弟弟找来永胜老板的电话，让永胜跟狗娃谈谈，是不是手机上能像他说的一样发财。

那时，永胜正在高速上开车，不便接听，一个小时之后进入休息区，回电话过来问什么事。弟弟把狗娃的事说了。永胜给狗娃打去电话，说的内容和父亲说的差不多，也就是钱难挣，屎难吃，容易挣的钱自然风险超大，不是一本万利就是血本无归，让狗娃三思。说完就挂了，永胜没时间跟他苦口婆心讲道理。

按规定，没到期退股，只有本金没有利息分红。当时入股是以儿子拴丑的名义入的，取股的时候自然要拴丑签字才行。那时拴丑正在内蒙古秋收，没空来，他听到父亲要取村里合作社的股份，捞起电话就是一通数落。他知道父亲被网络诈骗分子盯上了，股份坚决不能取，不能让骗子得逞。

合作社的股份没取到，狗娃整天闷闷不乐，心事重重，干活时没精神，像是魂魄被网络上的骗子勾走了似的，有人问话，他答非所问。他是在寻思着到哪里去借钱投资。他老婆最远也就去过几趟对面山后的娘家，只知道一年四季地里种什么，压根就不知道什么是网络，更不知道男人在干啥高精尖的事，凡事只好顺着来，犟不过。娘家侄子这几年在外打工，也挣了些钱，宅院宽敞，盖着二层小楼。狗娃想来想去，最终决定到山后的拴丑舅家借钱，但想不出合适的理由，和老婆孩子商量又怕遭反对。

他想借两万元。在乡下，借两万元得有个十分充足的理由才行。村里正在大规模开发，时兴投资做各种农特产，投资搞养殖是个最好的理由，他家现在养着一头西门塔尔牛，年底产犊。就说是再进一头牛，暂借一万元，等年底儿子回来还，多了怕人家没钱借他。拴丑舅舅听说妹夫要扩大再生产，当时就说借一万元顶啥用，借两万吧。一来显摆一下殷实的家业，二来给妹子撑个脸面。狗娃一听当然高兴，当天吃了午饭提了现钱就往镇上去了。因为在网上做投资得从银行卡上支付，现金要先存到银行里。他骑着摩托车走进信用社时碰到正在过货款的我弟，我弟问他哪来这么多钱要存银行，前两天不是急着用钱吗？狗娃说是借的，如今大家都富了，借两万元真不是什么难事。弟弟借故给他儿子拴丑打了个电话，把他父亲借钱的事说了。拴丑一听急了，忙让弟弟给派出所民警说一下，让拦住他父亲，他那边赶紧给舅舅家打电话。

当派出所的民警把狗娃叫到所里谈心时，他有点慌张，一边问自己犯了什么事，一边操作着手机输密码给对方账号打钱。他怕有闪失，没将两万元全打过去，而是打了一半。不一会儿，手机账上多出两千元。正要输第二笔，接到拴丑舅舅的电话，说他有急事得用钱，那两万元不能借了，说着两人吵起来了，没说几句便气呼呼地把对方的电话挂断了。民警看他正在气头上，忙说把您请到这里来没什么别的事，听人说您可能被网络骗子盯上了，我们希望您要保持头脑清醒，不要上当受骗。狗娃听了，忽地站起来，摔门而去，嘴里骂着"狗拿耗子多管闲事，吃不到葡萄就不要说葡萄酸"什么的，快步走出了派出所，往家里走去，气得他忘了再打剩下的一万元。

这天夜里，狗娃被儿子打来的电话吵醒了，他又听到儿子说网络诈骗的事，心里一百个厌烦。他还是长了心眼的，只要打出去没有进账，他是不会再打的，听到儿子的数落后，他顺势查看了一下账户，上面的钱不是全在吗，他便骂骂咧咧地睡了。第二天一早，他极不情愿地到银行查看银行卡上的钱，却只有昨天存上去的一万，手机账面上的钱一分也没到他的卡上，狗娃的头嗡一下涨大了，身体像面条一样软，浑身无力地倒在信用社的水泥地上。两个保安情急之下拎起狗娃两条胳膊将他放到椅子上，叫来街道上的三轮车送往街对面的卫生院抢救治疗。

快中午时，卫生院打来电话找家属，说是狗娃跌倒后脑部受伤，成了半瘫，无法说话。若要进一步治疗，得往市里送。信用社里没人认识他家属，但有地址和紧急联系电话，于是先找到拴丑，再找到我弟弟。拴丑的意见是让卫生院用救护车把他父亲送到家里去，慢慢就好了，并没在意大夫的意见。经过老婆三个月的精心照顾，狗娃总算能开口说几句发音混乱的话了，但头和左手一直摇晃，不能自制。倒下之后，之前的一切他像是都忘了，半年里损失一万三千元的事，他自己从不提起，自然没人愿意再雪上加霜提起那档子破事，以免刺激了已经半瘫的狗娃。

知道狗娃上当受骗的事后，母亲自言自语地说："天上不会掉馅饼的，真是个可怜又可恶的人！他这一躺下害得全家都不得安生啦。贪念害死人！"村里这个身边的鲜活例子成了母亲教育我们的反面教材，我们每每有不切实际的想法，她就拿狗娃说事。

我们明知她的话失之偏颇，但也不便理论，就由着她了。

二十世纪八十年代初，家里没什么书，《毛泽东选集》倒是有三套不同的版本，每个版本有五卷，还有一份《人民日报》和《甘肃日报》，那时我有种出身书香门第的感觉，因为家里随时有报纸，甚至还有些红头文件。其实，我祖上出过秀才，也算读书人家，老宅子门楣上至今还写着"秀才第"三个大字，家里还有线装的四书五经，因为是繁体字，我辈不怎么读得懂。我曾将一本叫《公羊传》的书带到学校让语文老师看，他戴上老花镜翻了翻说："看不出来你家祖上是读书人，这是老课本了，你怕是读不懂的，连我都觉得深奥难懂呢！"说完自顾自摇头晃脑默诵起来，放学时也没有还我。后来，他托同学捎话给我，说那本书先放他那里，过几天再还我。

这年期末快考试时，他才把那本线装书还给我，说好好保存，是个古董，好东西！现在想来，除了那些看不懂的，只剩下印有"中共中央"或"国务院"的红头文件了。这些文件上的空白处密密麻麻写满了不同字体和颜色的批语、姓名和日期，还有大小不一的圈。后来我才知道，我七八岁时看到的是省委书记、省长、地委书记、行署专员的亲笔批示。那时，中央对农村的政策会以文件的形式直接传达到生产队，一字一句黑白分明，不会有歧义。因为文件原原本本就放在我家的桌子上，谁想看自己看，有不理解的让母亲讲解就行了，干部群众关系很和谐。母亲其实不识字，却能仿着父亲的语气将文件读下来，不知道她是怎么做到的。

那时，父亲是大队书记兼任大队长，他仅上过扫盲班，却能把报纸和文件读下来，甚至会写信、写讲话稿，全是自学成才。

我没见过母亲写的字，但隐约感觉她也能读懂报纸，或许也会写字。因为有时，她会把她知道的新闻说给我们和她的妯娌听，甚至有时会拿着文件指指点点。

一有时间，她喜欢翻看我从同学处借来的连环画，看得津津有味，我好奇地问："妈，您不识字能看懂吗？"

她笑了笑，然后把整本书的故事完整地讲给我听。

我惊奇地问："您认识字？"她却摇着头说不认识，但她知道是啥意思。她说，如果有社员来家里，颠三倒四说不清啥事，她从其中一二句，即可知此人要干啥，她是从来人的表情、衣着和动作猜出来的。她看书也是这样，能从字的相貌猜出来字的意思。

她把读书形象地比喻为走捷径，说书籍是前人走过的路，上面标有记号，哪条路能走哪条路不能走，标得很清楚，所以她要我们多读书，这样，人生才不会走弯路。她说从家里到庄稼地里有好几条路可走，其中有一条路是最近的也是最安全的，这就是读书之路，是前人摸索出的路。其他的路虽然也能到达，但却曲折遥远，坎坷且布满荆棘。这些深奥的哲理，如果从书本里读到，我并不一定能理解，而母亲比喻给我时，我很容易便理解了，还会将其变成自身价值观的一部分。

"好男儿志在四方"，她对我们能静下心来读书而不在田野里乱跑感到自豪，认为我们有希望实现个人价值，能从书本里找到出路。在油灯下，她听着我们哗哗翻书的声音，脸上总是露出骄傲的笑容，像自己吃着一碗可口的饭菜，能给身体提供营养似的。有时，她会坐在我身边不停地翻我的书，一页一页的，好像在认真地阅读。她安静的神态和翻动书页的动作，像一位大家闺秀或学者教授。她是一位被风雨交加的生活打磨得衣衫褴褛的农妇，沉重的日子压弯了她曾经纤瘦的腰身，磨破了少女时的纤纤玉指。可当坐在书桌旁时，她又显得那么文静。翻书之前，她总要把手洗干净，在毛巾上擦好几遍，她怕自己粗糙的手指把书上的字磨掉，把那些黑白分明的义理和知识弄得模糊不清，不能保持应有的纯净，从而引起误读。虽然家里缺水，但她仍然让自己保持着整洁与清爽，从不以邋遢的形象示人，她代表着这个家的形象。无论家里有多大的困难，她的脸上总是保持着微笑。她的内心之强大超过了我至今所能见到的任何人和我读过的所有文学作品中塑造的伟大母亲。

母亲是我最敬爱的人。

母亲常常坐在我身边伴读。那时，我信马由缰的纷乱思绪得马上收回来，认认真真读书写字。她的存在让我养成了拿起书就平静下来的习惯，终身受益。

不管农活有多繁重有多急，只要我拿起书本，母亲就不会给我安排。就这样，我借着读书之名逃避了很多活，读书渐渐成了爱好。

我写字的纸，她在处理掉之前会一页一页地认真翻看，生怕丢掉什么重要的东西。有一天晚上，我在油灯下看书，她静静地坐到我身边，默默地看着我。那时我快要高考了，情绪不是很稳定，主要是怕落榜，还怕相好的女同学小看我，无端的压力让我时常失眠。这些烦恼堆积在一起，没有出口，压得我喘不过气来，我只好写在本子上，一写出来，身心会轻松好多。这一晚她坐了很久，在我准备睡觉时，她才意味深长地说："你不要无由地给自己制造烦恼，你记住，你现在面临的不是烦恼，而是你人生的第一个奋斗目标——把试考好。如果金榜题名，所有的烦恼都会一起消失。"我感到诧异，母亲怎么会知道我的心事呢？我对谁都没表露过，包括最要好的同学。说完话，她把炕上的被子翻开，让我早点睡，晚上不要胡思乱想。这时我看到她手里捏着一把整齐的字条。

从那以后，母亲一有空就待在我身边翻我的书，我头脑里那些天马行空的想象联想不敢再来，我也得以集中精力向唯一的目标迈进。高考成绩虽不理想，但也满足了母亲和我的愿望——成为全村第一个大学生。在送我去省城的车站里，瘦小的母亲迈着蹒跚的步子拉着我的手说："去了好好读书，书里有金钱，书里有宴席，书里还有媳妇！"我点头说记住了。

现在想来，母亲说的金钱、宴席和媳妇是个形象的比喻，她可能"读"过宋真宗赵恒的《劝学诗》："富家不用买良田，书中自有千钟粟。安居不用架高堂，书中自有黄金屋。娶妻莫恨无良媒，书中自有颜如玉。出门莫恨无人随，书中车马多如簇。男儿欲遂平生志，五经勤向窗前读。"一个农民整天忙着挣工分养家糊口，哪有时间想这么深奥的问题？可母亲从没放弃过听广播和父亲的收音机，她的阅读应该是从无线电广播开始的，再加上处处留心，成了析事明理的人。

她把读书看成是世上最高尚、最有面子的事，但她也一再要我们不要做书呆子。有一年假期，正是农忙时节，一大早，她和父亲、弟弟准备上地抢收麦子，我没有去的意思，想躲在屋里看书。她进屋接过我手里的书，翻了翻说："闲书，放下，和我们一起干活去，时下正在要紧处，如果一场雨下来，今年就没吃的了。"母亲说我现在长大了，要把书本知识和社会实践结合起来，要接地气，所有长得高大的树木都得把根往土里扎，扎得越深长得越旺，人和草木一个理。当然母亲主要是从我的身体这方面考虑的，她说无论干什么工作，身体是根本，没了好身板，一切都是浮云，看着好看，风一吹就散了。

我现在的身体基础还是那时锻炼打下的。青春年少，母亲像一本百科全书引导着我选择正确的成长之路，关键路口总有她的指导；贫穷的小山村让母亲早就产生了让我到外面上大学工作的念头，她说让我到外面找一个有水的地方生活，只要社会稳定，身体健康，努力工作，日子总会好起来的。母亲的想法和爷爷的不一样，爷爷是想让我学成归来，继续给山里找水，他有点一根筋，一辈子就想扎在一个地方不动。但人生谁都没法规划，当我按照爷爷的思路上完学，被分配到本县工作后，随着时间的推移，却一步一步远离了故乡，但无论我干什么，书都像母亲一样提醒着我，警示着我逐梦向前。眼下，各种读物鱼龙混杂，泥沙俱下，充斥着美玉与瓦砾，良药和毒品，甄别选择成为一项重要技能。父母是孩子最初的把关老师，教育孩子树立正确的人生观、价值观和世界观，责无旁贷。当孩子进入小学中学，老师有义务帮助学生选择经典读物。踏上工作岗位，步入社会，有一定社会阅历，才能独立选择。近朱者赤，近墨者黑，读什么书、交什么朋友、做何种人在青少年时便已埋下了种子。读书重要，但更重要的是思考，如此才能促进工作学习，陶冶情操，修身养性。

书香伴我行，如母亲在身边。

姑姑的婚事

谁是未来的姑父，我们堂兄弟姐妹九个猜测了足有半年之久，难度在于每次媒婆领上门来的都不是同一个人，高矮胖瘦、黑白俊丑，差异颇大。有伶牙俐齿的，有吞吞吐吐的；有口音和我们相同的，也有带着兰州口音、新疆口音的……这让我们很为难，不知道支持哪个。每每在我们得了糖果，并相互商量表示公开支持其中一人成为姑父时，又来个新面孔，给的糖果比上一个人还多。我们自认为我们的意见很重要，除了站在院子里，齐声向客房里的媒婆喊"谢谢姑父的糖果"外，还有直接给姑姑建议的机会，毕竟很多时候这种喊话效果并不好。

每遇这事，姑姑通常不在家，不知躲到哪里去了，我妈佯装生气地对站在院子里的我们说："小屁孩不要乱嚷嚷，哪里有你们的姑父？！都到外面玩去，别在这里添乱！"看到我妈一脸怒气，我们只好离开，相约直接找姑姑面荐。

这次来的是个矮子，比我的个头高不了多少，上身长下身短，走路时直晃屁股，挺可爱。他给的糖果比前面几位都多，我想这位姑姑能镇得住，打架时一定能赢，她会在家里当家长，说一不二。

我们把村子里姑姑可能去的地方都找遍了，最后发现姑姑就在隔壁堂叔家和闺密咬耳朵，窃窃私语。从门帘的缝隙里，我们看到她板着脸，很少说话，只听对方说。她俩的谈话我们在门外根本听不到，鸡叫狗吠的嘈杂声遮住了屋里本来就很小的说话声。我以代表的身份在窗子外面大声地告诉我姑："这个小矮人可以当我们的姑父。"话音刚落，屋里的两人都咯咯地笑起来，院子里的众兄弟姐妹也在暖洋洋的阳光里朝我响亮地大笑，我便败下阵来，但这并不能改变矮子在我们心中"准姑父"的位置。

吃完香喷喷的白面条，他油光满面地跟在媒婆后面出了大门，手里拎着空空的塑料桶。看见我们还聚集在街道上向他张望着，他两只手在身上的衣兜里四处翻找，终于找出了三颗大白兔奶糖，给了我和前面的两个弟弟。我们的努力总算获得了一点回报。他的脸在巨大的笑容里显得很不真实，在秋日午后的阳光里闪闪发光，像一只棕色的油面皮球。衣服是刚洗过的，皱褶还很明显。他的脸也是洗过的，但在屋里出了一脸的油汗，此时在阳光下泛着红光，黑里透红，成了赭色。在我们看来脸色并不重要，重要的是能否给我们这些小孩带来好处。

有多长时间没有洗脸了，我们已经很难记清楚。洗脸次数要看天气，如果下雨的频率高，我们的脸上、身上，还有穿的衣服就会干净些；如果十天半月没雨，我们只能被迫和尘土污垢亲密接触，任由它们贴近肌肤。有些季节，因为长达几个月不下雨，我们没水洗脸，厚厚的垢痂像面具一样改变了本来的相貌，有时连自己的父母都认不出来。身上也穿着盔甲一样的垢痂，因为垢痂形成缓慢，我们已习惯了，感觉不到有什么不舒服。如果太长时间没洗脸，母亲会用洗菜水给我们洗脸，一股浓浓的青菜味，让我们很难受。清除脸上的垢痂并非易事，因为积垢时间太长，它变成了皮肤的一部分，要从十二三岁孩子的脖子上、手背上剥除，如同剥皮一样痛苦，得花一个星期时间经过多次清洗和刮剥才能除去一部分。这是一项间歇性、重复性的工作，在短时间内是去除不了的。我们正在成长的皮肤经不住外力的搓刮，时不时会搓破皮肤，流出鲜红的血来，这时候需要停下来，等伤口好了再继续。

清除垢痂的痛苦一般来自新学期的第一个星期。每个学期开学，老师的首要工作是检查学生是否将手和脸洗干净，说尽管我们缺水，但新学期要有新的面貌，不能蓬头垢面。事实上我们不论男女都是蓬头垢面的，头发像一堆蓬勃的杂草，根本无法梳理，用手指弹一下，头上尘土飞扬。实在没有办法，母亲会用剪刀将我们的头发剪掉，我们变成了大大小小的"电灯泡"，风从头上拂过，清爽得像是有一条河淌过。妹妹的头发是要留下的，母亲只好多费功夫了。学校要求每天洗脸洗手，否则不让进校门。这让我们很不习惯，甚至感到痛苦，觉得上学的主要任务是洗脸和洗手。母亲有时也很生气，说水这么金贵，哪有洗脸的。说归说，如果想让孩子上学，手脸还得洗干净。

开学的时候，我们的脸上五颜六色，有的因为短时间过度的揉搓让脸部或脖子里渗出了血色，十分怪异。我们学生的手脸干净与否和眼下雨水是否充足有很大的关系。雨量充沛，我们就和庄稼一样光鲜明亮且茁壮成长，否则就会死气沉沉、蔫头耷脑。有些女孩子因为不愿意成为光头，家里又没人帮忙处理头发，只好辍学。这让我们一次次感到水在我们的生活中有着非同寻常的地位。水决定着我们这些农村学生的命运，因不洗脸而辍学的人不在少数。我们班原有三十六个学生，到五年级毕业时剩下了二十五个，中途有一半的女生因没水洗脸或其他原因而退学，少数男生也因为不讲卫生经常被罚站，导致辍学。我在洗垢痂的痛苦中坚持了下来，终于熬到初中毕业。直到上高中时，我们身上的垢痂和虱子才逐渐减少。那时我们都长大了，懂得羞耻，如果不努力将自己清理干净，没人和你交往。如果不把虱子清除掉，它会在课堂上悠闲地从衣领爬出，爬到衣服上，引得同学们叽叽喳喳，招来老师的注意而在全班同学面前丢人现眼。开学前几天，我们必须自觉而努力地让自己干净起来，每天用洗衣粉或敌百虫洗头发和身体。功夫不负有心人，等到开学时，我们都变得干干净净了。学校和宿舍里有充足的水源供我们洗浴，如果愿意花一元钱，周末去城里专门的澡堂子洗个热水澡，更是可以让自己香喷喷的。

坚持就是胜利，只要方向对，面前的困难永远是暂时的。

每天清晨，我和弟弟在睡梦中被母亲喊起来，蒙昽中抬着水桶到三里外的山沟里去找水。在正常年份，老天会赐给我俩一桶略显浑浊的泉水，这是我们一家五口人一天的"零用水"，包括洗菜洗脸；如果出现旱情，我俩就没那么幸运了，空着水桶的次数越来越多，这怨不得我们，我们去时，泉里什么也没有了，泉边上还放着五只空桶，站着像我们一样的学生或家长。上学时间就要到了，我们没有时间等待，只能无功而返。第二天早起一刻钟，空桶从五只减到三只，结果还是空手而归。这样的次数多了，我们兄弟俩只好独辟蹊径，抱着试一试的态度到其他地方看看，运气好一点的话，确实能从沟的上部或下部弄一桶水回去，这时候，我们就像得了"三好学生"奖状似的。在这样的日子里，洗衣服成了问题，全家人的脏衣服已经发臭，地里的庄稼也耷拉着脑袋，无精打采，像是对生长不抱任何希望的样子。没有水，所有事情都免谈。对生命而言，水和阳光是最重要的东西，在我的记忆里缺太阳的日子并不多，缺水的日子几乎每年都有。

每当这个时候，父亲会长时间地在外面跑，说是申请什么"121雨水集流"工程。晚上的时候，他对我们说县里有些地方已经用上了窖水，能把雨水全部集中在窖里存起来，等到没水的时候用。他描绘的情景中，窖水像是自来水一样方便，甚至和眼前刚引来的洮河水一样甘甜。可我们公社还没有，父亲和公社干部正在向县里争取，说等我初中毕业的时候就能用上窖水了，那时我还在小学四年级。有了水窖，我们会把所有雨雪甚至冰雹千方百计地收集在大小器皿里，然后全部装到窖里，有多少装多少，不能因没有容器而让珍贵的降水白白流走。"121雨水集流"工程，这个被父亲描绘得像梦一样美好的工程激励着我们兄弟一天比一天起得早，甚至是彻夜不眠地等在泉眼边，把瞌睡留在课堂上或上学的路上。缺水的日子让我们有了特殊本领——在上学路上边走边睡，如果不被什么绊一跤，到校门时还在沉睡中，当然也有在睡梦中不小心摔成重伤的。

一场雨水之后，我们兄弟俩无须早起，可以在父母湿漉漉的身影里多睡一会儿，他们忙着清洗衣物，顾不得我们。在这样的清晨上学，我们感到精神饱满，干净整洁。田野里的树木像艳妆的新娘，水灵灵的，婀娜多姿又多情。学校的桌椅板凳、全校师生的面容和我们一样焕然一新，朝气蓬勃。雨水改变了我们周围的世界。

上学归上学，究竟姑父这顶桂冠落在谁的头上，也是我们隔三岔五争论和预言的事。姑姑高三毕业后没考上大学，便回家务农了。她是我们村五十多户人家里第一个女高中生，她找什么样的对象成了全村的焦点。如同毕业生就业似的，姑姑这年夏天高中毕业后，还没等爷爷和父亲决定她要不要复读，上门提亲的媒人已经排成了长队，要给她张罗合适的婆家，寻找新的"就业岗位"。后来姑姑说，如果她复读一年，肯定能考上大学，此后的人生将不会是面朝黄土背朝天的农民，也不是围着锅台转的家庭妇女，她至少是乡镇或者县里的干部。她说命运不好的罪魁祸首是媒婆，媒婆对"女子无才便是德"的理论做了荒谬的阐述，以至于打动了爷爷。虽然我父亲以大队支书的身份，郑重其事地对爷爷说："灵妹是块读书的料，还是让她复读一年吧，就算考不上，她也不后悔，免得留下终生的遗憾。"爷爷看着不断涨上来的水缸，没有听从父亲的话，而是重复了媒婆的话。知道爷爷已经下了决心，不让姑姑复读了，父亲便不再劝说。

从姑姑高中毕业回家务农时起，爷爷家清澈见底的水缸一直保持着恒定的深度，即使三个月不下雨，那几缸水也足够对付以后的干旱日子。一家女百家求，本来是件很正常的事，可登门者按规定要拎三五斤最清的水来，这在平常年份，也没什么，但在干旱的日子里，水就显得比油还贵重，来者带来的那桶水也够爷爷一家六口人饮用一天。爷爷对这件事不满意，不想让人说自己借闺女敛那么点可怜的水资源。爷爷说解决水的问题还得从长计议，不能在孩子身上打主意。要从根上解决缺水的问题，还得有一股源头活水，也就是把两百公里外的洮河水引来。他深情地说，1958年那项"引洮上山"工程虽然半途而废，但那可能是解决陇中人吃水的唯一途径。如何找到水源，是他一直思考的问题，虽然他从大队支书的位子上退下来，让上了几天扫盲班的父亲接任，但如何为村民寻找稳定、安全、可靠的水源，仍然是他闲暇时间思考的问题。他把我父亲叫去商量了一下，让他在大队部的有关会议结束后，私下里给干部们透个信，说我姑姑已经有对象了，有意求婚的暂时不要来啦。

这个信息自然是有效果的，但时间短暂，爷爷家门口没消停一个月，皮姓媒婆就找上门来，想问问是谁家找媳妇没通过她。这位对男女婚嫁嗅觉比狗还灵的女人，手里总拿着一根二尺长、大拇指粗的竹竿旱烟管，一端是个青铜烟锅，一端是个肉红玛瑙烟嘴。旱烟管一物多用，除了抽烟，情急之下既可打人打狗防身，又可当拐杖。皮媒婆终日无所事事，凭着那条所向披靡、混淆视听、颠倒黑白的三寸不烂之舌，走东家串西家，做了一件件的好事和坏事。她是职业媒婆，早对姑姑这块即将到嘴的肥肉垂涎三尺，她不能这么不明不白地让自由婚姻挑战她的中介地位，攻占她的势力范围。这是关系她今后职业生死存亡的大事，不能轻易丢掉任何一块领地。她的脑海里记录着周围几十个村庄的未婚男女，比包村干部对村情户情了解得都清楚，简直可以用成语"了如指掌"来形容。每介绍成一桩婚事，她能从中得到包括钱财在内的很多好处，如果家里缺水，肯定会有人愿意送两桶过来。她是我们三乡五镇的名人，用现在的话说就是网红，是知名自媒体人，多数人还是抬举她的。

矮小、微胖、驼背的皮媒婆长着一个与身材不相称的小脑袋，乱糟糟的灰发下是一双滴溜溜转的小眼睛,一张薄薄的大嘴能说会道,一张嘴满口黑牙让人恶心。爷爷见媒婆要打破砂锅问到底,不耐烦地说:"有句古话说婚姻要'门当户对',我家闺女是高中生,对象至少得是高中生吧,您介绍的哪一位是高中生?这不明摆着不尊重咱闺女吗!"此话问得巧舌如簧的皮媒婆张口结舌,半天没说出话来。爷爷让她放下那根打狗棍似的旱烟管,抽一支纸烟。媒婆摆了摆手说:"我看重的是人家的家底厚不厚实,吃水条件好不好!咱农村人靠力气吃饭过日子,念那么多书有什么用,只要不是文盲,会数钱就行啦!这高中生方圆几十里地都没几个呢!"爷爷坚决地说:"我家姑娘得找个高中生!"

如果换了他人,皮媒婆会竭力辩解一阵,可面前是前大队支书,说话一句顶十句,她只好三缄其口,不再言语。自知无趣的媒婆左手收起旱烟管,右手撩起门帘,抬腿出了客房门。要在往日,她是用长烟管撩门帘的,从来不用手。院子里反射来的光亮刺得她几乎睁不开眼睛,甚至有点头晕眼花。此时她才意识到自己是快六十岁的人了,和眼下的季节差不多。院墙边的杏树、梨树和苹果树的枝叶在飒飒地叫着,掉落的叶子随风在阶前打旋,媒婆突然觉得霜降之后的阳光已经没有之前的那么劲道了,透着阵阵凉意。街道上除了三五个小孩子跟她讨要糖果外,没有大人,秋收将全村所有的劳动力赶到庄稼地里忙碌去了。街道里的风将树叶和秸秆卷起来紧随在她的周围,她第一次感觉到婚介这份职业已经要弃她而去了,她第一次体会到失败和失意的滋味,体会到读书人带来的重压。原先隐藏着的皱纹从她的脸上逐渐显露出来。她弓着腰身挂着旱烟管走出村子时,微胖的身材像个皮球装在满是褶皱的灰色土布衣里，慢慢融进通向山顶的那片忙碌收获的田野里。最后，一闪身消失在白云和山顶的相接处。

对我们孩子来说，有没有水并不重要，每日三餐是父母的事，我们只要把作业做完，把脸和手洗干净，按时上学就可以了。我们关心的是糖果和美食，还有在田野里无人管束的疯玩。当然，对谁是姑父的事我们也很上心。

皮媒婆走后，有多半年的时间没有再来。这是个例外。方圆百里，没有皮媒婆说不成的婚事，一次不成隔一两天肯定再来。父亲像是比以前忙了很多，多数时间在外村转悠，晚上回来的时候我们已吃过晚饭睡觉了。

端午节的前一天，父亲从集市回来时嘴里哼唱着花儿，有一阵没一阵，调子可能也不准，但他哼得极为响亮，被村口的风吹送过来，全村人几乎都听见了：

八个弯的洮河八百里长
三回头的波涛白云间唱
俺哥哥踩着羊皮筏　浪尖上走
吼一声尕姑舅哩嗓门门痒
啊　洮河浪花开　洮水花儿香
牛羊花儿开在那洮河儿女的心尖上
儿女的心尖上　心尖上……

那时已经中午了，刚放学回家的我们兴奋地把新柳枝和鲜嫩的艾条编成各种样式，插挂在门窗缝隙里，四合院瞬间被一股浓烈的香气笼罩住了，我们闻着艾香趴在院场的土桌上吃甜醅。父亲的哼唱声就是此时从村口随风飘来的。

父亲背剪着手从家门前经过，只看了我们一眼就头也不回地直接去了街道那边的爷爷家，他对这些香气无动于衷。那时爷爷奶奶和三叔、姑姑生活在一起，我们和二叔都独立出来另过了，但遇到大事，爷爷还是要和我父亲商量，因为父亲在家里排行老大，爷爷和我父亲就像是一对无话不谈的兄弟。

我们跟在他的后面，想知道究竟发生了什么重大的事情，竟然让父亲过家门而不入。爷爷和父亲在客房里经过一番窃窃私语般的讨论后，沉默了半晌。当姑姑给父亲端来一碗甜醅时，深思熟虑之后的爷爷发话了，说："就这么定了，就他了，我觉得可行！"就这样，在没有媒婆参与的情况下，爷爷和父亲就把我未来的姑父的人选确定了。这事除了我妈之外没人知道。

村里的人对姑姑的意中人有过猜测，但答案都是错误的，只有皮媒婆的推算是正确的，因为方圆几十里内高中毕业的男性也就那么几个，掐指一算就是秃子头上的虱子——明摆着，用不着动多少脑筋。但我们小孩子也在胡乱地猜想，结果常常是离题万里，连个边都沾不上。但我们没有失望，我们有充足的耐心和时间用来等待。没过几天，一个中等个头、身形消瘦、皮肤白皙的圆脸男人，在被父亲叫"张家爸"的老者带领下来到姑姑家，说是来和爷爷商量姑姑的终身大事的，但只是礼节性地在家里转了一圈，吃过午饭就走了。我们一帮小孩拦在街道中间，不让他走。这个看起来和姑姑像一对龙凤胎的人笑呵呵地从衣兜里掏出糖，仔细认真地给我们每人分了一颗，最后多给了我一颗，我没说感谢的话。我们没把他放在眼里，他太抠门了，像数钱一样数着他的几颗水果糖，不像先前来的抓一大把丢给我们。望着他们远去的背影，我们只是静静地含着唯一的糖果，心里充满了不快。

随后到来的中秋节，爷爷家酒气熏天，这是给姑姑定亲的日子。姑姑嫁给谁，这个长达一年的谜题，终于在这天向村里村外的人揭开了谜底。这个姓张的男子竟然是姑姑的同班同学，学习成绩比姑姑差了些。我妈说两人有夫妻相，他像父亲的堂弟。

后来我们知道，母亲的说法不是促成这桩婚事的原因，而他家有三口水窖才是问题的根本。爷爷派父亲考察了半年，就是因为这个。和其他求婚的人相比，他对我们并不热情，给的糖果非常少，我们以沉默表达了反对意见，甚至背地里喊他"麻秆子"（比喻瘦高个），但收效甚微。他不肯正眼看我们，满脸的自以为是，一副对这桩婚事志在必得的样子。"麻秆子"的出现竟然让姑姑也漠视我们，不肯和我们一起玩了。这让我们忐忑不安，却又束手无策。

抢 水

夏天，风在铆足了劲狂吹半个月之后，把天上的云朵一扫而光，降雨成了一件遥远的事情。太阳只是干巴巴地晒着大地，地上的植物都在张着大嘴巴呻吟，等待天降甘霖，把它们从苦难中拯救出来。可是天上空洞的蓝色一望无际，云朵像被这个季节阻挡在了天空的大门之外。当然，世上的事情总有意外，偶尔也会有云朵溜进来，从村庄头顶走过，但看上去像医院里的白纱布，薄如蝉翼，里面一丝雨也没有。树木、庄稼和野草低下了积极向上的头，一副无精打采的样子。风也懒得动一下腿脚，静悄悄地不见了踪影，像是吃饱喝足了躺在家里睡大觉，或约朋友们打牌喝茶去了，把乡村的干旱忘在了脑后。

在这样的季节，我们孩子倒是没什么，无非是从早到晚抢不到水而已，只要上学时间一到，我们还是背起书包去学校了。脸和手却是要洗的，如果不洗是进不了学校的，要被罚站到别的孩子放学回家。因此，有学生的农户不管家里有多缺水，从不缺学生洗手和洗脸的水，哪怕大人三个月不洗脸，眼屎糊住了眼睛，只要还能睁开就不打紧。学生的用水是无论如何都有保障的。早上，我们照常吸着长长的鼻涕，迎着又一个晴朗的晨光唱着《我的祖国》，若无其事地去上学。晚上，再哼着《打靶归来》走进家门。

父母布满愁云的脸和阳光灿烂的天空形成鲜明的对比，他们脾气很不好，动不动打骂我们，好像天不下雨是孩子的事。学校里老师心情也不好，讲课总走神偏离正题，时不时要讲到水上去，不是说天空就是说雨水。语文老师找各种有关描写下雨场景的作文让我们背诵，琅琅的读书声仿佛给我们带来了降雨时清凉的感觉，炎热和干旱瞬间被朗读声赶走了。我们读出的雨声响彻整个教室，飘荡在死气沉沉的校园里，滋润着师生们干涸的心田。

在我的印象中，那个"麻秆子"走后，天就一直晴着。8月的白天和黑夜没有多大的区别，白天和晚上都是晴天，温度竟也相差不大，我们光着身子往炕上一躺，就睡得和死猪一样了，直到凌晨被母亲吼醒。醒来的任务只有一个，那就是到沟里的山泉边抢水去。我和弟弟揉着眼睛，迷糊中听母亲说她彻夜未眠，只抢到了两半桶泥浆。面对缺水，大家都在各自想办法，巴不得将山沟里每一块润湿的泥土挤干了。

村属所有的山沟我们都找遍了，一点水都没有。我和弟弟给母亲出主意：去邻村看一下。母亲想了想笑了，但没有反对。这天晚上，母亲让弟弟在家里待着，她挑着两只木水桶，带着十三岁的我往三里外的邻村走去。虽然是晴朗的夏夜，但已经晚上9点钟了，天很黑，只是比阴天亮一些，毕竟有星星和半个月亮的微光照着，一过村界，我就感到路不再平坦了，不知是心理原因还是对路的陌生，我俩走得深一脚浅一脚。我手里提着父亲的手电筒，准备在关键时候用。邻村与我们村同属于一个山系，在一座大石山旁边，山上覆盖着茂密的森林，在我的记忆里，这个村子没怎么缺过水，无论天多干，那块森林下的石头缝里总是有水渗出来，滴滴答答的，不过有时少有时多，少的时候他们那几户人也是够用的。

夜里总是比白天凉快，走起路来既轻松又快捷。他们取水的大致地方母亲是知道的，但具体位置不是很清楚，我和弟弟白天的时候私下里侦查过，天黑以后我却辨别不出方向了。母亲寻着路往树林里走，越走越黑，只能打开手电照明。走着走着，成群的兔子和野猪聚集在一起，在手电的光亮里显出无数双反光的眼睛，吓得我一激灵，停下脚步不敢再向前走了。看到有人来，它们并不躲闪，母亲悄悄对我说："泉水肯定就在附近，不要怕，我们一直往前，它们就走开了。"果不其然，当我打着手电筒，跟着光束慢慢向它们靠近时，那些动物也只是在离我们三四米远的地方停下来，并不走远。一股潮湿的气息扑面而来，混杂着植物腐烂的气味和各种动物的体味。那时，惊喜压过了害怕。母亲将两只大桶舀得满满的，水竟然清澈见底，这样的水质只有在石头山里才有。我们那里的泥沟里渗出的水多数时候是浑浊的，特别是下雨之后，地表水带着淤泥，时常会把已有的泉淤平，得重新清理淤泥挖出一个新泉来。新的泉水浑浊得厉害，得澄清一段时间才行。他们村的水，从石头里一出来就是清澈的，几乎不受天气影响。虽然曾经有人说水里有一种什么微量元素，长期饮用会导致人的脖子粗大，但只是传说，我们听了如秋风过耳，并不在心里留下痕迹。再说了，我们平时不来他们这里，只有在特别缺水时来。

不过，这个村子里的人脖子普遍比我们村里的人粗，但大家认为是遗传因素，因为在人们的记忆里这个村子里的人一直是粗脖子，像是营养过剩，显得十分富态。有人也对这个问题进行了一项长达数年的研究，发现本来脖子正常的女人嫁到这个村过上三五年，脖子也会慢慢变粗，那种缓慢的程度，人是无法觉察到的，只有时间才能发现那些嫁来的女人脖子细微的变化。

母亲挑起两桶水刚走出几步，那些动物又围拢到泉边。我们回到家里时，已经是夜里 10 点多钟，两大桶水还是八分满。母亲在路上打了几个趔趄，我在身边扶着，才算没有跌倒，保住了这两桶水的大部分。这次抢水的成功大大鼓舞了我们，第二天一大早，母亲便把弟弟叫醒，让弟弟陪她去。这次母亲如愿以偿地顺利获得了两桶清水。

遇到干旱的年份，除了有水窖的人，四邻八村都缺水，都开始越过平时约定俗成的取水区域到有水的地方去。母亲的好运自然不会长久，这一处我和母亲的新发现，因有人跟踪，很快便被公之于众了。

刚开始，大人们不好意思去，总是走到半路打发孩子去，到后来大人也参与，开始明目张胆地排队抢水。这时，孩子明显处于弱势，大人在面临无水可用的困境时，便开始理直气壮、反客为主地抢水了。

清晨的时候，有水的村庄自以为高枕无忧，村民不紧不慢地挨个儿来挑水。大丑是这个村里的勤快人，第一个起床挑起水桶向泉边走去。晨雾中，他隐约看到平时空荡荡的泉边挤满了人，心里一急，加快了步子。走近一看，竟然是外村人在排队抢他们村的水，他被眼前的景象惊住了！这些陌生的外村人怎么到自己村子的泉上来挑水啦！这无异于到他家里抢财物。他停下来喊了一嗓子："你们是哪个村的，竟敢在大白天抢水？！"

挑水的人不紧不慢，头也不抬舀水走人。大丑两只手提着桶飞奔到泉边一看，泉水所剩无几。他气急败坏地将旁边放着的两桶水倒到自己的桶里，嘴里嚷着难听的话。这人见自己的水被抢走了，二话没说，站起身将那两桶水又倒了回来，就这样，两人拳来脚去打了起来。这时，本村也来了五个人，见泉水没了，明白过来是怎么回事，他们一起将邻村的这个瘦男人打倒在泥泞的泉边。邻村来的人不只是这个男人，他的六个同伴已经挑了水在返回的路上了，突然听到沟里传来打架和谩骂的声音，就放下水桶返回泉边。他们的到来让本村人放松了对瘦男人的防备，他乘机起身挑起水跑了。大丑他们想追，却被五个壮汉挡着。他们毕竟占理，声音越来越大，甚至吼得满山沟都能听到，而后又突破阻挡，追上那个瘦男人，将两桶水踢翻在地，两只木桶咣当咣当，滚到沟底散了架，成了一堆木片。同行的五个人见状，兔子似的跑到自己的水桶边，挑起水桶往家里跑，到家时只剩下了两个半桶水。大丑他们扣了瘦男人变成两堆木条的水桶，说他们是强盗，是偷水贼，要告到公社里去。还说如果要水桶，就得队长来领。队长自然是不去领那两个桶的，两个水桶没那么重要，况且已经散架了，要回来也没用。

第二天清晨，这样的事又发生了。附近四个村子的十几个男女在泉边打起来了，水被搅浑，水桶满地乱滚。有人还被推进了水里，全身湿透了，那场面像极了电视上非洲草原旱季时动物抢水的情景。为了生存，谁也无法保持平易近人、礼让三分，利益上升到了第一位。

混乱的场面里有人提议了一句："有本事去县里要水去，不要在这里内讧。"这句话让互殴的人群里分离出来几个人开始劝架了，最后以队长出面解决为由平息了这场抢水战争。这种事在此后的年月里多次发生，最终随着县里抗旱队的到来而消停下来。

这次事件的主角中没有我们村的人。遇到这种情况，母亲即使挨了打，她也是不会还手的，她知道去人家地盘抢水本就不是件光彩的事。她会同时告诫一同去的人，不能和人家顶嘴斗狠，要巧取不能豪夺，丢掉面子不要紧，把水抢来也就把面子抢来了。在母亲的领导下，我们村的女人基本每次都能满桶而归。

干旱的日子里，每天的开始都是相同的，人们仿佛要将前一天重新过一次。天空经过一夜的休息显得更加精神，呈现出一片湛蓝，像谁用水彩重新描绘了一遍似的。那天，我们小学生刚走出家门，就听到吵架的声音，双方的队长站在各自地盘的最高处向对方喊话。声音在这样长时间的干旱中显得有气无力，有一句没一句的，我们只隐约听到了几句："水是大家的资源，是老天爷降下来的，不是谁一家的。""降到谁家就是谁家的，雨下到我家地里难道会是你家的？"这些话说得并没多么有理，双方都在为自家辩护。当太阳从山头冒出金光时，两个山头上站满了手持扁担的人，声音豪放而粗糙，像是要打架了。但那时已经快到上课铃敲响的时候了，我们在飞扬的尘土里一路狂奔到学校，进教室门时已成了土人，早晨洗过的脸已经面目全非，好在手是干净的，守在校门口的值周老师只看手没看脸，让我们进了各自的教室。

抗旱队还没有来，周边各村的水源都干涸了，只剩下邻村岩石下面的这眼泉水。抢水仍在半文明半粗野的状态中持续。从早到晚，大家都在排队等候，先来后到，但也有中途方便一趟回来被人顶了位子的。虽出言理论，但没人搭理，只好排在后面。这种情形导致的结果是，有人随地大小便也没人吱声，太阳在头顶上烤着也不知热，只能在一浪一浪的臭气中捂着鼻子。

僵持是暂时的，本村人占着理数把外村的人慢慢挡在外围，等到本村人取完水，才让外村人取。双方争吵着，手提扁担跃跃欲试，如箭在弦上，一触即发。脚下是干透了的庄稼地，干热的风一点声响也没有，像在屏息凝神地听双方的人口干舌燥地理论。此时，爷爷的声音在人群中出现了，他以前任大队支书兼大队长的身份喝令大家排队取水，不要乱来，他说："当下不是哪村有没有水的问题，也不在于谁家多占或少占，关键是要找到可靠的水源，从根本上解决问题。老百姓有困难找政府，你们回去让队长到大队里找领导，向上级反映问题，县上肯定会帮我们解决眼下的困难。你们打架就会有水啦？天就会下雨吗？断了胳膊瘸了腿，对谁都没有好处。"爷爷当年从军时练得一身胆识，他不怕被人打，站在两村人中间劝架。听到爷爷这么说，双方有人看了一下自己的胳膊和腿脚，还在！爷爷发表了这通讲话后，口渴得厉害，一边咳嗽一边说："散了，两边都散了，把问题报告给大队公社，这才是队长要做的工作，而不是带领大家械斗。"爷爷的话音刚落，有几个年轻人就离开了队伍，接着，双方的人三三两两都散了。但没水吃总是问题，爷爷自作主张说："不管这眼泉水的位置在哪个生产队，在困难面前大家要共渡难关，既然你们村子的人都有水了，那剩下的就让别的村子的人有序来取，这是集体的资源，不是哪个村的。"在爷爷的亲自坐镇下，本村的人虽不高兴，但也不再说什么，只得让邻村的人来取水。爷爷给这个村的队长补充说："当然要先保证你们村的用水，剩下的就让给别村吧。我们是社会主义公有制，土地和水资源都是集体的，这个道理大家要懂。再说了，你们这种打斗有意义吗？打斗是不能解决问题的，除了把自己送进派出所，或给别人赔偿损失外，还有什么更好的结果？"

干旱让村民们的脾气像干柴，一点就着。地里的禾苗在毒日头下仍然顽强地活着，经过一个晚上的休整，第二天一早又显得生机勃勃，绿油油的。不像人，经过一夜的苦思冥想，第二天却更加垂头丧气。

其实，我们这里缺水的事在一个星期前县上就知道了。十年九旱的实情，上下领导都心知肚明，只是苦于受旱面积大，救援力量有限，水源地远，一时半会儿来不到山村里。

两个村子因为吃水问题发生矛盾的事县上很重视，当天下午就派出工作组深入附近几个村调研。干部进我家时，没有和往常一样喝我们家的水，而是自己带着一个大茶杯子，往桌子上一放，问我父亲缺水缺到什么程度了。父亲把干部领到厨房的水缸边，揭开盖子让他看看。半缸浑浊的黄泥水上面浮着众多蚊子的幼虫，还在里面翻转打滚，享受着安静的生存环境。干部问："你家就吃这水吗？"父亲说："是，等水澄清了再用，牲畜用的都是洗菜之后澄清的水，很多时候因为有味道，它们宁可忍着渴也不喝。"干部听了沉默不语，把他茶杯里的水给父亲倒了一半，说："党和政府的援助很快就到了，请你组织好村民有序取水，并保证不要浪费。"父亲说："保证没问题。"干部一改平时要在我家吃饭的习惯，说得赶紧回去报告领导，尽快把水送来。他离开我家时太阳快要下山了，父亲在凉爽中感到一丝不安。吃救济水总不是长久之计，得想办法申请水窖。

第二天还没到中午，山顶的公路边突突地来了一辆四轮拖拉机，后面的车厢里是个巨大的铁皮水箱，外面已是锈迹斑斑。从车头里下来一个人，站在山顶喊我父亲的名字，说是水到了，各家各户快准备好工具来取水。

一支提着水桶的队伍出发了。等司机回到拖拉机跟前时，装水的铁皮箱上已经落满了乌鸦、喜鹊、啄木鸟，麻雀更是成群结队，黑压压一片。当他咬着牙微闭着眼睛取下水管往桶里放水时，他的身上落满了鸟，鸟儿甚至罩住了他和水桶。顺着水流，鸟儿们钻到了水桶里，尽情地享受着戏水的快乐和幸福。好不容易水桶放满了，村民挑着水桶往家里走时又被鸟儿们缠上了，远远看去，两只水桶边上站满了各色的鸟，赶也赶不掉，等回到家里时，满满的两桶水都成了半桶，水里浮着各种羽毛和粪便。这两桶水是一家人一天的用水量，只要没有特殊用水，基本能满足大家的需要。全家人尽量不洗漱，孩子多的站成一排，由母亲含着一口水，一次喷过去，喷在各自的脸上，然后擦干，算是把脸洗了。母亲只能用一块湿布来擦脸。父亲的脸一进入缺水的季节便和我们兄弟俩的脸一样，变幻着由汗渍形成的特殊颜色，只有要出门或串亲戚时，才在洗过菜的水里洗一把。人的脸面毕竟不如下肚的食物有面子，洗脸是一件奢侈的事。

我们足有三个星期没洗过脸，脸上的颜色丰富多彩，有墨汁，有灰土，有出汗后凝成的泥垢。父母的原则是在缺水的季节，只要两只眼睛还能睁开，能清楚地看见世界就行了，特别是男孩子，大可不必洗脸。洗脸是一件极浪费水的事，只有十二岁以上的女孩子才能享受到洗脸的待遇，因为她们的美丽比什么都重要，这决定着她们一生的幸福。

缺水时，学校要求每个学生每周一带半瓶水上学，没有上限，但半瓶是下限。如果兄弟姊妹同在一个学校，可只带一瓶水，不过得要他们一起进校门才行。学校门口有一口大水缸，有学生专门验收核对。有一对兄妹，到学校时带了一瓶水，可同学左看右看觉得他们不像一家子人，报告了老师，老师看着两个相貌迥异的男女，也觉得他们不像是一家人，问来问去才知道，他俩的父亲是亲兄弟，还在一口锅里吃饭，没有分家。当然也有两个男孩姓名只差一个字，长得有点相似，谎称是一家人的情况，但后来被学生举报，每人多罚了一瓶。

学校虽然有一口井，平时水量充足，但有时也会干涸。每遇到这种情况，学校里的用水就得由学生来承担，当然学校也在想办法买水，隔三岔五会有一卡车水倒在学校的几口大水缸里，足足能用三个星期。那时，我们会被学校告知可到学校免费洗脸洗手，因为公社通知学校，山村缺水很严重，不能再向学生要水了。校门口的那个支在砖头上的一平方米左右的水泥池子里会有三寸深的水，学生可以围在那里洗脸，先来的先洗，后来的后洗。最后，水成了泥浆，只能等到澄清后再洗。可以到学校洗脸时，大家十分兴奋，洗完脸不用毛巾擦，还没走进教室，已经被清凉无比的晨风风干了。每次痛快地洗过脸，我们便会重新焕发出少年应有的光泽和鲜亮。

第一口水窖

几场秋雨结束后，源源不断的地下水会汇集到村子不远处的几条水沟里，形成泉水，这是一年中村庄最幸福的时候。秋季里，庄稼上场入仓的同时还有丰富的泉水，吃喝两个字在这个季度都能得到满足。我们不需要为四处寻水而劳神，甚至不需要走出村庄，人畜饮水就在百米近的山沟里，更多时候，我家门前的小水坝就能够满足日常用水和洗涤。每个人都在忙碌着一年里的洗涤工作，脸上的笑堆成了一盆水，晃来荡去，幸福的声音和秋风秋雨交织，把我们的村庄清洗得干干净净的。这样的日子并不是每年都有，风调雨顺的话一年里才能遇上一回，在我的记忆里更多的是我们对水的渴望，以及天不亮就去抢水的情景。水似乎比粮食产量更为大家所关注，毕竟大家的饮食衣着都差不多，可水是个人的事，是每个家庭要考虑的头等大事。

就在第二年秋天，姑姑准备出嫁了。那时，父亲和爷爷刚好争取到了乡上的"121雨水集流"工程，第一年为每三户人提供一口水窖的水泥、水管、消毒用品等物资，全村共十口。做水窖时，首先要在技术员的指导下选择一处能够积雨的地方，挖出一个水窖大小的圆锥形土坑，然后在土坑里面抹上一层薄厚适中的水泥，顶端留下一个直径约一米的开口，等水泥干后，水窖的窖身便基本做好了。接着就是处理窖底，窖底和其他容器的底子一样，是最关键的，没有底子什么也装不了。水窖的窖底得用红泥夯实，并且高于下端的水泥层，保证不漏水，不然，所有的努力将是竹篮子打水一场空，白费精力、资金和时间。

水窖是村里的一件大事，全村人都在提心吊胆地等待着，将全部热情倾注在水窖项目上，仿佛水窖决定着村里所有人的幸福似的。项目开工那天，人们围在动工现场，都想看乡里、村里的干部是怎么动工的，都想见证第一锨土从地上挖起来。父亲以大队书记的身份发表了讲话，感谢上级的英明决策和正确有力的领导，好听的话说了半篮子，没多少人听他讲这些，没什么实际意义，大家围着他主要是想看怎么挖土做水窖，而不是听他那地唱高调。父亲的话刚讲完，稀稀拉拉的掌声响了一阵，随后是两串一百响的鞭炮，当蓝色的烟雾腾起之后，男女老少都欢呼着，悬着的心放下了，他们听到鞭炮声就知道第一口水窖开始修建了，幸福就在眼前。随后父亲和三个干部满脸笑意地拿起铁锨动了动，之后便停下来，让村里人自己挖，留下一名技术员指导，他们从人群里挤了出来，准备到我家去吃午饭。这是村庄有史以来响动最大的一件事，许多人并没有看到铁锨与地面接触的景象，只看到三把铁锨木把上系着的长长红丝带在人群中飘扬。

就在这时，人群突然骚动了一下，两个衣着崭新的男人从村口走了过来，一老一少。年老的背着手走在前面，像是引路人，年轻人后背上的包沉甸甸的，右手还提着两瓶酒，装在塑料网兜里前后晃荡。他俩若无其事地穿过人群，跟着干部径自向我家走去，对眼前的景象并不感到意外和新奇。他俩知道这里在干什么，这种仪式他们那里早在一年前就举行过了。我们孩子一眼就认出来了，那个年轻人就是去年来的"麻秆子"。快到家门口的时候，父亲发现了三个尾随而来的人，他惊喜地说："哦，是冯家爸吗？今天是个好日子，你们来得正是时候，赶紧家里请！"说着侧身让这一老一少和干部一起进了大门。

那时，我爷爷和姑姑都在开工现场，那两个人从村口过来时，是姑姑最先看到的。她走到爷爷跟前，用手指捅了捅爷爷后背，爷爷转过身问闺女啥事，姑姑向站在远处的两个衣着整齐的人努了努嘴。爷爷年轻时当过兵，跟着兰州的青年远征军干过侦察，视力和领悟力超好，他向姑姑努嘴的方向瞥了一眼，悄悄地从人群里出来，绕到那两人跟前，耳语了几句。这时父亲的讲话结束了，众人的注意力才从施工现场转到爷爷和那两人身上。父亲让村民们继续干活，他张罗着请来参加水窖动工的干部到家里休息，没注意到身后还有三个人。

第一口水窖就选在我家门前的涝坝上，这儿是村子街道水渠的汇集地，是理想的集雨场所，平时的地表水流都会汇集到这个三十多平方米的涝坝里，便于大家用水。在我儿时的记忆里，那个像黑海一样巨大的涝坝一年四季储着水，在最干旱的季节也有泥浆，并不会彻底干涸。这个时候通常是在夏季，炎热让孩子们都想进到这个涝坝里享受清凉。如果水多，大人们是不让孩子进去的，水少时，大人才会默许孩子进去玩泥巴，不会有危险。这时便是孩子们的天堂，大大小小的孩子都寻找着各自玩泥巴的方式，有的甚至在泥浆里滚动，成了活生生的泥俑。大人不怕水淹只怕洗衣服，所以不让孩子穿衣服，十二岁以下的男孩子全部裸着，感受着清凉泥浆的一次又一次包裹，快乐地与泥土融为一体。遇到这样的季节，爷爷会一个人卷起裤子，赤脚在泥里劳作，他的工作是将这一年的所有淤泥翻到涝坝边上，提升堤坝高度的同时加深蓄水池，绝不让流到这里的水流走一滴。他像要把整个秋季的雨水全部装进这个涝坝里似的，有时会喊来其他人帮着干活，等到秋雨一来，这个涝坝就成了一个小湖泊，有一米多深，足够后半年村里的日常用水和牲口饮用水。

虽说秋天已经在树木的枝条上、草地上显示了它的威力，但夏天的余威仍在坚守着某些关键时段和节点。比如中午时分，炎热会不遗余力地潇洒一回，将人们身上的秋衣秋裤剥掉，裸露出身体的真实面目。

那两个人是从十里外的冯家庄来的，走得满头大汗，到爷爷家时，那位年长者的灰色粗布上衣全湿透了，肩胛处显露出白色的汗渍。他们来是与爷爷商议姑姑的出嫁时间的。爷爷说今天是个好日子，村子里启动水窖项目，那个年轻人用羡慕的眼光盯着爷爷看，好像爷爷在撒谎。如果不是亲眼见到开工的场面，他们是不会相信这件事的，建水窖这样的大好事只有处在公社附近的村子才能有，麻地湾这么偏僻的地方怎么能有呢？他们就是凭着有水窖这样的硬核条件才不愁小伙子娶不上媳妇的，如果这么偏僻的村庄都有了水窖，他们的优势就没了。爷爷的心情比一年前好多了，说话声音都高了两个调，他慢条斯理地请两位亲戚到炕上坐，和县里公社的干部坐在一起，这是我们这里待客的最高礼节。家里的人都在外面忙着，只有小脚奶奶在厨房和客房之间忙碌。

"这死女子，不知道去哪里疯去了，不晓得回家里招呼客人！"听到奶奶这么唠叨，我未来的姑父灵机一动，忙从炕上下来，穿了鞋抢在奶奶前面熟练地忙碌开了，像是在自己家里似的。奶奶虽然嘴里说她自己能行，但脚底下明显放缓了速度，不再表现出急躁的神态，重新绽放出笑容。

姑姑其实已经没有心思看建水窖了，她心事重重地"失踪"了。我们对未来姑父那种自以为是的态度和行为很不以为意，我们要的是实实在在的东西，比如几颗奶糖、几角钱，一年来，他从没表现出主动讨好我们的意思。我们对他的做派不满意。

那天，碰巧是新学年的第二个星期天，我们刚从涝坝里出来，浑身湿漉漉的，散发着泥土的气息，在爷爷家的院子里站成两排，不停向姑父做鬼脸，只要他从客房里出来，我们就围拢过去，提示他该意思意思了，不然我们会向他投掷泥巴，把他的新衣服弄脏。一般来说，这个策略很有效，屡试不爽，只要对方看到我们人多势众，就知道该怎么做。但面对这个自以为是的人，我们还得用足脑筋才能使其就范，每一次收获都得付出艰辛的努力才行，否则，糖果只会稳稳地躺在他的衣兜里。

村庄通向山顶的路约莫两米宽，在接连的几场秋雨之后变得坑坑洼洼，泥泞难行，运水泥的拖拉机只好将水泥卸在山顶的公路边。两天前，父亲就开会安排了运水泥的事，按三家一口水窖的用量各自组织搬运。倒不是怕被偷，一袋子足有一百斤重的水泥没人能拿走，但要防雨，水泥遇到水就变成了石头，这个道理公社的拖拉机手给在场的男女老少重复了好多遍，说即使让雨把人淋成落汤鸡，也不能让水泥沾上一滴水。村里大多数成人没闲工夫关心姑姑的婚事，他们的首要任务是在新的一场雨来临之前，用肩扛、手推、驴驮的方法，将山顶上的一百袋水泥搬到山下一公里远饲养场腾出来的临时物资储备窑里。

全村老少都希望能见识水窖建成的全过程，可天空的云朵一会儿有一会儿无，让人们难以判断是否会下雨，搅得大人三心二意的，犹豫是否需要将那些石头一样沉重的水泥搬回村里。但父亲的意见是秋天的雨说来就来，还是先把水泥搬到安全的地方为好。万一下一场雨，那些水泥真的变成了石头，再到哪里去找水泥呢？围观的大人三三两两离开现场，只剩下老人、孩子。水窖所处的位置在涝坝边挺拔的杨树和巨冠柳树浓密的阴影里，这里泥土潮湿，易于开挖，五个人在技术员的指导下不到一个小时就做成了水窖的模型，然后夯实，并用厚实的塑料布严严实实地封起来，在上面均匀地铺上水泥和细铁丝，做成一个没有底子的倒扣大茶杯。初步工作完成之后，接下来就是确定专人每隔几个小时在"茶杯"上面洒水，防止开裂。

第一口水窖能否顺利实施影响着这个项目在全大队的进度，如果首战告捷，接下来的工作便会顺理成章，依葫芦画瓢便可，否则后面的工作就得重新研究和制定施工方案，包括确定地址、土质、技术、施工方式方法等，甚至停工等待上级的指示，悲观一点可能没有下文。

这个季节，人们对水并不如夏季时那么渴望，因为隔三岔五就有一场充足的雨水到来，让整个村庄笼罩在一片水汽里。但要命的是这样的好天气不多，如果接二连三遭遇暴晒，山沟里的小溪会断流，地下水也会变得羞羞答答。遇到这样的天气，大人们会慌乱，我们小孩子的日子也不好过，满山沟找水就成了上学之外最重要的任务，以至于在小学或初中毕业时，有人在回答老师关于最大理想的提问时说："考上水利学校，毕业到水管所工作。"

父亲也担心第一口水窖的成败，他对姑姑的婚事并不在意，对方给的条件他原则上同意，但有些细节还得问姑姑本人，毕竟找对象是给姑姑找的，一辈子要与另一个人生活在一起，得在婚前把关。如果稀里糊涂结婚了，两口子又合不来，一生的幸福就得不到保证了。用母亲的话说，给姑娘找女婿比给儿子找媳妇难得多，姑娘的一生像是拴在男人身上似的，如果第一次婚姻失败，接下来恐怕也很难成功。当然，这话不一定全对，但足以说明家人对姑姑婚事的担心。

虽然这样，父亲还是将全部心思放在水窖上。那两个提亲订婚的人吃过午饭后就走了，是爷爷送走的。"冯家爸"对父亲不温不火、不冷不热的态度感到疑惑，怀疑父亲对这桩婚事不太满意，在爷爷的一再解释下才迈着半信半疑的步子心事重重地离开了。那两瓶酒自然是留了下来，这意味着姑姑和"麻秆子"的婚事及婚期在父亲的缺席中确定了。事实是在"冯家爸"他们来之前，父亲和爷爷已经把姑姑的婚事商定了，这次来人只是走个礼俗上的程序。

那时，父亲正在和技术员探讨其他水窖的选址事宜。我们小孩像一条条长长的尾巴，一直跟到那两个人从山梁上翻过去，直到他们不见了踪影，但我们锲而不舍的努力还是得到了报酬——每人一颗糖和下次会有更多糖的承诺。"麻秆子"的承诺我们都记下了，也通报了姑姑，并用威胁的口吻说，如果下次失言，我们会为难他的！

经过两个星期的技术指导，在全村人的期盼里，第一口水窖在一场即将到来的大雨前建成了。专家的意见是等到地表水平稳清澈时开始往窖里放水，首次不能放得太多，只放一尺深。问题是这一尺深的水没人能准确地掌握，技术员说大概是三立方米的水，或者三吨左右，这个数字只有饲养员麻老四有把握，他说他得披上雨衣站在进水口盯着，以装满五十大桶水的容量来估量。技术员对麻老四的这个说法表示赞同，他们也不好估量，说有点出入也正常。可问题是雨量小的话，三吨水可能要装十几个小时，他一个五十岁的人能熬得住吗。父亲想出了一个可靠的办法，说可以撑一把伞，放一把椅子，让饲养员整夜坐在那里看着，进水差不多了就可以塞住进水口，将水渠改道，然后回家睡觉。麻老四说这不是问题，他夜里没瞌睡，保证能完成任务。

雷雨之前，空气一改平日里的凉爽，闷热的气浪一波接一波向低空侵袭而来。树木静静的，一丝风都没有。夜，伸手不见五指。煤油灯可以不用灯罩捧在手里四处走动。那时，我们的村庄离用上电灯还有十几年的时间，父亲用他的手电筒在天上照了照，好像他能通过那一束灯光看明白天上的雨何时降下来，能降多少。父亲看完之后，爷爷背着手从客房里出来，在黑灯瞎火中向天上也看了看，有意思的是这一对父子对这场即将到来的雨说出了几乎相同的看法：等会儿会有大风，然后会有一场大雨，把各处通水的渠道全都挖开。父亲特别嘱咐麻老四把新水窖的进水口暂时塞住，等雨水平稳且相对清澈时再让它进水。

还不到晚饭时间，下雨也只是一种可能性。父亲让麻老四先回家吃饭，等他口信再来。他找了一把巨大的老式洋布伞放在大门洞里，绑在一把结实的椅子的靠背上，为麻老四接下来的工作准备必要的防雨设施。

吃过晚饭不久，微微吹来一阵凉风，之后便狂风大作，雨点随风急促地砸向大地，在干涸的地面激起一层尘雾。雨点打在各家各户的瓦房草棚上，奏响了噼里啪啦的风雨协奏曲。密密麻麻的雨像草原上奔腾的马群，急促，热烈，奔放，空气中充满着泥土的味道。许多大人小孩走出屋子，站在院子里，用欢呼声感受这盼望已久的雨水，像久旱逢甘霖的禾苗。

二十分钟后，风越来越小，到最后只剩了雨声，清凉，温和，柔情。父亲还没顾得上吃晚饭，他正在屋里抽烟，当听到纯净的雨声时，他放下手中的水烟，披上雨衣，打上手电筒便出门了。他先到水窖边看了看，然后准备去叫麻老四来，一转身，只见黑暗中已经有好多人影了，麻老四冷不防出现在他身边。他说家里待不住，早就披着雨衣出来了。雨很大，带动空气里反复上下的气流，形成阵阵风声。父亲让麻老四把他早已经准备好的椅子和雨伞提到水窖放水口来，可那里之前做好的用于工作人员站立的水泥地板，被冲到不远处的涝坝里去了，此时一片泥泞，用水泥沙子做成的一条入水回旋用的墼沟，因为雨大，水流从水渠里翻了出来，将周边的泥土冲松了。麻老四将搬来的椅子放在能看到入水口的地方时，直往下陷，四条腿基本没入泥中。麻老四穿着及膝雨鞋，说他站着看也行。父亲还是坚持让他坐下，三吨水可能要些时间。因为做水窖，周围都是虚土，椅子不好放在近处，只好放在窖盖上。但那里距进水口有三米远，长时间盯着费神，父亲的意思是，如果麻老四实在太累了，就坐在远处看，但时间不能太长，盯得久了会眼花看不清楚的。麻老四肯定地说："没问题，我站着也能看着将三吨水放到窖里去的，不多也不少。"父亲看麻老四表情那么坚定，便同意了，说只可少不可多。如果注水多了，窖可能会被压破，就装不住水了。

晚上要向窖里放水，这是全村人这几日最关心的大事，雨脚兴奋地在渐浓的夜幕里奔跑，好几个人已经站在新水窖边等待放水了。父亲拿着手电筒一直站在进水口边，他要掌握进水的时间。麻老四和十几个人也站在周围看着父亲。父亲知道这次放水很重要，在雨夜里掌握水量也有难度，而水量的多少也决定着水窖能否正常使用。周围墨黑一片，雨声和大家的呼吸声同频共振，发出奇特的声响，大家只是默默地在父亲的手电筒微弱的黄光里看着一股流水由浑浊变得清澈。

父亲拉开入水口的塞子，一股水流从滤网中流入一段暗道，最后进入水窖，大家在雨声中听到了哗啦啦的声响。麻老四站在入水口，打着手电筒开始专心地计数，他要根据径流的大小来定流量。为了保证他能看清径流，全村抽调了五支手电筒供他使用。开始时他记得很仔细，后来，看热闹的人都走了，秋雨中只剩下了他一个人，数着数着打了个盹，竟把先前的计数忘了，他只好又重新来。这样重新数了好像是三四次，又好像是四五次，在他觉得需要睡觉的时候已经是凌晨3点多了。这期间父亲来过四次，他在估量进入的水量，怕麻老四掌握不准，当他觉得应该差不多了时，来到麻老四身边。那时，麻老四竟然一无所知。当父亲按照技术人员教他的做法，塞住了入水口，改了水道后，麻老四才从睡梦中惊醒，他忽地从椅子上站起身，大声说："差不多了！"父亲拍了拍他的后背，湿漉漉的，用严肃的口吻说：
"辛苦了，快回家睡觉吧！"他呆站在那里，父亲早就收拾了雨
伞回家去了。

天还没大亮，雨就停了。父亲早早起了床，他不放心水窖，
移开窖盖，打着手电筒向里查看，水只装了三分之一，他看到了
自己在水里的倒影。他向窖壁扫了一圈，水没有漏，也没有什么
可疑的问题出现。他松了口气，站起身时，阳光已从树杈间漏了
下来，太阳的半张脸挂在东山的左公柳树顶，像刚从水里捞出来
似的，潮湿而清爽。阳光所到之处雾气升腾，村庄四面的山峰披
着一层灰白的轻纱，如贵妃出浴，婀娜多姿。初秋的田野五彩缤
纷，灌木、野草以各自的色彩围绕着整齐的水平梯田左右延伸。
这场及时雨像是在为众多的新建水窖送来上苍的关怀和问候。

父亲按捺不住内心的喜悦，把前来查看情况的人一一带到水
窖边，让他们看。技术员昨晚没回去，住在村子里，他像父亲一
样打着手电筒查看水面的高低。好在一切正常，只是水有点浑
浊，看不到底子。他说这个水还不能用，得等半日，路面干得差
不多能走人时，到公社取来消毒剂放到里面，过三天才能饮用。
那时，好多人以为窖水像泉水一样，流到窖里即可饮用，当听到
技术员说得投放一定的消毒剂，进行一段时间的存储消毒后才能
饮用时，大家瞬间觉得这窖水不好吃了，因为里面投了消毒剂。
有人开玩笑："那如果有人弄错了，把有毒的东西投进窖里会是
什么情况呢？"一时间技术员和父亲面面相觑，不知如何回答。
但这话倒是提醒了父亲，以后对水窖要严加管理，平时要上锁，
不然怕真的会发生什么事。

一个星期之后，我们开始使用窖水，在水量充足的秋季，没人愿意先冒风险尝试，只好由父亲和爷爷带头。刚开始，父亲说窖水煮出来的茶有点异味，确实不好喝。我们孩子看着略带颜色的窖水，好奇地尝了尝，觉得并没有什么异味，只是没有泉水甘甜罢了。

　　按照技术员的要求进行处理后，水窖被父亲锁上了，一个原因是考虑到丰水期没人愿意用窖水，另一个原因是要保证安全。自从周边村子慢慢用上水窖，大人小孩的落水事件时有发生。公社在进行安全教育时，对父亲讲得最多的就是把水窖锁好，缺水时定时取水，而且得由成年人来操作。

水窖的意义

当我到通渭县一中上高中的时候，麻地湾村已经人均一口半水窖了，是全县水窖和水资源保有量最好的村，上过县里的新闻广播，还有一批外县的人专程来参观学习过。这要归功于爷爷的大力支持和倡导，他把1958年引洮时的精神充分贯彻在了建水窖一事上。一想起日夜奔流的洮河水没能引到家里，他就想用尽一切办法将天上降下的水留住，除了在宅子周围建水窖，就是动员大家在山顶"戴帽子"，山腰"系带子"，山脚"穿鞋子"，修建很多蓄水池之类的水利设施。有了水窖还不够，还得上天降水，如果没有水源，这些窖也是会干涸甚至干裂的。有了水窖之后，村里人对每场降水都非常珍视，绝不放过每滴水。哪怕有片云从村庄上面飘过，我们也要将它拧干了才肯放过。

水窖能留住水，能抗旱，村里三十多户人自己掏钱又建了一口，这样村里的水窖至少有三十口。我高中毕业上大学时唯一能引以为傲的便是这些水窖，我不再每晚做梦去抢水、帮助母亲去抢水或和别人吵架了。水窖给了高中时代的我一个相对稳定的环境，成为我顺利考上大学的一个重要因素。

自从有了水窖，时不时出现的旱情就不算什么了，大家总能想办法挺过，不再需要县上的拉水车拉水救济。但窖水和泉水还是有区别的，村里人吃得惯，可公社的干部吃不惯，他们来我家时，总要自己提一大瓶水，说是为了不给乡亲们增加负担，减少用水。其实更多是因为村里的窖水他们吃了会拉肚子。

村里平时吃的是泉水，比城里干部用的自来水要好，有淡淡的甜味，我们小孩子夏天时喜欢喝从泉里挑来的生水，咕咚咕咚地喝一瓢，炎热酷暑立马从身上远去，清凉无比。但遇到天旱，泉水干涸，就只能饮用窖水了。

当干旱的程度越来越重时，村里每家每户都希望在用水方面尽量节约。在这样的天气里，如果干部手里提着水进村进社，乡亲们的笑容自然是甜的，要是空着手，乡亲们肯定是低了头忙活，装作没看见，干部叫他的名字也装作听不见，是怕干部要泉水喝。那一瓶子水能解决家里一个全劳力的全天用水！母亲在这方面总是大方，只要有干部来，她第一句话就是问人家要不要喝口水。干部听了母亲的话，笑着说："听说你们缺水，一斤油换不来一斤水，我们下乡自己把比油贵的水带上，免得给老百姓添麻烦。"母亲说："只要我家有吃的水，就有干部喝的水！"父亲那时是大队书记，公社多少有些补助，主要是为了方便给下乡的干部管一顿饭。现在干部下乡都实行伙食包干制，那时只能到大队书记家里吃，不能到其他人家里吃。如果有特殊情况需要长期住队，可在村里的社员家里轮流吃。母亲是个热情人，在吃饭前，总要让第一次来家里的干部尝一尝窖水的味道。干部拉不下脸，只能尝尝，仅仅是尝尝，便不再喝了，顺口说一句味道不要紧，关键是要卫生，吃了不得病才是重要的。母亲说刚吃窖水肠胃不适应，慢慢就好了，这比没水吃强多了。

窖水确实不好吃，它来自地表径流，没有经过沙土层的沉淀过滤，水体中漂浮着极为复杂的物质。经有关部门化验，窖水中悬浮的颗粒物是自来水或泉水的几百倍，甚至包含大肠杆菌之类的有害病菌，再加上长期固定存储，有些物质会发生反应，这使得水的味道较为丰富。虽然经过消毒等卫生处理，但第一次饮用之后肠胃会产生不适，胃腹酸胀、拉肚子是最直接的表现。窖水碱性大，烧开一锅时，水是浑浊的，锅面覆盖着一层厚厚的碳酸钙，真不敢相信人吃到肚里会是什么情形。长期下去，这些钙质又该怎么排解呢？如果排解不掉，便会堆积在人体的某些部位，对身体肯定是有害的。从病理学和人体消化系统来分析，长期饮用窖水，得尿结石、前列腺炎或阑尾炎等疾病的可能性很大。说来也怪，村里所有去世的老人中，至今还没有一个是得这种病的，人体强大的消化系统和防御系统真是一个奇迹。

我们还是喜欢泉水，它那淡淡的甜味像现在的纯净水或矿泉水。因为经过泥沙的清洁过滤，渗出的泉水直接可以饮用，但窖水必须煮沸才行。只有在旱情严重，实在找不到泉水时我们才用窖水。或许是在窖里放久了，窖水不仅有一股子霉味，还有一股浓烈的泥沙味。如果不在窖水里放点茶叶或糖之类的调味品，第一次喝窖水，肯定会因味怪而难以下咽。

对于窖水，两头猪和一条狗都没有明显的反应，第一次只是在食盆边迟疑地转了几圈后，便无奈地进食了，或许是食物里掺杂了多种东西，窖水的味道已经被其他味道遮住了，难以分辨。而那两头毛驴的味觉异常灵敏，当它们第一次走到水桶前喝窖水时，就有了防备，它们将鼻子凑到水桶前闻了闻，猛然抬起头，后退几步站着不动了，像是水里有什么异物。我过去看了看，里面除了倒映着蓝天白云外，别无他物！而且放水桶的地方丝毫没有改变，甚至那窖水看起来比我们挑来的泉水还要清澈得多。两头驴在外面转了一圈，没找到其他水，又返回来，条件反射地把嘴放到水桶里，一副"渴不择水"的表情。可是刚喝了一口，它们的嘴又从水里提了出来，像是上当受骗了似的，愤怒地互相咬着跑到场院里去了。这样来回几趟，总共也没喝几口。我有点不耐烦，心里骂道："不喝是因为不渴，这么好的水不喝就渴死你们！"我扬起鞭子将它俩赶到圈里去了。

睡到半夜，披头散发的母亲把我摇醒了，问我是不是晚上两头驴没喝水，夜里它们闹腾不休，还在放开嗓子叫呢。我说我劝了几次，它们只喝了几口，它们不喝我有什么办法。一转身又睡了。遇到这样的天气，母亲就变得不修边幅了，像是好天气、好日子、好心情是统一的，没有好天气，她也没心情把自己收拾打扮得像个女人，而是像一棵老槐树一样被太阳抽干水分，枝叶耷拉下来。事实上母亲的身体还像一棵拔节的玉米秸秆似的充满着生长的欲望和结出果实的可能，从上到下依然是挺拔丰满的，甚至是朝气蓬勃的，有着孕育生命的基本条件和要素。眼下，只是她没有心情打扮罢了。

这一晚，母亲提了水桶去饮两头驴，可听说它们只喝了几口就生气地扭头走了。当母亲睡下之后，它们又大吵大闹，把圈门用前蹄刨得咚咚直响，大有破门而出之势，试图把吃饱喝足睡得香甜的人吵醒来照顾一下口渴难耐的它们。为了引起高度重视，甚至还引吭高歌。这是驴们在夜里很少有的表现，有这种表现说明它们出了什么问题，或者肚子饿了，或者要喝水，或者圈里有什么异常引起它们的惶恐不安。最后，父亲起来了，提了水桶去圈里，之后再没听见驴闹腾。父亲说两头驴吵得他无法睡觉，他只得在窖水中掺了两勺子泉水，两头驴才勉强喝了，算是给父亲一个面子。

第二天，母亲问父亲："咱家的驴不喝窖水怎么办？"父亲的回答和我的差不多——那是因为没渴，真正渴了它们会喝的！这话刚说完，两头驴就围在我家的水缸边不走，它们知道水缸里的水才是它们想喝的，窖水味太大，不好喝。要去干活了，它们不走，不管怎么拉，就是站着不动，站在水缸前像等亲人似的，两只眼里流下了泪水。我妈看得心里难受。摸着那头老草驴说："现在天这么干旱，哪有甜水给你喝，我们人都和你一样吃的是窖水，你就将就着喝吧，等过一阵子下雨了就给你甜水喝。"母亲一边抚摸着老草驴的脖子一边说。她让我把水桶重新提过来，她从缸里舀一勺甜水倒进装窖水的桶里，老草驴看了看我母亲，像是听懂了她说的话，低下头开始一点一点喝掺过泉水的水。小驴见老驴喝了，也跟着喝，喝得极缓慢，像一种告别。终于，它们喝得差不多了，或许只是解了一下渴。它俩都是家里的主要劳动力，这么热的天，饮水量是很大的。母亲对它们有感情，母亲的话好像它俩能听懂，每遇到过不去的坎，都得母亲出面做驴的思想工作。此后，尽管十分不情愿，但它们还是接受了喝窖水的现实。母亲看着老草驴难以下咽的表情，在旁劝慰："喝吧，就当喝酒一样，难喝总比渴死强，苦日子很快会结束的，你看庄稼都收到晒场上了，树叶变黄，甚至落了一地，秋雨绵绵的季节就要到了，那时你俩不但干活少了，还有泉水喝。"老驴望着她，一声不吭，只管低头喝水，它知道它的倔强在干旱面前一文不值。

不管怎么说，当拥有了水窖，我们的容貌变得干净整齐了许多，不再为没水洗脸而受老师和同学的耻笑。其实没水的日子大家都一样，只是自己看不到自己的脸罢了。人常常耻笑别人，那是因为没有看到自己的缺点。

我初中毕业那年，姑姑被"麻秆子"娶走了，我的心情很不好，觉得他配不上姑姑，但人家有两口水窖，即使有一年时间不下雨，他家也不缺水。他家的人可以很正常地在白天干活、晚上睡大觉，而其他村子的人得白天干活、晚上抢水，如果没有水，白天的活也干不了。水是生命之源，那时我就体会到这一点，所有的生命都得依靠水，人类、家畜和一切植物，在没水的日子里，都会成为一抔干土。

虽说我们村子拥有了众多的水窖，平常衣食无忧，但也不能说就永远幸福美满、过上小康生活了。水窖只是暂时解决了我们眼前的困难，当天空明亮如湖面的时间超过半年，我们的水窖就开始告急。用水的不只是人类，还有家畜和农作物，以及那些野生动植物。

这年，从5月的第一天开始，天空的云朵就不知道躲到哪里去了。往往一大早就是晴天，一直晴到第二天早上，仿佛天空就一直是白昼的样子，晚上从没有合过眼，哪怕是让天空中增加几片遮挡太阳的云，也能给村民以希望和信心，但是没有。白天是明晃晃的太阳，晚上是闪亮的星星，月亮从月牙变成满月，又从满月瘦成月牙。那么大的天空，空荡荡地蓝了三个多月，蓝得父亲母亲和所有的村民心里都冰凉冰凉的，像后半生没着落似的，像身后是万丈悬崖，掉下去不知猴年马月才能掉到底，让人在一瞬间的痛之后失去知觉。对未来无法预知的惊恐整日里压迫着人们，真像日子到了终点，没有一丝希望。太阳拿着一把巨大的火炬，从容地把村子周边十几个县烤得几乎要焦了。地里的土壤比做饭的灶火炉膛还要炽热，庄稼在第一个星期就失去了再次生长的机会，连生命力十分旺盛的野草和百年柳树也显出挣扎的神态，只有榆树上的蝉在一个劲地叫着，那声音像是有人拿着一把老锯子锯人的头盖骨，叫一声让人心里惊一下，叫得所有人心惊肉跳。叫到树叶干了的时候，它们才停下来，变成一具干尸从树上掉下来。

布满水窖的村庄陷入了又一次干涸。大家不再觉得窖水不好喝了，而是觉得它比之前的任何一种水都好喝，得点点滴滴都珍惜着用，才能熬过这个五十年不遇的干旱季节。人们在竭力控制各种活动，特别是户外活动，以减少水分的流失。事实是干旱让农民无事可干，要侍弄的庄稼大部分已经干死了，只能眼巴巴等待秋天的到来，那时或许可用一年中最后的时间抢种秋田作物，希望能以秋补夏。眼下他们确是束手无策，只能在太阳落山时到地里转一圈，看一下庄稼在这一天里干枯成什么样子了。他们欲哭无泪，只有默默地等待。

眼下，庄稼大部分已经枯萎了，干旱让农民失业，无所事事。父亲整天无精打采，除了睡大觉之外，就是背着手走出家门到村口仰望天空，像是要从晴空万里中看出什么秘密来似的。之后就是坐在日渐缩小的树荫里抽旱烟，直到树荫被阳光全部占领。有时，他会戴上大草帽去乡上要救济粮和水。时下虽有窖水，但这种干旱的天气要持续到什么时候，他不确定，他高大的身体也像是被抽干了水分，变得干瘦如柴，只有一双眼睛越来越大，眼神中充满着焦虑和不安。夏秋之交的部分农作物绝收已成定局，半年的粮食也没了，可能还会出现缺粮问题。这一点，刚从大队支书岗位上退下来的爷爷早已提醒他了："当干部的事事要想在群众前面，这才叫干部，才叫领头羊。"

人缺水的时候，动物们也缺水，所有的水都让人带走了，它们只好找人讨要水喝。太阳刚下山，不知名的动物们开始伺机而动，它们灵敏的嗅觉指引着干渴的神经系统，不顾生命安危向着村子里的水窖进发。这些平日里不敢见人的狐狸、野猪、兔子、乌鸦、喜鹊，甚至是山鸡、麻雀，成群结队，像赶赴一场盛大的动物聚会似的聚集在村庄的水窖周围。当人们从水窖里打上来一桶水时，冷不防就会被它们围住，人提着水桶走，它们紧追不舍。刚开始它们还有点怕人，后来竟然像等待亲人似的盼望有人来水窖边取水。有些倒是自力更生起来，比如野猪。在晚间，它用獠牙拱了不到一个小时，便将水窖拱开一个大缺口，除了大喝一通外，还要跳进窖里洗个澡，将自己一身的燥热洗掉，然后抖一抖，扬长而去；也有一些运气不好的，在一场痛快的饱饮之后，筋疲力尽地被水淹死。一头小猪的死不足以震慑所有的动物，还有因为够不着水而以身试水者，各种吵闹之声会在半夜里响起，一直持续到天亮。某天，当拴丑父亲打着手电筒检查自家的水窖时，一双双明亮的眼睛像灯泡似的望向他，让他不寒而栗，只得退却。它们也是生命，或许几天都没喝过水了。这口窖里的水从此只能让这些动物用了，人畜根本用不了。里面的各类死尸几乎盖住了水面，臭气熏天，只有动物们才愿意去那里喝水。

二叔家一口离村庄远一点的水窖也遭遇了这种不测。一天早上，当二叔起来去打水时，发现水窖成了一个水坑，那么坚硬的水泥被摧毁，周围满是动物的粪便、血迹和鸟类的羽毛。一片狼藉中，几只兔子和山鸡饱饮之后看见有人来，从容而散漫地离去。二叔走近一看，水面上还漂浮着几只麻雀的尸体。为了获得一滴水，它们经历过一场殊死的战争。能把水窖掀开的只有野猪，在第一头猪崽被淹死后，它竟然将水窖的盖子和窖身上半部分全部拱开，水窖成了一个大水坑，任何动物都可以探着身子喝到水。这个"罪犯"让我们深恶痛绝，它有时会在夜间将一片庄稼拱成平地。

二叔还看到旁边的树梢上站满了各种鸟，有的他之前从来没见过。它们像非洲大草原的某些动物一样，哪里有水哪里就是家，向水而来。水带来了生命和食物，它们得依靠着这个暂时有水的地方，没有一点离开的意思。二叔捡起一块石头向树上的鸟群打去，它们只扑棱翅膀挪了一下位置而已。它们知道有水的地方就有吃的，其他地方的植物都被干旱夺去了生命，它们赖以生存的基础没有了。

村庄里的水窖相对安全些，没有遭到动物的袭击。干旱想让所有的生命都停下向前的脚步，等待死亡的到来，可是求生的欲望远比等待更强。爷爷第三次，也是最后一次催促父亲向公社报告旱情的严重性，要政府想办法采取更有效的举措，不能让这些与人类为伴的动物因旱情而死亡绝迹。其实他们在平日里是天敌，却因为缺水成了朋友。生态系统一旦被破坏，很难在短时间内修复，这对农业发展很不利。十年九旱的陇中人民已经积累了许多抗旱的经验，比如建造水窖。但水窖在有效解决旱情的同时，也在无形中导致了降雨的不均衡。水被聚集起来，无法更多地渗入土地，外加灌溉设施跟不上，颗粒无收的土地面积日益扩大。

令人绝望的蓝天仍在继续着它可怕的蓝，大地上没有一丝风，天空中没有一片云。路边的树木多半已经成了枯枝，庄稼枯萎，生命之水的到来遥遥无期。村子里的窖水快要用尽了，这三十户人的日子也面临着枯萎凋零。

附近百公里处出现过几次小地震。气象部门预报说近期有降水，但很有可能是极端天气，提醒大家预防。父亲从这条信息里听出的只有降水，其他的都没听进去，眼下要的是雨水，至于什么形式并不重要，因为庄稼已经颗粒无收了。

早在一周之前，县上已经组织农业、水利水保、农机等部门定点开展抗旱保收行动。县上的政策是先保人畜饮水，再保农业供给。供水的车队从县城或有地下水的邻近公社出发，奔赴缺水的山村。这些深居山中的村落不缺粮食却缺水，一季的丰收能供给两到三年的口粮，可一旦有旱情，最先干涸的就是这些山村，居于山脚下的河川人相对好些，缺水的情况比较少。我想这可能就是水往低处流的道理吧。

送水的车第三趟来时，那场空前的冰雹像一床棉被盖住了整个村庄，气温一下子降了下来。狂风、冰雹、暴雨像洗衣服似的把整个村子翻洗了一遍，一些细碎的东西全部被水冲走了，部分

191

庄稼和田地也被水冲了，冰雹将完整的事物打碎，然后让暴雨冲走。这场雨更像一场灾难，将世间的易碎之物洗劫一空，包括植物的果实、动物的蛋及小动物本身。第二天天亮时，雨过天晴了，天空是一片湛蓝。两天之后，那些死去而没被水冲走的庄稼竟然又从地里冒了出来，在此后的日子里重新开花结果，用一个多月的时间便走完了自己本应半年才走完的旅程。当年粮食虽然减产，但不能说是绝收，群众的口粮还是保住了。那一场冰雹足足有三寸厚，把失去的墒情都给还回来了，有些秋田下种时并不晚，老天总是在人们绝望之时留一条通向生活的希望之路。这场雨也让睡了几个月的农民加倍地忙起来，他们要把丢掉的收成抢回来。

我的高考

有水窖的日子过得飞快，我很快高中毕业了。那时爷爷已经七十多岁了，却像个壮年劳力，每天按时上地劳作，一年中很少有感冒的情形，他说是年轻时锻炼的结果，鼓励我们兄弟加强锻炼。我在县一中上高中时在学校寄宿，有时半月，有时一月回一趟家。每次回到家中，我前脚刚到，爷爷后脚就来，无论他在家里闲着还是在田地里忙碌。他一见我总有说不完的话，要听我讲一讲城里的事，特别是城里吃水用度方面的事。爷爷当兵时养成了听新闻的习惯，当大队支书时公社给他配了一台半导体收音机，离任后，村上欢送他时又买了一台新的，留作纪念品，直到现在还随身带着，形影不离。他通过那台半个书本大的收音机，随时关心着省里、市里、县里有关水的事情。他跟我聊天，主要是想听听有没有本县关于引洮或解决农村饮水的消息，他说中央已经有人提出要把农村建设好，还说村子的发展目标是有水吃，交通便利，产业发达，美丽宜居。我说县一中用的是自来水，有点咸，没有村里的泉水好。我说的内容与爷爷想要知道的不一致，很让他不愉快。他是想从我的谈话里寻找有关水的只言片语，从而判断县里对农村用水的政策，可我只顾埋头读书，没给他带来更有意义的信息。爷爷呵呵地笑过之后，摸着他并不长的花白胡须对我说："城里的水分两路，一路是从温泉方向来的，是甜水，一路是从北山来的，是咸水。"我抬起头望着他："您怎么对城里的水质这么清楚?"他没有理会我的问题,而是顺着他的思路继续往下说:"温泉方向来的并不是温泉水,而是离县城三十里的锦屏水库的水,那里才是县城真正的饮用水水源。那个水库是个巨大的水坝,它的性质和咱家的水窖没什么两样,只是大小不同而已。"这些知识都是他从广播里听的,他说他都这把年纪了,咱家里还没有通上电,也没有通上自来水,这是他当支书时没能实现的两个愿望,他让父亲加紧给镇上汇报,争取把电通了……爷爷坐在我对面的椅子上断断续续地说着,像是给我布置工作似的。

我在忙我的作业,对爷爷的话听得丢三落四,我说:"爷爷您就别操这些心了,一代人有一代人的生活,您这辈子能吃上窖水,就已经是进步了,您现在的主要工作就是安度晚年。"他没接我的话茬,表情严肃地说:"你边上学边研究,咱这地方能不能打出井水来,人家邻村已经找见了井水,水底是沙子,听说不管天多干旱,哪怕地里干得裂了口子,人家的井水也照样是满满的,香甜可口,喝过的人说比窖水好多了。我想着能不能给咱这三十几户人家打出几口井来,能吃上井水,我也可以在死的时候闭上眼睛了。人总是希望得到更好的,追求更高的。以前盼着有窖水,现在技术发达了,想要找见井水,也就是地下水,那多好多干净!听说这是地理学,你要学好地理。"我没心没肺地满口答应,根本没往心里去。

每次回家之前,我得准备怎么回答爷爷的问题,这是我回家时必须做的功课。

爷爷对读书有自己的见解,他认为读书的根本目的是解决现

194

实问题，是启智，通过书本学到知识，进而帮助大家解决现实问题。当然，也可以根据现实需求来确定所要学的内容。有句话说得好，需求是学习的第一动力。比如现在村里缺水，考大学考和水有关的专业，那就是学以致用，这样的学习才有用。他对我的希望是首先考上大学，在我的三个父辈里，三叔因为"文革"，高中三年基本没怎么上学，整天和同学一起帮助农民修梯田、收庄稼，将自己的青春挥洒在了农田上，春去秋来成了一把好劳力，自然没学到文化知识。第一次高考时，他光荣地被推荐，却与录取失之交臂。老师劝他再复读一年肯定能考上大学，但爷爷认为考大学这种事随缘，差几分说明和大学无缘，无缘的事和人就不要纠缠了。他这话说得轻松，可三叔说补习一年可能会改变他的人生轨迹和命运，他想听老师的话补习一年，如果考不上大学，自己便死心踏地在农村劳动，当一名合格的农民。父亲赞成三叔的意见，说三叔成绩差得不远，就让他补一年吧，家里的工分也不差他这一年。爷爷看了一眼父亲，说那就让他试试吧。三叔又试了一次，结果是离录取线更近了，但还是没考上。不管有多近，结果都是没录上，如果百分录取，哪怕你是九十九点九分，也和五十分是一样，这说明老三与大学无缘。爷爷最后的论断就是这样。三叔只好丢掉了考大学的念头，心平气和地回到村里当了一辈子农民。

三叔之后是姑姑，姑姑之后就是我。姑姑的命运和三叔差不了多少，我初中毕业后与中等师范学校或中等专科学校失之交臂，因为成绩优异，被县一中录取了。根据爷爷的理论，我应该上大学而不是中专。他的话倒是鼓励了我，高中阶段，我的成绩说不上顶尖，但也称得上优秀。毕业后正如爷爷所言，考上了大学，成了麻地湾村走出来的第一个大学生。

我记得高考结束后回到家里的当天，爷爷便跟在我后面，缠着我问这问那，像个小孩子似的。父亲问我考得怎么样，我说还不清楚，得等到答案出来对一下才知道。爷爷说："你手里经过的东西心里应该有底，考了多少分还用得着看答案吗？"我说大概感觉可以，但具体分数不知道。村里人见我就问："考上大学了没？"这话问得我哑口无言，不是我不想回答，是不能，确切地说是不好回答。即使成绩出来，也还有录取这个很重要的环节，成绩只是一个因素，填报志愿也很重要，学校里每年都有因报志愿不当而没被录取的学生。我回答这种问话的方式只有一种："还不知道！"

拗不过爷爷的再三追问，我只好给他分析了一下。除了选择题之类的客观题能确定分数外，七成的主观题得看阅卷老师了，特别是那三十分的作文，老师的一念之差就会决定一个人的命运。同一篇作文，三个老师会打三个差别很大的分数，从十分到二十分再到三十分。高考时二十分是个什么样的概念呢？相信经历过的人都知道，那时高考是以小数点后面两位数来排名的，那二十分就是专科、本科或重点的区别，能决定是否被大学录取。二十分足以改变一个人的命运。爷爷听了我的解释，方点头称是，但他希望我能有个好成绩。

对于高考成绩我还是蛮自信的，重点一本没戏，二本有希望，专科肯定没问题。当然，这与报志愿也有重大关系。标准答案出来后，我只对了客观题的答案，其他也只估计了最低分数。那时报考志愿时高考成绩还没出来，得自己先估算成绩填报志愿，能准确估算到自己成绩的人很少，特别是我们这种学习文科的，七成是主观题，很难估分。面对这样的难题，班主任的意思是先保录取率，具体方法是第一批报理想志愿，第二批报录取志愿。但有些学生胆子大，全部填了重点大学热门专业，班主任当场表扬说有理想。当得知这些同学可能连中专的分数线都没过时，他补充说，理想很重要，既要有勇气，还要有实力。后来他说，你们连填写名校的胆子都没有，哪能考上名校？事实证明，学习成绩好，自信胆大的学生考上了好学校，而我在爷爷、父亲还有三叔的教导下，第一志愿只报了省内的二本水利专业。还报了省外一个水利大专学校保底。结果当年我的成绩超过一本线二十多分，被省上农业大学水利水保专业录取，爷爷很高兴，这遂了他的愿，他觉得这个专业至少可以回乡大展宏图。我听得很不高兴，如果上了大学还要回到山村里来，那和不上大学有什么区别？当年考大学就是为了跳出"农"门，到城市里生活，这是最初的动力，也是最终的目的。我的愿望并不是搞水利，而是中文，我的特长和爱好是写作，哪怕报个师范院校，毕业后当老师也比在野外搞水利工作强。但这一切都不由我自己，父亲和爷爷天天在我的身边转悠，我的志愿几乎是他们给我填上去的。在上交志愿表的那一刻，我真想重新改过来，可没想到我的班主任笑着说："你的志愿很好，学习就是为了解决咱自己的实际问题，你的事你父亲托人给我说了，一定得报水利学校。"我一听真是无话可说，心里想着随缘吧！

　　爷爷深知，水土保持能涵养水源，在我考上爷爷理想的水利工程专业后，他把我的工作岗位已经设定在麻地湾了，他希望我能把我的专业知识应用到家乡。那时没有其他树种，市场上的树苗很贵，家里没钱买，他自己发明了一种育苗方法：将柳条、杨树条、山杏还有柠条修剪好侧压在荒地里，等到第二年发出根和芽时，再一棵一棵移栽，成功率很高。由于实行包产到户政策，别人的地他不能种，但他挨家挨户做工作，说种草种树能留住水，过几年还有木料用，一举两得，何乐而不为？！在他的带领下，三十多户人的村庄绿树成荫。云朵走到我们村上方时总要多停一会儿，有时还会多降些雨下来，这更增加了爷爷植树造林的信心。在我大三快结束时，他的事迹上了省报，一时成了名人，有外地记者慕名到我们山村采访。只是苦于交通不便，来的人大部分在县城被当地宣传部门劝走了。

我一直记着爷爷的话，想找个专业人士看一看麻地湾能不能打出井来。在我毕业实习的省水利水保总站，有一位水利方面的专家，他成了我的实习导师。在一次野外科考时，他给我科普了一下有关地层和地下水的知识，他说有的地方不用仪器探测便可知道地下水的分布情况。我听得很认真，他从断崖边取下一块土，放在手里捻了捻，然后退后几步观察地层颜色和走向，他竟然能从中知道此地十年前的地形地貌和地下水的情况。晚上在当地农家借宿闲聊时，我们从住户的口中印证了导师判断的准确性。我们借宿的这户人家有个七十多岁的老汉，他们这块的情况和我老家相似，山路崎岖，交通不便，吃水却比我们方便。他让我想起了远在故乡的爷爷，还有响在耳边的话。在一次吃饭闲聊时我把爷爷的想法告诉了导师，征求他的意见，问他能否抽空去我的家乡看一趟，了却爷爷的心愿。导师说可以，但只能在假期，且在秋天。那个季节易于从植被、土层和水流看出地层结构。话虽这么说了，我也不能确定导师是否有时间去，即使有时间，交通也是问题。我上学时，凌晨4点起床，6点到镇上乘车进县城，然后转车再到省城，如果中途一切顺利的话，可以在下午日落之前到达省城汽车东站。导师那时已经五十多岁了，身体不是很好，难以承受路途的遥远和颠簸。我们科考是有专车接送的，车内还有各种食品和仪器，走走停停都由着队员自己，而坐公共汽车就不同了，得严格按照发车时间和司机的要求来做。即使他真的同意去，我也不知道用什么样的交通方式带他到我家。

那时，从我家的村庄到山顶的大路只有一条羊肠子似的蜿蜒小路，村庄在半山腰里，得步行一公里。而山顶那条所谓大路只是一条宽约两米的土路，一年四季，路面上跑的是自行车和牲口拉的两轮架子车，因为坑坑洼洼凹凸不平，一般小轿车无法通行，只有底座高的四轮拖拉机或手扶拖拉机才行。在特别干旱的年份，因为要用车拉水救济，县上或乡上就会派车或派人来平整一下路面，平时杂草丛生，根本没有路。

我把邀请导师去山村看水的事早就忘掉了。在我实习结束，写完论文准备回学校的当天晚上，导师找到我说："你不是希望我去你老家察看地下有无井水吗，你考虑得怎么样了？"我一下子没明白过来他说的是什么意思，顿了一下才想起一个月之前外出科考时说的事。世间之事并没有你所料想的那么坏，实习时间只有三个月，我们之间虽有感情，但说不上深，只是彼此比较投缘。我把老家交通不便的实情告诉了他，说这可能不太现实。他听了我支支吾吾的话，一下子明白了。他承诺说下个月由他找车去我老家。导师的话极大地鼓舞了我，当天我就给家里写了一封信，说下个月有一位专家来老家，希望有空的时候把山顶的路看一下，是否能走吉普车。父亲见过吉普车，他知道宽度和长度，来信说应该没问题，但肯定是开不到家，虽然爷爷鼓动大家在雨后土地松软时拓宽了从山顶到村子的路，但走吉普车可能有些困难。我最后回信说没有什么大问题，爷爷想要解决的问题不久就有结果了。

一大早，导师从学校接了我，出了省城，沿国道直往老家方向奔去。一路上导师在睡觉，我和司机在聊老家极差的路况。司机说他是老山前线下来的，什么路况没见过？我家那路肯定不算太难走。他曾经在石头山上连滚带爬，从海拔三千米的山顶把军用吉普车开到海拔一千米的山下，人车完好无损。我觉得他可能有点吹牛。他开车特别快，中午时已到县城，我们在县城吃了中午饭后直达老家。来之前，我给镇中学的堂叔打了个电话，要他给家里捎个话。我带水利专家来家里看井的事，他听了自然很高兴，问到镇上时要不要先吃饭，我说在县城吃，让他别管了，把信带到就行了。

导师有点晕车，午饭吃得很少，只喝了点加了醋的汤汁，我甚是过意不去，不断地自我批评。他瞪了我一眼说："别说假话，已经到你家了还说没用的话，如果当初在省城说这番话我可能会改变主意。"这句话噎得我哑口无言，面红耳赤地低下了头。我看到他晕车很难受，不住地小声呻吟。

车子出了县城，约一个半小时后到了我家的山顶。司机的车技确实了得，那样起伏不定、杂草丛生、小坑大坑接连不断的山路，他走得像是水泥路面一样平稳。司机下车察看通往村子那条路的路况时，我也跟着他步行了几十米。导师也下来透气，他不关心路的事，只关心他的地质结构和水系，他沿山梁边走边观察，不觉间走了一百多米，还在往前走。司机说这路能行，可以走车，我能看出来是新平整的路面，整体加宽了约一米。我们喊导师上车，他摇手示意要步行走下山去，不坐车。我只好陪着他，让司机开车先下山，上来时导师要坐车的。

麻地湾有史以来第一次来了轿车，它的到来像第一口水窖的建成一样让整个村庄欢欣鼓舞。吉普车停在村口新推的平地上，男女老少将车围得司机无法打开车门。道路两边爷爷手植的柳树在这个秋天枝繁叶茂，树荫快要罩住整个路面了，我陪着导师沿路边走边介绍，他走得缓慢，看得细致。当我们到达村口时，司机刚从车里出来，给大家介绍轿车的原理，有些人能听懂，有些人听不懂。看到我和导师，爷爷才从人群里钻出来和他握手，接着是父亲。在人群的簇拥下，导师先到我家的水窖前看了看，在家里尝了尝窖水和泉水的区别。导师对我们村子的情况很感兴趣，不想再吃什么，在家里坐了一会儿就由我和父亲陪着去有泉水的山沟里实地察看了。

看到我坐着轿车来，母亲高兴得流下了眼泪。堂叔说这就是考上大学的好处，站在人群里号召学生向我学习。我是这个三十多户人的村子自新中国成立以来的第一个大学生，意义非同寻常。清末时我的祖上有人骑着骡子进省城赶考中过举人，但已是遥远的往事。之前的那位在南方打工做手机生意的，是高中毕业生，我上大学时，听说他成了万元户，那时"万"这个数字大得惊人。到后来，百万元都不是什么钱了。在我之后，这个村子每年都有大学生出来，他们的学校都是一本重点，比我的牌子亮。

导师对麻地湾进行实地科考后，建议我在毕业论文里把这个典型加进去。我们村的地表属于黄土层，非常厚，泉水是由山顶或地表的植被涵养而来的，地下并没有水，不适宜打井。而邻村有岩层和地下水，水质要在有关部门化验得出结论后才能确定。

从此，爷爷对水的寻找活动停止了，把主要精力放在对引洮的渴望和种草种树上。他相信，只要村子五分之三的土地被树木覆盖，泉水是一定会有保证的。在这个信念的驱使下，我们村成了一个巨大的树林，浓密的树冠甚至遮挡了整个村庄的光线，影响了庄稼生长。后来，永胜的体验田为了获得更多的阳光，还找人砍过耕地周边的树木，那时泉水和引洮水一样多，没人在意这些古老的树种，只注重引进时兴的名贵花木。

假期生活

回家的路曲曲折折，要花掉我前后两天的时间，假期结束返校，又将是母亲的一件心事，她得四处找人买车票。每临假期，我的心就焦躁不安，如果不回家劳动就得在当地找到一份临时工作，且必须在一个月的暑假里挣到三百元，赚足我下学期的学费。这是我和家人事先商量好的。父亲和爷爷对我的这个想法大加赞赏，对我来说，我也很愿意在省城生活，干点力所能及的事。打工时老板也会特别照顾我，看到学生为学费而工作，即使有不妥之处，他也会原谅的。

省城是一座骑在水上面的城市，从不缺水，这是我喜欢它的原因之一。自从我到这里上学，一个月至少能洗三次澡，在我前十九年的岁月里，洗澡只是一个概念，最多就是在我家门口的涝坝里泡一下，那还是九岁以前的事。进入青春期，就不会轻易将身体给人看了。幸运的是我考入了县一中，那里有水，也有澡堂，只是三年的高中生活里，我却连一次澡都没洗过，因为进一次澡堂需要一角钱。县城里的日常用水是咸的，但有足够的水来清洗身体和衣服。如果在家里，根本没有多余的水用来洗澡。

那时，改革开放的浪潮汹涌澎湃，全民皆商的热潮一浪高过一浪，下海经商成为各行各业的时尚，所有的单位都兴办实体，搞三产创收。社会上流行"搞科研的不如搞基建的，研究原子弹的不如卖茶叶蛋的"这样的论调，老师和学生多少被这种论调影响着。读书"无用论"的邪风正在西部城市兰州的高校里起劲地刮着，我们在大学三年级的时候已经不怎么上课了，都去外面找兼职，一是为将来的毕业分配做准备，二是为获得收入而提前进入社会。学校也积极落实以经济建设为中心的指示，兴办各种勤工俭学项目，为假期不回家的学生提供宿舍和各种便利。

我的工作是在火车上卖过期杂志。这个项目是同学金鑫给我推荐的，他是铁路职工子弟，能办列车短区间临时工作证，可以在火车上卖小商品。他初中时跟着一位邻居叔叔在火车上卖过期杂志，挣了几个零花钱。他见我家里困难，上大学还穿着补丁衣服，便把这个工作介绍给了我，但我不是铁路子弟，他只好用铁路系统朋友的名字给我办了证，贴上我的照片。那时社会对身份证并不看重，很多重要的事情并不用它，而是看工作证。我的工作区间是兰州到陇西，从兰州西站上车到陇西站下车，或者从陇西站上车到兰州西站下车，只要是兰铁局的火车在陇西经停，我都可以免费上车去推销我的过期杂志，次数不限。这是展示我营销才华的一段黄金创收时期。

我在金同学的介绍下，以每本一元钱的成本价购得标价十元的旧杂志，时间最远的是三年前的《名人》，以人物传记为主，适合在旅途中阅读。杂志全彩印刷，精美华丽，封面和内部还有许多时装广告，不少女士也喜欢。我每次只能带五十本上车，因为带多了太重。列车上有规定，所有非餐饮类商品是不允许公开销售的。我只能将五十本杂志放到车座下面，取出十本带在身上，穿梭于车厢内暗中叫卖。为了掩人耳目，我在一件从旧衣市场上买来的风衣里缝上了八个口袋，每个口袋里装一本书，手里拿上两本，像旅客一样在过道里来回走动，伺机向他们展示杂志的封面和厚度，一本只卖五元钱，是标价的一半。有的人根本不看日期，只看内容，会随手买一本，也有讨价还价的女人，但五元是一口价，在我翻出里面华丽的时装广告时，她会边嘴里咕哝着边极不情愿地把五元钱付给我。如果顺利的话，在到达陇西车站时会卖出一半，剩下的一半，我会在下一趟返回兰州的车上卖掉。

列车上卖商品是一件很累人的活，那时车厢里没有空调，只有一个小风扇在缓慢地转着，我身上穿着一件旧风衣，显得十分古怪，但也没人在意，或者有人在意而我不在意。从兰州西站出发，两个小时后到达陇西，我走下车时才发现浑身上下全是汗水。找个饭馆吃喝些东西，好好休息个把小时，才能继续接下来的返程之旅。我会在临下车时给乘警十元钱，对他的一路关照表示感谢。那时十元钱是很大的一笔礼金，像现在的五百元似的。我一天只能干一个来回，能挣到二百元，其中二十元用于消费，还得给金同学二十元的好处费用于人情。这样，我能净赚一百六十元，真像发了大财似的。可这样的杂志并不多，我只卖了两次就没了，只好改用其他杂志，但其他杂志都是黑白色的，根本没有吸引力，顾客看不上眼。那时能出差的都是经济条件好的人，不在乎几块钱，只在乎旅途的舒适度。这种定价一元五角卖出的普通杂志只是白白花费我的时间和精力，钱却没挣到，我在懊恼和感慨中发现钱喜欢钱，钱是用值钱的东西赚来的，高成本带来高利润！

跟火车的工作在这个假期只持续了一个星期就宣告结束。主要是适合火车上销售的产品太少了，那些严肃的文学杂志根本没人看，或许是看不懂，或许是不对口味。但新杂志又太贵，没有利润空间，风险太大。大学暑期要四十五天，剩余的时间还多着呢，得想办法开拓新的渠道。

在一个雷雨初霁的中午，兰州的气温仍然保持在二十八摄氏度，比先前降了两摄氏度。我在这样的高温里跑了两个多小时，才找到一个叫"老地方"的酒馆，无论菜品、价位都适合我用最体面的形式请金同学吃饭，希望他继续为我接下来的行动指引方向。我要了四个小菜，显得相当阔气和奢侈。本想从金同学的口中得到"陆同学，你太破费啦！"之类的话，没想到他哈哈大笑之后说："老地方酒馆是这一带最实惠的地方！陆同学，你真抠门啦！"这句话让我费尽心机构筑起的虚荣防线一下被击溃了。四瓶五泉啤酒让我酩酊大醉，而金同学却什么事都没有，像是刚解了个渴。金同学一家都是铁路系统职工，听说生活很富足，我即使用这几日挣来的全部钱，也请不起他吃一顿高档的饭菜。不过，他也能理解我的良苦用心和生活的不易，并没对这顿很实惠的酒菜表现出什么不高兴来，反而有些异常的兴奋。他喝到第三瓶啤酒时，理了理过肩长发，露出宽阔的前额和渗着油汗的高挺鼻梁，将微胖的短身材向靠背椅上靠了靠，用悦耳的男中音对我遇到的情况开始评头论足，俨然一副长者的派头。我感觉时机成熟了，才对他说出了"久居省城，门多故人，望能出手相助！"的话，说得跟大干一番事业般郑重其事。他不停地喝酒，嘴里总唠叨着"让我想想"，等一瓶酒完了，他还在"让我想想"。第四瓶喝完之后，他说："酒差不多了，你早点回学校去，不然没公交车了，让我想想再说。"

这顿饭让我花掉了八十元，像是我的一只胳膊让人带走了似的钻心地痛，我只听到了无数句"让我想想"。我悔不该请他这样的酒囊饭袋来吃饭喝酒，充裕的钱也被他一顿饭吃了个精光，这让我的衣兜变得空空如也。不过，这些钱也是人家介绍才赚来的，就等于是物归原主。这样想着，我的心里稍微平静了些，酒也醒了好多。

告别了金同学，我没花两角钱去坐车，而是趁着酒兴顺着黄河边的滨河路一直往西北走，也就是学校的方向。夏夜的凉风将我抚慰着，吹起我唯一的一件的确良衬衣，将渗出的汗液和隐隐作痛的不安慢慢带走。灯光暗淡，滨河路的西北部还在建设中，各种大型设备像是来自地下的幽灵，在工地上肆无忌惮地叫嚣奔突。我不胜酒力，一瓶啤酒已将我喝得晕头转向，不辨东西。这条路我曾骑同学的自行车走过三次，白天还是认得路的。走着走着，蒙眬中看到了一个带着靠背的长椅，当我靠近时，两腿发软，便不由自主地将身体平放在上面，不知不觉间昏昏睡去。清晨，在三个女人的惊叫声里，我醒了过来。她们在打扫卫生时，发现路边的长椅上躺着个人，身上的衬衣被露水打得湿漉漉的，像刚从黄河里捞上来似的。一个环卫工以为我死了，喊附近的两个同伴过来看个究竟，一个胆大的用手指在我鼻子前探了探，说还活着。她们三个同时朝我喊了一嗓子："这谁呀！"把我惊醒了。听到刺耳的喊叫，我坐起身来，感到浑身冰冷，头脑发热。三个身着橙色衣服的女人远远地望着我，像发现了一个怪物似的。我对她们的表情并不在意，而是定了定神，拍去身上的树叶，站起身径直向学校走去。这里离学校还有三分之二的路，我一路小跑，准备用运动产生的热量将寒气驱赶掉，跑到宿舍时，全身热气腾腾，像刚从热锅里取出的玉米棒子。我脱掉衣服挂起来，在二十八摄氏度的高温里，不需要太长的时间就会干的。我盖着被子一个人躺在宿舍里想着昨晚的事，浑身还是发冷，脑袋像炸裂了似的疼痛难忍。我感冒了，喝了几杯水后，晕晕乎乎地睡着了。中午，清脆的午餐铃声没有吸引到我，我不准备吃午饭，我要好好睡一觉，把身上的不适驱走，明天我还要去找工作。

没想到，我的感冒并没有被我一个下午加一个晚上的蒙头大睡赶走，而是在我的体内蓬勃发展起来，抢夺我的精力。第二天，我准备去找金同学时，眼前一阵一阵发黑，口干舌燥，额头和身上热得像火炭，手脚却是冰凉的。我用毛巾冷敷，一个劲地喝水，就是不见出汗。我让同学给我从灶上带来了一碗热乎的牛肉面，另加一个鸡蛋，一点胃口没有。我强行将那碗面吃了下去，沉沉睡去，希望在下午醒来时会有一个好的状态。我没吃药，只是喝水和冷敷，但感冒仍眷恋着我，不肯离开。第三天快中午的时候金同学来学校找我，见我鼻涕糊了一脸，没多说话，只在我的随身带的小本子上写了三组六位数的电话号码，说待我身体好了，可直接拨打这三个电话。这是三个单位办公室的电话，他们有数量不一的往期杂志，每本定价在十元至二十元之间，属于娱乐消遣类期刊。我翻起身，坚持中午在学校的灶上给他炒个菜，外加一份牛肉面，他却让我好好休息，自己去学校的灶上给我弄了一份牛肉面和韭菜炒鸡蛋，让我趁热吃了，他出去随便吃点，顺便给我带几包常用的感冒药。他说完转身关了宿舍门出去了。他这个举动让我非常感动，体会到了朋友的温暖和关爱，感悟到了同学的情谊和家的温暖。

　　可能是那碗热乎乎的牛肉面和一碟子韭菜炒鸡蛋给了我体能，也可能是金同学的友情给了我尽快摆脱感冒的信心，又或许是那几片白色、橘色和红色的药片助力了身体的免疫系统，反正在他走后的第二天一早，我就觉得头脑清晰、思维敏捷，连鼻涕和喷嚏来的次数也大为减少。金同学走后的第三天，我恢复如初，重新踏上了勤工俭学的道路。

　　重启推销计划后，我的利润空间远远没有第一本杂志的大。不知为什么，标价十元的往期杂志卖五元，大多数人不怎么讲价便将五元的钞票给我，或展出一张十元的大钱给我，我也潇洒地找他五元，来去顺畅，不需多言。可标价十五元的书要七元或八元时，旅客便觉得太贵，他得翻来翻去看内容和标价，如果要让他买，就得我苦口婆心说上好一阵子。这件事让我后来才想明白，为什么商家总是将一百元、一千元或更高价位的商品标为九十九元、九百九十九元，这个伎俩在后来的楼市价格上体现得淋漓尽致，每平方米楼价的最高位上的数字总是想办法往小弄，但事实上只差几百元，甚至几元。五千元和四千九百九十九元只差一元，但给消费者的感觉是五千多元和四千多元，两者相差上千元似的。

　　我也曾冷静地想过勤工俭学和回乡劳动两者的利弊。暑期回家可以帮忙夏收，家里多半个劳力，但新一学年的学费路费却成了问题。对父亲来说，多干点农活就像锅里多加一碗水似的简单，而让他从市场上赚十元钱就没那么容易了，听说我暑假留在兰州还能挣到学费、省掉路费，他自然是很高兴的。那时，父母亲被绑在土地上，不能出来搞三产，虽然有人外出打工，但也是探索性的，被村里人认为是不务正业者。我家从爷爷家独立出来之后，唯一的经济来源是粮食和五六只羊，我每年的学费就得卖掉两只羊，眼看羊被我的学费卖光了，利用假期挣点学费是我唯一能帮到家里的办法。

从这一年暑期开始我就跟车卖往期杂志，每次能赚足整个学年的学杂费和伙食费。爷爷和父亲对我大加赞赏，说打工挣钱是好事，但不能动歪心思，走上邪路。寒假我是要回去的，我会把信里没有说明白的事当面给爷爷和父亲汇报一遍，并谈些体会。爷爷的意思是搞第三产业要和自己的学业专长结合起来，这样打工挣钱容易，对以后的工作也有帮助。这仅仅是个想法，那时，适合学生干的活全部是粗笨简单的体力活，是对单位生产经营不构成威胁的简单重复性临时劳动，有今天没明天的，能找到就谢天谢地了，哪里还奢求什么专业！

到了毕业实习季，我的工作是给省水利设计院的一位研究员打下手，经常外出，有车接送，很是风光。此外每天还有十元的伙食补助，这十元钱在当时也是很高的，我毕业工作第一年的月工资才一百六十元，平均每天也就五元多。勤工俭学虽没挣多少钱，却帮我打开了社会这扇大门，让我看到里面的丰富多彩与复杂险恶。现在看来混社会是个中性词，它一面强调当事人的能力，一面强调对象的不可控、危险与深不可测。所有在体制内工作的人对于社会的认知还是相对单纯的，一旦踏进社会这条鱼龙混杂的大江里，方向永远是最重要的，心里的价值观会帮助你找到理想的彼岸，否则，会被江水吞没，成为别人口中的鱼虾，一生处在是非中，至死也弄不明白自己为何而生，奔向何方。

水利人生

　　分配制的择业有很多好处，最明显的一点是能体现毕业生的专业特长。按当时的大学生毕业分配原则"哪里来哪里去"，我得回老家的水利部门工作，这项硬性规定阻止了生源地人才的外流。当时的行署人事处让我以水利专业人才的身份，破例留在了地区水利水保总站，不免让我心中升起了为家乡的水利事业奋斗的宏伟理想。这也无意中满足了爷爷的愿望。话虽这么说，可现实远非我想象的那样简单美好，一个刚分配的大学生在单位几乎没有什么话语权，我始觉现实和理想的距离相去甚远。

　　2003年9月定西撤地设市，我工作的单位改成定西市水利水保总站。市水保总站在市郊边缘地带，离城区有五公里的路，一条沙石小路通向城乡公路主干道。市水利水保总站位于市旱农中心划成条块的几百亩试验田中心，被试种的玉米、小麦、马铃薯、油菜等各种农作物围在中间，像是色彩斑斓的巨大蛛网中的一个猎物，随风晃动。总站是一栋五层楼，占了约五亩地，各种规划室、实验室、会议室、培训室一应俱全，甚至配备了运动场地和一些生活设施，比如食堂、澡堂、篮球场、羽毛球场和乒乓球室等，都按当时的标准建设。办公室后面是两个车库和一亩菜地。机关大楼被铁栏杆围起来，与附属设施分开，周围是高大茂盛的杨树。如果有家属楼和学校，这里将是一个独立的小社会。夏天的时候，新疆钻天杨巨大的树荫遮住了夏日的炎阳，单位成了一处避暑的

211

好地方，来自三面空旷田野的风，没遮拦地在院中奔跑，办公室和宿舍比城里的任何单位都凉爽。冬天时，也比其他地方更冷一些。独自站在旷野里的总站，被四面刮过来的寒风带走了五十多人聚集起来的宝贵温度，像一个站在严冬里、胳膊肘下夹着赶羊鞭的牧羊人，在不停地搓手顿足，直到冻得僵直在那里。

我在这里只待了九天，认识了同一个科室和宿舍的同事，总共五个人。单位其他的同事我连面还没见到，就被通知到基层指导工作，也算是增加基层工作经验。我报到的那天，单位召开全体职工大会，介绍新分配来的同志。当时和我一起来的还有三个人，一个女的两个男的，只有我一个是本科，那三个是大专。领导说我是返乡的本土人才，要代表新人发言，大家掌声欢迎。我心情激动，只顾着表态发言，说了些要好好工作之类的话，脑子里没其他方面的记忆。会后，领导找我谈话，说我的老家开始实施"121雨水集流"工程，需要技术骨干，我是科班大学生，选我去是最合适的，还特别强调这是组织慎重考虑后决定的，将对我的成长很有帮助。

和其他单位要下基层的同志一起在市委党校培训了一个月后，我被一辆军绿色的帆布吉普车送往县里工作。临行前一天，领导通过办公室主任传话说，我的工资、人事关系等还在原单位，服务期视工程进展情况而定。通往县里的公路只有那一条312国道，它像一条悬在海拔三千多米的大山顶端的丝带，从山的这边随风绕到山顶，又从山顶绕到背面的山脚。这座名叫华家岭的山系因为高而气候有别于周边，正常年份里，往往山下是晴天，山上是阴天或雨雪天，是陇中一段险象环生的路，全市三分之二的交通事故发生在这里。这段路让我记忆犹新，在省城上大学的四年里，车行至此总要让人心惊胆战一番。恐惧加深了记忆，闭上眼睛我也能历数山路中最危险的地方，什么地方有个大坑，什么地方有个急转弯，什么地方树多夏天阴凉，什么地方树少冬天冰雪化得快。吉普车从单位出发一小时后开始盘旋翻越这座山，两小时之后才能到县城，方便便捷，比公共汽车舒服多了。

整个上午都在路上。吉普车停在县水利局的三层办公楼前，局长和办公室主任简单地迎接了我和陪我前来的副站长。局长领着副站长到办公楼里休息去了，我被办公室主任领到办公楼后面的单身宿舍里安放行李。说是单身宿舍区，更像是大杂院，一排十多间平房，房前有一块半亩大小的长方形菜地，大白菜整齐地摆放在主人房子的窗台上晾晒着，为了冬季能更好地储藏。绿顶萝卜还在蓬勃地长着，上半身露出地面，雪白而丰满的身体展示着成熟的欲望。屋前晾晒着大人和小孩的衣裤，没楼房的小家庭暂时住在这里。我的房子在最边上，门前没有生活的烟火味和日常器具，比较空旷，但穿过十三户人家的门前时，大杂院的气息仍然紧紧地跟随着我。

两个人一间宿舍，冬天得生炉子。我去时另一个人还没来。这间有十二三平方米的宿舍，两张铁床占了房间的一大半，不大的空地里放了两张办公桌，有些拥挤，没有衣柜之类的设施，好在我需要换洗的衣物不多，叠整齐和被子一起码放在床上也行。我先找了个自己喜欢的位置安顿下来。这和我预想的宿舍模样差不多，我在县里读高中时，好多同学就住在亲戚家专为学生准备的宿舍里，就是这个样子。水利水保部门在县直单位里算是条件好的。主任帮我把行李放到宿舍，收拾好床铺。

临出门时，办公室主任给了我一沓皱巴巴的陈旧的牛皮纸水票，说县里缺水，平时用的虽是自来水，但是咸的。饮用水在单位大门口的水房里，凭票号领取，一日分早中晚三次，同时有小锅炉烧开的水，要提前购买开水票。说话间，我翻了翻那沓票，里面夹杂着印有红色"开水"字样的票，上面还标有"五分钱"的面值。

中午，县里安排了欢迎宴会。

饭桌上，局长很高兴，知道我是本地人，能适应县里艰苦的生活条件，但也客气地说冬天单位和宿舍都没有暖气，取暖用的是铸铁炉子，条件艰苦，让我做好克服困难的心理准备。我说老家冬天没有取暖炉子，只有土炕，冬天照常过，这点困难不算啥。局长听了，和众人哈哈大笑起来。饭后副站长和司机回单位，办公室主任给我放了一天假，让我在县城走一走看一看，准备一下生活用品，如果需要钱，单位会预支一点作为补助。我表示了感谢之后径直向大街走去。大学四年，县城变化还是挺大的。

每年10月中下旬的时候，全体干部职工都要提着铁锹从一辆加长的东风牌汽车里卸煤，全是煤末子，很少有块煤，得我们掺些土和麦衣杂草和成黑色的煤泥，用模子打成煤砖晒干。为解决冬春两季的取暖问题，我们得忙活半个多月。这些日子我们每天都糊得脏兮兮的，鼻腔里、脸上、身上到处都是煤灰，最夸张的时候，除了两只眼睛里面的眼白，全身上下都是黑的。受条件所限，单位没有洗澡堂，每次干完这些活，我都累得精疲力尽，简单地擦洗一下，便早早上床睡觉了。每两个月，我得去县里的公共澡堂洗一次澡，不然全身味道太大，无法和同事们共处。

刚上班的两年时间，我天天往乡下跑，现场指导工程队建水窖。其实学水利的我并不懂如何建水窖，虽然下乡时对水路流向、入水口设计，特别是水窖窖体建设的力学原理等做了详细培训，但在具体实施过程中还是漏洞百出，时不时出现塌陷事故。作为技术指导，我们对此类事情是要负责的。水窖建成后的第一次放水很关键，我和同事得住在农民家里，等大雨过后，水窖放满水，确认没有问题后才能离开。好在我是农民出身，能适应农村生活，与农民交流沟通容易，没为工作犯过难。通渭县是全市最缺水的县，大家听到有水窖这样的储水项目，很是支持。到村里时，我们在每家每户轮流吃饭，一般固定住在村主任家，或由村主任指定卫生条件相对好、家里人干净能干的农户。每日的吃食都是上好的，真正享受到了干部的待遇，村子里的每一张脸都是一朵绽开的花，说话客气。在一农户家里，年轻的媳妇喜欢晚饭后带着一个女子和我聊山外的事，一聊就到深夜，她男人催过好几回了，她还聊兴不减。那时我只是个刚毕业的大学生，对世事茫然一片，对男女之事更是无甚兴趣。有一回，女人见我无动于衷，便带着那女子半开玩笑地说是给我介绍对象的，这倒让我不大自然起来。我们的话题多是有关我的大学生活、有无女朋友、择偶标准是什么等等，每次我都不敢看那个姑娘，姑娘也腼腆，羞答答的，半天才答半句。年轻媳妇说这女子上过中学，是村里学历最高的女孩子，只有她才配和我聊天。年轻媳妇在主导着话语权，我们两个都是配角。我偷偷地看了眼，姑娘长得还周正，在大山里算得上是端庄秀丽的，肤色微黑，但透着生机勃勃的青春活力。这样的夜晚总是让我想入非非，我确实在心里考虑过和这位姑娘处对象的事，但因工作流动性大，我在一个村子里最多住一个星期，短暂的时间掐死了我藤蔓般生长的想法。后来我才知道，那一切都是村主任设的"美人计"，意在让我把村里的水窖质量关把好。我知道在缺水的岁月里，村民对水的渴望高于一切，他们对我的好都是冲着水窖而来的。水是生命之源，有了水，农民日子才会好起来的。

　　天寒地冻无法施工时，我便可返回县城，不用再去上班了，没有工作压力，吃完早饭便无事可干了。我和室友两个单身汉整天无所事事，每天能睡到早上10点钟。实在感到无聊，便买点酒肉改善一下生活，把自己喝得烂醉，倒头又睡了，什么也不用再想。有酒喝、有肉吃对我们来说，算得上是一件奢侈的事情，五块钱一瓶的白酒、一些猪头肉，也能让我们感觉到很满足。

　　美好的日子总是短暂的，冬天很快就过去了，我又要下乡驻村，和农民一样日出而作，日落而息。只要一脚踏在乡村的土地上，我就像回到了故乡，和农民一样渴望有一场雨的到来，那样，新建的水窖才能派上用场，不然，长时间的缺水和高温会让窖体干裂，进而漏水，我们的工作也将前功尽弃。虽可修补，但很不牢靠，已经干了的水泥和新抹的水泥很难无缝衔接，总是会在原有裂缝处再裂。我们一面尽力指导建窖，一面盼着下一场透雨。下乡的水窖技术专干对雨的渴望不比农民弱，因为我们的目标是将全县行政村有项目的水窖全部建好投用，并保证不出问题。建是第一项工作，正常使用是第二项工作，建和用都得我们负责。水窖工作基本是建、补，重建、再补，循环往复，没有终了，最后只能将修补工作留给当地水利水保部门，我们外来技术人员按期返回原单位。

三年的水窖工程结束后，我因为工作认真负责、成效显著，指导的水窖质量高、返修率低，被县里评为优秀职工，在回到单位的第二年拿到了中级职称。可没想到这个职称的到来让我更忙了。撤地设市后全市各县区都在推广水窖，解决人畜饮水问题，因为单身，我几乎天天马不停蹄地在乡村里跑。有一位多情的帅哥同事，建水窖时和当地的一个小学老师有来往，后来那个老师怀孕了，他想拍屁股走人，被女老师的家人扣下了，让给个说法。对方说既然生米做成了熟饭就得结婚，可他又不承认是他干的。这桩无头案的真相只有那个女老师知道，但她却一直保持沉默，对孩子的父亲是谁三缄其口。我们技术组来时有规定，组员由地方单位管理和考核，相当于挂职，如果年终考核没有结论，视为不定等次，那意味着考核不合格，晋升会受到影响。这位热爱生活的帅哥工作一直是认真的，我们是同一个小组，但每次回城之后就见不到他了，只有深更半夜才能听到他哼着费翔的《冬天里的一把火》，精神亢奋地回到宿舍，满身的劣质香水味。据说，他正在和城里一个小学老师谈恋爱。就因为乡下那个女老师怀孕的事，我回市里的第二年他才回来，整个人精神状态很不好。后来那个女老师和他结了婚之后就分居了。不久，校长被另一个女老师告发，在纪检部门立案调查时才将这个女老师怀孕的事说了出来。孩子是校长的，校长出事之后，帅哥的事便水落石出了，但已婚的事实无法改变，至于他和她之间究竟发生了什么，没人知道。他从此沉默寡言，不谈潇洒风流但却代价惨重的乡下往事，像换了个人似的，从不羁变得沉稳了。快乐伴随着惨痛的教训，教训会改变一个人根深蒂固的习性。

一年之后，他回到原单位，后来又调到其他单位去了，和女老师的婚姻自然名存实亡。又过了三年，他的孩子上幼儿园办理有关入园手续时，有人看到他和城里那个女老师并肩走在一起，很亲密的样子。

全市的"121雨水集流"工程全面竣工，并通过了省水利部门的抽检验收。我所在的"集流办"虽还挂着牌子，但人员都分到了其他科室，我因为文字功底好，被调整到办公室写信息、编简报。集流工程整体上是成功的，但有一些地方因为很长时间没有降水，导致窖体开裂，没法装水使用；有些水窖因为长期密封，窖内产生了有害气体，零星出现了人畜中毒现象。窖体开裂可归到质量技术层面，由专家组调研解决即可，而人畜中毒有一半要归到集流存储的窖水能否饮用、值不值得推广这样的决策问题上，一时间群众来信来电反映的具体问题颇多。在首批水质检测化验结果出来之前，市上又将"集流办"的职能恢复了，单位考虑到我有三年的水窖建造经历，熟悉业务，安排我负责解答或解决群众反映的问题。

水窖虽建起来了，但如果没有降水，也是摆设。全市西南的几个县年降雨量充足，地表泉水足够人畜饮用，窖水基本用不上，而北部缺水的县一半以上的村子因全年有效降水不足，水窖大多是空的。有的虽有地表集流水，却因长期存储变质、卫生不达标等问题，时不时曝出人畜得病的事。有些媒体参与调查，放大了水窖储水的负面作用，使基层广大人民群众对"雨水集流"工程的积极作用产生了怀疑。这一现象引起了上级的重视，特派人对此事进行调查取证，得出的结论是水窖储水是解决西部干旱地区人畜饮水困难的有效措施，之所以出现个别不良现象，是因为技术处理上的问题。上面临走时给了我们单位一个研究课题：如何解决西部经济欠发达地区的人畜饮水问题。

年复一年，报告写了一份又一份，呈在领导案头，上报有关单位，结果只是批了一部分资金。钱换不来水，没水吃要钱有什么用？最后市里下决心向省里、部里报，发扬艰苦奋斗的精神，坚韧不拔地报，终于有水利部的技术人员来现场考察了。

引水仍然是我们极力推荐的措施，它在技术、资金、人力物力等层面都是比较成熟的，也是成本最低、效果最好的，用一句诗来讲就是"为有源头活水来"，只有源源不断的活水才能保障岁月更迭中陇原人民的生活生产用水。我们心里明白，报告年年写，没什么动静，这一次我们把报告写得声势浩大，仿佛"引洮工程"不上马，陇原四百五十多万人就立马没水喝了似的。

我在市里工作的这几年逐渐成了技术骨干，爷爷听到自然是很高兴的，他三番五次地邀请我和同事到老家去，为寻找水源的事建言献策。我把爷爷的想法报告给了单位领导，领导很给我面子，他作出批示，说由单位领导带领一支技术专干去我老家考察一下。那支队伍只有五个人，被一辆吉普车拉着，颠簸了一早上才到老家，有些人晕车，连午饭都吃不了，但我们的工作没有停，在领导的带领下将沟沟岔岔考察了一遍。当时谁也没说啥，晚饭后便回单位了。之后，经单位领导会议研究，给麻地湾拨付了一些水利设施物资，比如水管、水桶什么的，由县上的水利水保站负责送达，算是解决了爷爷托我办的大事，可惜并没有在找水方面提出建设性意见。

爷爷虽不说失望，但将我这个大学生与他心目中的大学生进行了对比，认为是他把我想得太高了。领导托我给老家带话说，缺水是陇中地区的普遍性问题，水利部门除了配合政府组织的抗旱队拉水外，也没有什么其他更好的办法，况且水利水保是做水土保持的，不是探水的。老家的情况水利部门早有掌握，如果想要解决水源问题得由市委市政府决策，小小的水保总站没权力，也没能力。这样的回答算是给了我一个天大的面子，爷爷却并不满意。

等到引洮工程有眉目时，我已经调到省水利厅了。当我坐在干净的办公室里看着楼下的黄河水像一条黄色哈达光滑地从兰州城飘过，滑向远方时，总是会想起故乡，想起故乡缺水的事和因为缺水而发生争斗的可怕场面。光阴荏苒，一晃二十几年过去了，我时不时回想起刚刚上班时的情景，觉得现在的水利人真的太幸福了。我常常会对他们说："你们能成为水利战线的一员真的很幸运，要懂得好好珍惜自己的工作……"

我是学水利工程专业的，因为工作努力，成绩突出，从市里调到省城，有时，我想，穷人家的孩子，只要努力工作，还是有上升机会的，我就是一个被命运光顾的幸运儿。我一路走的都是与水有关的路，也亲自参与了世纪丰碑——家乡引洮百年梦的伟大实践，在最大难题中彰显了我的专业特长。

省引洮局成立后，我便自告奋勇申请参加引洮工程建设，并负责相关技术工作。那时，我已经有了副高级职称，整天做着咨询指导工作，为爷爷的心事揪心，也为家乡没有水而倍感惭愧，但凭我一己之力又能怎么样？幸好的是经过多年的努力，引洮工程由前期论证到了实地考察立项阶段，我的激动让我失眠了很长一段时间。两百多公里外的爷爷也听到了我第一时间递回的消息，听说他也激动地向各家各户传递了这个来之不易的消息。

引洮工程沿线地处青藏高原与黄土高原的交错地带，地质环境十分复杂，施工面临许多世界性难题。主干工程最难的当数总干渠7号隧洞。隧洞进水口在洮河流域，出水口在渭河流域，百分之八十五以上都是第三系极软岩。隧洞施工"怕软不怕硬"。这种捏不成形、使不上劲的"软豆腐"，竟轻松"吞掉"了价值上亿元的钻头。此后，施工人员又尝试了绕洞法、顶管法、双液注浆法等七八种方法。这段洞只有二百多米，却把我们难住了，实属世界级罕见地层，我们的尝试不断失败，只好从全国各地抽调水利专家"会诊"，经过一昼夜的分析研判，终于有了新方法：将液氮等注入隧洞，待岩体冻硬后再施工，但这种类似空调工作原理的冷冻法，一天最多只能冻三厘米，这样的速度何时能将二百多米打通呢？工作在缓慢进行，其他办法还在试探。勘测表明，绕行行不通，向前很艰难，知难而退意味着再次失败，这种地质结构目前还没有更理想的办法，只能慢慢来。大家心里拧着一股劲，绝不能让这次引洮工程宣告失败，否则，我们没脸回老家、上祖坟！参加引洮工程的许多施工人员，包括我，都是"洮三代"，我们的父辈、祖辈曾参加过"老引洮"工程，从小听着"老引洮"工程的故事长大。大家暗下决心，就是用指甲抠，也要打通隧洞，把洮河水引来！

　　洞内外温差四十多摄氏度，就像暑天进冷库，大家都是短袖套棉大衣，进出转换。二百多米的山洞竟然耗掉了工程队五百多天的时间。隧洞搭了桁架，人能活动的高度只有半米多，只得爬行，但没有一个人退缩。引洮工程主干渠沿线隧洞多达一百七十一座，干渠的百分之九十五都由洞渠构成。在打通27号隧洞时冒顶，山头下沉。我们赶紧疏散居民，拉起警戒线，最后通过加密钢拱架和预制块垫底的方法战胜险情。

　　在一万多引洮人的接续奋斗苦干下，引洮一期工程只用了八年时间就完成了，我们以愚公移山的壮志，汇聚成"敢教日月换新天"的磅礴力量。这个难以想象的梦竟然变成了现实。你很难想象发源于青藏高原东麓的洮河，一条被星辰、雪山、经幡和牛羊眸子映照过的河流，隔着崇山峻岭，隔着无数的深渊巨谷，会温顺地流进陇中黄土高原，流进定西、白银、兰州等市，会流进一个个偏远的村落，流进一个个散居山乡的人家。

　　眼下，在陇中这块干旱贫瘠的土地上，你能听见潺潺的流水声，能看见闪动着的波光，能看到蓬勃生长的万物。陇中大地气象一新，在洮河水的滋润下生机勃勃，正在描绘着一幅幅动人的画卷。奔流的洮河水，在九甸峡被一座拔地而起的大坝截住，不再那么狂野、恣肆、咆哮，而是温柔得像一位女子，平静得像一块镜面，映照着蓝天、白云、苍鹰、飞鸟、星辰和月光。从这里，洮河水沿着建设者用智慧和汗水凿开的一座座隧洞，架起的一座座桥梁和修建的暗渠，流淌了一百一十多公里。在大营梁，洮河水成了穿山越岭的地下河流，仅隧道就有十五座，共计九十二公里。清澈的洮河水流进了漫坝河、东峪沟、秦祁河、关川河、祖厉河、宛川河、牛谷河，流进了渭河，流进了葫芦河。它沿着大地的血管流淌，沿着心灵的经络流淌，沿着未来的希望流淌。洮河水就在看不见的地下欢快地流淌着，那美妙的乐曲只有在大地深处才能听到，只有梦中人才能听到。

从那一天起，洮河水不再是我们世纪的渴望，不再是难圆的梦想，它已经变成眼前的现实，是甘甜的乳汁，滋润着陇中大地和万物生灵。那些断流的小河又有了潺潺的流水声，枯竭的水井、水窖又蓄满了水，干涸的池塘又响起了蛙鸣，干枯的禾苗又生发了绿意，枯萎的花朵又现出容姿，挣扎在死亡线上的树木又发出了条条新枝，绝迹的候鸟又在陇中栖居与繁衍……洮河水的到来使陇中大地又焕发出前所未有的生命的活力，使陇中人的生活迈上一个新台阶，步入小康社会的宽阔大道。

故乡一日

　　解决群众饮水问题是国家实施的精准扶贫、整体脱贫政策里的一项主要内容，在西部干旱山区，饮水是阻止人们迈上小康大道的最后一块绊脚石。与自然抗争的过程既显示了人类强大的力量和超凡的智慧，也暴露了自身处在自然和宇宙中的脆弱渺小。无论你拥有多么高端的科技，没有水总是无法实现农业生产丰收的。之前的水窖的确起过一定作用，但若无有效降水也是无本之木，无源之水。故乡和周边约五百万人时常面临缺水的威胁，因水而背井离乡的事成为常态。如果有了水，这里的一切将是"苦甲不再，甘味绵长，变了人间"。

　　2014年的春末夏初，经过八年多的努力，省引洮办宣布引洮工程一期提前八个月完工，进入试通水阶段。涉及引洮的市县动用时下所有的媒体平台轮番宣传每个节点的通水情况，受益群众的幸福话语和表情像温热的风，钻满了城郊、山沟的每个角落，就连不喜欢听新闻的奶奶，也耳熟能详地给村里的同龄人讲："洮河水就要来到咱麻地湾啦，到那时，大家就不用吃窖水了！"

　　从去年腊月里就躺在病床上的爷爷，手里拿着我给他的袖珍收音机，将波段定在省、市、县的新闻频道。熬过农历二月初二，他又一次和死神擦肩而过，像枯树的某一根枝条上露出新芽。爷爷除了能喝点稀粥，什么也吃不下去，手里的收音机却一直攥得紧紧的，不让任何人拿掉，即使睡眠中也不能从他粗铁丝焊接似的指骨中取走。就这样，爷爷又在床上木乃伊似的躺到了村里的麦子开始泛黄、早熟的杏子走上了村民的餐桌，他的嘴边也有人放了两颗黄澄澄的乒乓球般大小的早熟杏子。引洮工程一期竣工试水的消息从爷爷鸡爪似的手里灌进了几乎没有水分和血液的耳朵里，这个消息像温润的春水，滋养着他的生命之芽继续生长，他时刻等待着麻地湾的洮水哗哗而来。在声势浩大的宣传接近尾声的时候，这个激动人心的时刻到来了。在镇工作人员的指导下，父亲打开了早已引到厨房里的水龙头，一股清冽甘甜的洮河水从二百里外的洮河径流来到了麻地湾，留守村里的人高兴得合不拢嘴。

爷爷和平常一样半闭着眼睛，除了心脏、脉搏和温度，没有什么迹象显示他是活的。但我知道他心里想着什么，知道他为什么还紧抓着尘世最后一丝空气不肯放手。当所有的可能性被排除之后，唯有他亲自参与、一直关心的引洮了。我把通水的盛况用手机录成了视频给爷爷看，怕他不相信，又把周围熟悉的人也录在视频里，包括我和哗哗流淌的水。我的举动并没有引起家人的重视，他们抱着试一试的态度让我把手机的音量调到最大，放到爷爷平时能看见的位置，父亲和几个叔叔围站在床头观察爷爷的状态。当最后的流水声戛然而止时，三叔敏锐地捕捉到爷爷干枯而微握的手突然攥紧了，收音机从他那五根弯折的骨节里掉落到床上，他的整个身体紧紧地绷着，家人给他穿上早已经套在一起的七层寿衣时，爷爷全身颤抖了一下，紧缩的骨架慢慢散开，像放开了紧抓人世的生命之手，随时间之河而去。

从这一刻开始，村庄改写了之前因缺水而灰头土脸的干涸历史。因为缺水，近三十年来，山村里累计二百多人外流，剩下的上了年纪而不愿意离开故土的人，看到哗哗而来的自来水，像焕发了青春，跃跃欲试要重振山村新气象。他们认为，如果有水，村庄会是另一番景象。有人形象地用了一个时髦的比喻——麻地湾挤上了奔向小康的高速列车。

走出村庄的人听到家乡因引洮而有了大变化，都想回来。不管走多远，他们的根还深埋在这片土地里。曾经因为缺少土地和水，他们通过上学、打工等形式离开村子到外面谋生，变成了城里人或外乡人。他们知道，不管外面多苦，都比待在家里有出路。一代人受苦，换来后代的幸福。

许多"秀才第"的后代，包括我，几乎都离开了村庄到外面工作生活，村庄里现在的这几户人是"秀才第"里的老五守信这一支，守信是我的曾祖父。爷爷是个倔强的人，他誓要用愚公移山的韧性把荒山变绿海，在改变生态的同时获得水源。爷爷以军人的坚强意志影响了父亲，他们不再外出，他们知道，随着人口减少，村庄的土地足以养活他们，引洮工程又上马了，吃上洮河水的希望在遥远的天际冉冉升起，像每天的太阳一样给他们信心和力量。时下，只剩他们坚守着故乡，陪伴着沉睡在地下的祖先。爷爷排行老大，父亲也排行老大，长子负有承传祖先遗愿的责任，他们也曾动过西迁的念头，但终被忠孝观念打败，安心地在山坳里耕作。俯首与土地交谈，仰面与蓝天对话，听山岚清风吹，观杨柳薄雾绕，过着与世无争的清淡日子。希望总有变成现实的可能性，国家实施的精准扶贫政策和脱贫攻坚战让他们在固守的思想堡垒中长出了新时代的庄稼——立足山村、引进产业，在引洮水的滋润下，山乡开始巨变。他们重拾祖先锲而不舍的坚定信念，努力把麻地湾建成产业兴旺、风景如画、美丽宜居的现代山村，他们开始享受发展成果，不愁吃穿，让劳动成了一件愉快之事。

秋收之后，他们的工作就是去合作社上班，有双休，按月领取稳定的工资，过着衣食无忧的上班生活。除此之外，他们还会将地里自产的土特产按市场价卖给村里的合作社，获得一部分收入。有些城里人来山村度假，可以租种他们的耕地，体验耕种的乐趣，他们或多或少也能获得收入，但主要经济来源还是在村里的农家乐干杂活。女的负责打扫卫生，男的运送物品。

眼下，合作社的体验式旅游成为网络热销的主打品牌，从外地来的客人会在春季租下一套四合院和几亩土地，从春种开始，住在这里，像一位真正的农夫一样早出晚归，照料租来的一亩三分地。遇到耕作技术难题，合作社有农业专家来现场指导，或网上指导，种什么由自己决定。收获的农产品全部由村里的合作社包收，可以抵一部分住宿费和伙食费用，也可自己食用或带走。这些山乡土地的果实一粒不落地变成美食，经由食客的咀嚼、消化返回大地，像所有动植物一样领略过地球风景之后又返回故里，以另一种形态重生。临时住户一般会在当年的秋收之后退租回城，如候鸟一般。有个别对农业感兴趣的可能会继续生活一段时间，在山里度过春节之后才回去。这样的游客通常是退休的夫妇。但写长篇小说的作家、搞深度创作的画家往往以中青年人居多。他们羡慕山村清洁的空气、宁静的环境、四季分明和返祖般的农耕生活。

春天来时，山野里一半是积雪，一半是桃花、杏花和梨花，桃红柳绿、春色满园，苍翠的松柏和深褐色的灌木丛将整个村庄包裹起来，村庄像个躺在树木山花中的婴儿，恬静幸福。时不时飘来一场不大不小的雪，让这里更具有了诗情画意，能激发艺术家的创作灵感。雪花与桃花共舞，乡愁与时尚同在，基础设施的改善让农村成了人们生活的美好家园。

夏天时，层层梯田麦浪滚滚，有机蔬菜新鲜翠绿，游客在田间地头来来去去。从山顶俯瞰，山村犹如一块绿色环抱的巨大面包，充满着成长的欲望和蓬勃的力量。因为生态改善，吸引来许多外来鸟类，每当清晨，它们和当地原有的山鸡、锦鸡一起放声歌唱，将村庄唤醒。这里没有城里的现代广场舞，却有天籁和自然之声，得靠游客的天赋和修养获得。

秋天来时，各色花草和树木显出了最丰富的本色，所有的生命在氤氲的雾气里慢慢舒展运动，像是缓缓展开的一幅清秋图，浓淡相宜，浓的是草木，淡的是农作物和生活在其中的人。每一朵花、每一棵树都将自己的儿孙以果实的形式传递下来，将收获在静默中呈现。这些微妙的生命传递只有那些获得艺术灵感的人才会真切地感悟到，并以艺术的形式呈现出来。之前这个时候，是一年中雨水最为充沛的季节，水意味着村庄的幸福，秋天成了父辈们最幸福的季节，庄稼收获了，天上降下了甘露。自从有了洮河水，他们的幸福表情就成了常态，像是生命有了强健的体格和充足的食物作为保障似的。

有一对夫妇春天来时身体虚弱，一时不适应村里的土炕，中间感冒了好几次，回过几次五百里之外的西安老家。渐渐地，他们返乡的间隔长了，到收完最后一茬玉米，挖完最后一窝土豆时，两人的身体强壮了许多，女人一只手竟能提起一袋五十斤重的土豆。小寒来时已经下过两场小雪，老两口在屋里生起了火炉，没有回城的意思。来时病恹恹的老头子，现在能站在雪花纷飞的街道上喊秦腔了。他们这个冬季决定不回去，女儿不放心，心急火燎地从上海坐高铁赶来。当出租车停在四合院门前时，她父亲正站在门口唱秦腔。一进门，她看到双亲红扑扑的脸上泛着光，腿脚生风似的在屋里屋外不停忙碌时，她憋在肚子里的火顿时消散了，原打算将两位老人强行带回西安的想法，被眼前这两人的健康状态强有力地打消了。她母亲将火炉翻腾得叮当响，不一会儿，一碟子热气腾腾的烤土豆和煮玉米放到了她面前，旁边是三碟子她不认识的凉拌野菜，她还是第一次吃由自己父母亲在异乡亲手种植的食物。约二十平方米的院子中央是个小花园，中间是一棵光秃秃的苹果树，立在底部直径约两米的锥形雪堆中，锥尖几乎堆到树权处。西面屋顶的前一半还盖着积雪，屋檐的瓦片上吊着长短不一的冰锥，在被夕阳冻僵了的暗红色光线里泛着多彩的银光。北方山乡的特色食材让她胃口大开，或许是饿了，或许是独特的口味激发了她这让父母大为惊讶的食欲。回到上海之后的多年里，她不时忆起麻地湾的土豆、玉米和腌白菜的味道，虽然上海也有此类食物，但总是对应不上记忆里的味道。

次年春天，她两位上海朋友的父母也像候鸟似的从上海飞到麻地湾，过起自给自足的农耕生活。

因为退耕还林和多年来没有间断的植树造林，村庄大部分土

229

地被各类树木和草地占去了，留下来的是相对平整、肥力好的地块，合作社老板将这些地用于大棚种植，也开辟了一些地块专门租给想种地的城里人，名为"体验式休闲"。

村里开办的"人民公社"农家乐，是永胜投资建设的"麻地湾永胜农业合作社"的一个食堂。他在当地政府的招商引资政策的吸引下，积极响应中央乡村振兴的号召，带着一亿元的资金将村子里废弃的院落装整一新，建成了漂亮的四合院，整个村子就成了当年的人民公社样式，树上有大喇叭，餐具上印着"为人民服务""农村大有作为"等字样，让游客仿佛回到人民公社时期。永胜后来建起了村史馆，把麻地湾前世今生的二百多年的历史全移植进去，实物、文字、照片和视频同时呈现，用现代最新的声光电技术让游客仿佛生活在那些艰苦的岁月里。农家乐在当年五一国际劳动节热烈的鞭炮声里开业了，开业活动请来了各类媒体做了大范围的宣传报道，也包括今日头条、快手、抖音等新媒体平台。消息一经发出，便成了网络热点，上了热搜。西北首家以整村形式推出的农家乐体验式休闲生活项目面向全球发布，在每个网络平台上都是头条。不久，全国各地一批批"试试看"的客人来到麻地湾农家乐试住、试生活。

来客五花八门，有专门带孩子的老夫妇，他们租住了一座小一点的院子，孩子可以放心地在院子里玩耍。他们只在这里生活一个星期，目的是体验一下西北农村的生活，不打算长时间住。也有带着情人度假的，他们在村子的树林里、山涧中来来去去，在山泉边，在月夜里满足着异地风物带来的情爱刺激，也会在驻足一个星期后发现山乡处处是爱情的绿色乐园，决定再住更长时间。也有混吃蹭喝的江湖媒体，在露馅之前便逃之夭夭，永胜并不在意这点损失。还有图清静来这里创作写生的艺术家，他们租住的时间相对长一点。更多的是各类追风的网红，他们从网上知道此地后，自费辗转来到麻地湾，他们的到来，受到永胜老板的热情款待，一律免费让他们在村里吃喝玩乐，时间可达一周之久，只需要在网上直播推荐本村各类旅游项目即可。当然永胜不会放过直播的机会，他把全县的农特产一并打包到这个项目里，订单在这些网红离开后，像雪片一样飞向镇里的电商中心。这么一折腾，麻地湾成了全国网红的打卡地，甚至还有从国外发来预订体验单的客人。

寂静、单调、孤独的村庄，一下子变成了热闹的小城镇，南腔北调的民歌和着山风在空中盘旋，村庄里仅有的几户人家已经不再像之前一样日出而作、日落而息了，因为村庄农家乐的兴起，大家都去配合游客合影留念，体验农业采摘和种植，已没有自己的时间。家里早就不做饭了，更多的时候，客人们会邀请他们陪客吃饭，讲讲脱贫之前村庄不为人知的艰难历程和动人故事，他们就是故事的主人。他们也第一次体验到经济发展带来的收入增长的快乐。多年前，他们想出门见外面的世界，却没能实现，没想到多年后，外面的世界却找上门来见他们，是什么改变了这个现状呢？用父亲的话说就是好政策，在好政策的支持下，村里才有了洮河水，才有了农家乐，才有了观光走廊。

国庆节的一天，我陪同国外的朋友来这里调研，他们想了解一下中国的乡村振兴是怎么个样子。听了我的描述后，他俩也想体验一把，以便将课题写得生动感人。我们从省城出发上了高速，不到两个小时就到了家乡。中文名字叫彼得和托尔斯塔娅的两位俄罗斯新闻界朋友带着秘书兼翻译，对中国西北感到格外新奇。他们的一路所见与有关资料中的西部有很大的出入，用他们的话说就是反差很大，资料里描述的远远不及亲眼所见。一路高速，道路两旁绿树成荫。秋天已经开始了它五彩缤纷的书写，将所有的树木和植物描绘得色彩斑斓，一直熟视无睹的我也被这景象深深地吸引了。之前各种资料中描述陇中十年九旱，四处是光秃秃的山梁，当我跟随他们做新旧对比时，我也第一次发现原来各类材料上的情景都不见了，全然被各色草木覆盖，呈现出多层次、多颜色的丰富画面。长期生活在这里，生活中的变化早已让我习以为常，在外人眼里，这已是巨变了。来自俄罗斯的朋友对西部起伏的山峦颇感兴趣，对五线谱般的层层梯田更是惊讶不已，他们对人类改造地球的伟力甚是惊叹，对中国农民的智慧更是赞不绝口。从兰州大学到麻地湾两个小时的车程里，他们一直在透过车窗拍照，对照他们之前阅读的资料谈论现实的变化之大。

　　在我的引导下，他们翻山越岭，最后在村头的停车场下了车。这一男一女据说是俄国伟大的文学家列夫·托尔斯泰的后裔，也是兰州大学的访问学者，专攻社会学和经济学，他们还是从事新闻学研究的教授，研究方向是中俄农村改革比较研究。我们原计划在兰州休息一天，第二天开始工作，可他俩说不累，要先深入农村一线。刚来中国西部的好奇心促使着他俩马不停蹄地奔波。他俩是从北京过来的，来中国已有一年了。中俄的农村改革有着共同的历史传统，但随着我国政治经济改革的进一步发展，中国走出了一条具有中国特色的农村改革之路。从土地革命到家庭联产承包责任制，再到土地流转，中国的农村发生了巨大变化，农民从依附于土地变为从土地上解放出来，以民工的形式在各地生活。随着户籍制度改革的进一步深化，农民随时可以成为城镇人口，且原有的农村土地所有制不变，这让外出务工的农民有了最大的生活保障。农民的收入来源之广，大大超过了企业工人，与土地关系紧密程度的变化从真正意义上改变了农民的单一性生活来源，让他们也像城里人一样具有对获取生产生活资料选择的多样性。用工的市场化，使得区域密度不同的劳动力自行分配调剂，这是改变农民命运的主要途径。这些现象和成功的案例深深地吸引着两位国际友人。一路上我们回顾了两国各个时期的政治体制、经济体制，特别是农村政策的发展历程。友人要我推荐几部书写西部农村巨变的文学作品，他认为只有在文学作品里才能看到真正的现实，那些史料和志书除了人名、地名和时间比较准确外，对现实的描述总是不切实际，没有生活细节和农民的感觉，充满着旁观者的不痛不痒。我将讲述农民生活的代表作品《平凡的世界》《山乡巨变》《三里湾》《创业史》《许茂和他的女儿们》《艳阳天》推荐给了他们，这些作品是认识中国农村变化的基础。而当下能推荐给外国友人写山乡巨变的文学作品我竟然一时没有定数，有几部长篇在眼前转动，可总觉得写得不是很到位，不是内容单薄就是通篇术语，所谓纪实文学，其实是一篇篇的长篇通讯稿或大事记，融入作者情感与心血的作品太少，我说稍后推荐给他们。

我们沿花团锦簇的村道向村里走去，深秋的太阳照在身上，暖洋洋的。因为树林覆盖面积大，早上已经很凉了，路旁的花枝叶片上挂着晶莹的露珠,从树缝里时不时泻下来的阳光投射在这些露珠上,露珠发出宝石般的亮光。村道不宽,两三米,只能容下一辆车通行,没有特殊情况车是不能进村的。我每年来这里,每年都有变化,外国友人对这里的故事比较感兴趣,要我细讲一下,有些故事我知道,媒体都有报道,有些我也不清楚细节,得找一位村里的长者、亲历者才能听到最真实的故事。我说到村里会有真实的人和事,肯定会让他俩满意。

在永胜老板的热情接待下,我们参观了他的农业采摘园、种植体验园和四合院农民生活体验馆,最后在专为外国朋友准备的四合院里休息。院子和屋里是地道的西部农村上世纪的陈设,彼得对这种陈设很感兴趣,说资料中说的物件在这里全部能看到实物。我解释说现在的中国西部山村居民的生活已经不是这样了,这应该是上世纪的中国农村,四合院是给怀古旅客准备的,等会儿到我弟弟家去,让他们见识一下当下乡村农民的生活起居。说到这里,托尔斯塔娅当即就要去看,我便把她和彼得带到弟弟家。这是一座由占地四百平方米的二层小楼主房和东西两排砖木结构的平房组成的院子。院子中间是一个方形的花圃,眼下只有秋菊傲然挺立在园中,呈现出红黄绿的颜色,甚是显眼。阳光穿过院子外面高大的钻天杨,将碎银般的光片洒在园中,五彩斑斓。园子中央是一棵高约五米的苹果树,树头挂着红色的拳头般大小的苹果。托尔斯塔娅一只手托着一个苹果,将鼻子凑到跟前,闭上眼睛深吸了一口气,说香味很浓了。弟妹看到这情景,忙过去把那颗苹果摘下来给了托尔斯塔娅,让她尝尝,说这是正宗的红富士。托尔斯塔娅高兴得惊叫了一声,快乐地收在手中,不停地放到鼻子跟前闻一闻。跟随我东房西房、楼上楼下参观完后，托尔斯塔娅用不太熟练的汉语说："这就是别墅了，听说中国的别墅大多建在城郊，真正的农村很少见到，今天算是见到了！我感到惊讶的是，你们的日子真是好过了，超出了我的想象，比我们的农民的日子好！"

回到四合院，宾主落座。我把这个村子的历史和现状给他俩做了个简单介绍，不然他俩还以为这里是旅游景区，是政府专门打造的呢。我说我就是从这里走出去的，这里的原住居民大部分到外面打工去了，而自己的家乡却在雇用异地农民当工人，当然也有部分是附近村民，大家都像工厂里的工人一样按时上下班，领着合作社里发的工资，这种情形在中国西部农村很普遍。说起村庄的变化，两位友人更感兴趣。我让弟弟拿来了三十年前的照片。之前这里是黄土山地，十年九旱，植被稀少，这个情况他俩来中国之前就掌握了，不必再细说。我详细介绍了一位老支书带领大家四十年如一日植树造林，把村庄变成今天绿荫覆盖的林中村的故事。托尔斯塔娅听了说："这个故事我在网上看过，原来说的是你们这个村庄！况且还是你爷爷，真好！真有意思！真幸运！"她让我抽空再讲讲有关爷爷种树的壮举，我答应了。

午饭后，他俩不想休息，要继续了解村庄的情况，我们先在老板的接待室里观看了整个村庄的全貌和前后对比，还有爷爷作为全省绿化先进个人的视频。人在环境变化中的作用不可小觑，但还得有国家政策的支持。如果这里的人口不外移，超载的土地上是不可能长出这么多树木的。我从水利水保的角度科学专业地分析了这个问题，为村庄能有这么大面积繁荣的树林提供了理论

依据。麻地湾周边就没有这样的村庄，其他村庄到现在虽不至于
说是"光头"，但也是杂草丛生，没有多少树木。麻地湾是个独
特的案例，是爷爷为找水而带领大家种树，水土保持得好，才让
麻地湾成了方圆一块绿色的宝石，不但增加了村民收入，还让家
乡成了远近闻名的绿色村庄、美丽乡村。

　　对于故乡的概念，外国友人的感觉和我们是一样的，从哪里
长大最终还是要回到哪里，乡愁就是一条剪不断的风筝线，一头
是游子，一头是故乡。作为老板的永胜，开农家乐的目的不仅仅
是赚钱，更重要的是留住中国式的西北农村，将它原汁原味地保
存下来，让从这里走出去的人，多年之后仍然能体验到曾经的艰
辛和困难，让从来没有西部农村经验的人过一下吃窖水的苦日
子，体验一下在一公里之外用肩挑水的困难，从而忆苦思甜，释
放压力和焦虑。永胜的生意现在很好，深入大山的麻地湾被包裹
在几百亩的绿色里，三面绿树将村子包在中间，有点世外桃源的
味道。托尔斯塔娅知道陶渊明的《桃花源记》，说这部作品体现
的是一种人生境界，而不是说要让人住得远离尘世。我说陶渊明
还有一首诗叫《饮酒》："结庐在人境，而无车马喧。问君何能
尔？心远地自偏。采菊东篱下，悠然见南山。山气日夕佳，飞鸟
相与还。此中有真意，欲辨已忘言。"心远地自偏，说的是心
境，正所谓"佛在心中而不在寺庙"。永胜说他相信再过几年，
有过农村经历的人退休了会"告老还乡"，完成精神上的叶落归
根。我开玩笑说，可能我也会来的，只是这里平时人太少，有点
寂寞，盛夏时，这里商业气息又太浓。永胜说，村庄要靠人气养
活，如果没有他的农家乐产业，这里怕早就是一堆废墟了。此话

不假，世间万物有了人的精气才显得整洁而有序。当然，从微观的角度来说是这样的，而从宏观理论层面来讲，人类在宇宙中就是一粒尘埃，那浩瀚的星空由自然和宇宙的规律主宰着，遵循自然规律才是人类发展的正道。

对我们这些走出村庄的人来说，村庄由具体的形象变成如今的一个空间地理名词，也成了一个没有精神内涵的空壳。因为这里的人基本都搬走了，大家把乡愁带走又带来，安放在麻地湾的土地里，这只是有过村庄生活史者的记忆，如果下一代人没有在村庄生活过，他会有对村庄的记忆吗？肯定是没有的，乡愁只是一个冷冰冰的名字，顶多是故乡几处杂草丛生的坟茔。每逢佳节倍思亲，人们对故土的思念其实是对亲人的思念，如果一家人团聚，就不会有别离之情、思念之苦，也就无所谓乡愁了。